総理にされた男

中山七里
Shichiri Nakayama

NHK出版

総理にされた男

装幀　坂野公一＋吉田友美（welle design）
装画　龍神貴之

初出　「ＮＨＫ出版　ＷＥＢマガジン」二〇一三年十月〜二〇一四年十二月連載

一　VS閣僚

1

舞台の袖から客席を覗《のぞ》き見ると、狭い劇場ながらも半分ほど席は埋まっている。開場前から雨模様であったことを考えれば、望外の入りといったところか。

イッツ・ショータイム――。

加納慎策《かのうしんさく》は軽く息を吐き出すと、舞台中央に進み出た。低い天井でスポット・ライトの真下。一瞬だけ視界が白くなるが、すぐに目が慣れて観客たちの顔が分かるようになる。百人も入ればいっぱいの劇場では、一人一人の表情まで具《つぶさ》に窺《うかが》える。どの顔も慎策の芸を今か今かと待ちわびているようだった。

それでは早速始めるとしよう。例によって口上は抜きだ。

「内閣総理大臣真垣統一郎《まがきとういちろう》です」

声色を遣う必要はない。元から慎策の声質は真垣とそっくりで、抑揚さえ似せればおそらく誰にも聞き分けられない。観客もすぐに破顔していい反応を見せる。

「長らく停滞していた日本経済にも、明るい兆しが見えてまいりました。雇用統計で有効求人倍率は〇・二ポイント上昇、日銀短観も景気はなだらかに上向きを継続と発表、皆さんの財布は膨らみ、劇場のチケットは飛ぶように売れ、劇団員の収入もうなぎ上り。わたしの晩飯ものり弁から焼肉弁当に変わった。でも、まだ千五十円の国会議員弁当には手が出ない」

ここで客席から笑いが起こる。

「消費税増税もやむなし、所得税の最高税率引き上げもやむなし。しかしまず隗《かい》より始めよ。自分の痛みを知らない者が他人の痛みを知れるはずがない！」

語尾に殊更《ことさら》力を込めて右手の人差し指を斜め上に掲げる。真垣統一郎お馴染みのポーズだ。このポーズには慎策も自信がある。国会中継や選挙の応援演説に映し出された本人の姿を、それこそ穴が開くように観察して模写しているのだ。

「それに何より、ステーキを食べ飽きた民生《みんせい》党議員に、のり弁食べる人間の気持ちなんて分かるものかあっ」

客席が再度沸く。庶民感覚希薄と言われた前政権への皮肉を一つ入れると、大抵受けがよくなる。

「わたしの公約は脱原発ですが、これは少子化対策の一環でもあります。原発を停めれば、当然国民の皆さんには節電をお願いしなければならない。会社では残業できなくなり、旦那の帰りが早くなり、明かりを消すのが早くなり、寝るのも早くなる。暗闇で男女がすることといったら、まあ一つしかないから自然に子供は増える」

このくだりを本人そのままの熱血口調で話す。口調と内容のギャップで更に笑いが起こる。

「子供が増えれば年金問題も解決、予算を他に振り分けられるから、もっとちゃんとした目的に税金を投入できる。カネさえあれば大抵の問題は解決できる。北方領土だって、北朝鮮に拉致《らち》された人たちだって、おカネで買ってしまえばいいんですよ」

乱暴に誇張してはいるが、真垣総理ならいかにも言いそうなことなのでここでも観客は笑う。中にはスマートフォンを向ける者もいる。ランプが点《とも》っているのはおそらく録画しているからだろうが、今に始まったことではないのでスタッフに注意する者はいない。

「それでは日本に明るい未来を！　劇団員に人並みの生活を！」

最後に締めて慎策は下手《しもて》に消える。と同時にライトの数がさらに増えてステージ上を眩《まばゆ》く照らし出す。

拍手と共に本公演がスタート、そして前説である慎策は退場して楽屋に戻る。舞台から遠ざかる背中に主役の第一声が刺さる。まるで、早く立ち去れと命令するかのように。

観客から拍手や笑いを取る快感は一度覚えると癖になる。そしていったん癖になると、退場する際の未練が倍加する。どんなに当たりを取っても所詮は前座に過ぎないという現実が、自尊心にひびを入れる。裏方仕事しか与えられなかった以前に比べれば大きなランクアップだが、それでも若手芸人のような扱いには不満がある。

楽屋とは名ばかりの埃っぽい倉庫。慎策はそこで衣裳を着替える。自前のシャツが、見映えを優先したナイロン素地の衣裳よりみすぼらしいのが情けない。

事の起こりは先の衆院選一か月前まで遡る。憲政史上、初めて政権をもぎ取った野党民生党だったが、高価なオモチャを与えられた幼児よろしくまともに機能せず、国民から失望と非難が集中した。衆院選では大方の予想どおり国民《こくみん》党が返り咲き、その国民党総裁が真垣統一郎だった。父親は総理大臣を務めた人気政治家だったが数年前に急逝し、その秘書だった統一郎が地盤を引き継いだ。いわゆる二世議員であるにもかかわらず、真垣統一郎の特筆すべき点は父親以上のカリスマ性を持ち合わせていたことで、初当選するや否や、党内外から人気を集め、あれよあれよという間に時代の寵児《ちょうじ》ともて囃《はや》されるようになった。

ところが何の因果か、慎策は真垣統一郎と瓜二つだった。

もちろん頬肉のつき方や鼻の形など細かな違いはあるが、二人を並べない限りとても見分けのつくものではない。そして真垣統一郎の台頭と共に、慎策にも転機が訪れた。劇団の主宰から真垣のものまねで公演の前説をしないかと持ちかけられたのだ。

いつかは満席の場内から喝采を浴びるような役者になる——そんな野望を抱いて既に八年が経過していた。顔の彫りは深く身長もある。滑舌も悪くない。足りないのは個性だけだった。役者志望で目鼻立ちのいい奴などざらにいる。だが、主役を張るには顔よりも存在感だ。そこにいるだけで空気が変わる。それくらいの異質さがなければ、芝居慣れした客の注意を引くことはできない。キャストなら台詞《セリフ》が三つしかない脇役、そうでなければ大道具や照明に回されるような日々が延々と続いた。そんな時に降ってきたのが前説の話だった。

主宰にしてみれば、開演までの待ち時間を少しでも充実させたいという考えだったのだろうが、これが予想外なほどに当たった。何しろ髪型を整えさえすれば総理そっくりの男が目の前で漫談をするのだ。笑いを取れないはずがない。しかも、最初の頃こそぎこちなかった形態模写も、場数を踏むごとに洗練され、今ではものまね芸人もかくやというほどの域に達した。慎策の芸は演劇ファンの間ではちょっとした話題になり、最近では慎策目当ての客まで現れるようになった。裏方仕事を割り当てられていた時分に比べれば、待遇に格段の差がある。

しかし一方では、それがどうしたという醒《さ》めた気持ちもある。模写といっても元々似ているのだから芸と呼べる代物ではないし、第一そんな芸で脚光を浴びても心底喜べるはずがない。他の劇団員からも一目置かれるようになったが、それは上から目線に固定されている。喩《たと》えてみるなら、余技のサッカーを褒められた控えの野球選手のような心境か。

着替えを済ませると、慎策はすぐ舞台裏に直行した。前説が終われば大道具の仕事が待っている。第一幕と第二幕の間に暗転があり、そのわずかな間に背景を変えなければならなかった。

いつになったら主役を演じられるようになれるのか――。

舞台裏へと続く、細くて薄暗い通路を急ぎながら、慎策は考えることを止めた。考え出せば懊《おう》悩《のう》の淵に沈み込むことは何度も経験している。煩悶《はんもん》しているよりは、目の前にある仕事に没頭していた方がずっと楽だった。

夜の部が終わると舞台を片付けて家路に就く。時刻は十時過ぎ。小劇場の建ち並ぶ下落合《しもおちあい》には安い居酒屋もあるが、慎策はその前を素通りして住宅街に向かう。

東山藤《ひがしやまふじ》稲荷神社を過ぎて五分。都心にありながら、この辺りは未だ下町の風情が残り、集合住宅も築年数の古いものと新築が混在している。

その中でもひときわ古い一棟、四階角部屋を見上げる。明かりが点いているので同居人は帰っているはずだ。

オートロックがないので、そのまま四階に向かう。〈ＹＡＳＵＭＩＮＥ〉の表札がある部屋のチャイムを鳴らし、「俺」と呟くとドアが開いた。

「おかえりー」

珠緒《たまお》は姿を見せると、小走りですぐにまたキッチンに戻った。火を扱っているらしく、玄関先まで香ばしい匂いが漂ってくる。

「待っててね。今、揚がるから」

うん、と答えてリビングに入る。１ＤＫの部屋は珠緒一人で住むにはちょうどいい広さだが、二人ではやはり手狭に感じられる。今日に限ってそう思うのは、慎策が自分の居場所に疑問を抱いているからだろう。

夕食が出来上がるのをテーブルで待つ男。傍目には新婚家庭のように映るのだろうが、実際は家賃不払いでアパートを追い出され、彼女の部屋に転がり込んだという体《てい》たらくだ。

劇団に所属しているといっても、給料が出る訳ではない。むしろ強制的に割り当てられたチケットを捌《さば》くために、自腹を切ることがほとんどだ。バイト代の多くはそちらに消えていき、結局、生活は珠緒の財布に頼らざるを得ない。役者志望といえば聞こえはいいが、実際は単なるヒモだ。

安峰《やすみね》珠緒と会ったのは去年のことだった。下落合の駅で彼女が二人連れの男に絡まれているのを見咎《みとが》め、口論の末に乱闘となった。珠緒が警察を呼んだために大事には至らなかったが、それが付き合うきっかけになった。

年齢は慎策よりも六つ下。新大久保《しんおおくぼ》の病院で医療事務をしている。給与明細を見せられたことはないが、事務系は看護師よりも薄給だと誰かから聞いたことがある。二人分の生活費を捻出するのが簡単でないことくらいは、慎策にも分かる。

何となく居たたまれなくなり、テレビをつける。大抵、この時間ならどこかの局でニュースを流しており、最近はそこから真垣総理の姿を追うのが日課になっていた。

『……このように、大統領補佐官は真垣総理との首脳会談については明言を避けました。現状は、シリア情勢を睨みながらのアジア外交が続く見込みで、日本側も様子見を余儀なくされています。では次に国内ニュースですが、一週間の休暇を終えた総理に思いもよらぬアクシデントです』

画面には顔の右半分を包帯で覆われた内閣総理大臣が大映しになった。

『真垣総理は静養先の長野で森林浴を楽しんでいたところ雑菌に冒され、このように顔半分が腫《は》れ上がってしまったとのことです』

『わあ、これはひどいですねえ』

『ただ官邸の話によれば、この腫れも一時的なものであり、数日後には公務に復帰できるとのことでした』

漆にでもかぶれたのだろうかと、少し心配になる。ものまねを始めてからというもの、どうも他人のような気がしない。

慎策は包帯姿の真垣を脳裏に焼きつける。明日はこの扮装で出たら、また客が喜ぶかも知れない——と、そこまで考えて我に返った。真垣のものまねをどこかで疎んじていたはずなのに、相変わらず本人の仕草を盗もうとしている。

「どうしたの。浮かない顔して」

食卓を囲んでいると、目敏《めざと》く指摘された。

「いや、どうもしない」

「……慎ちゃん、唐揚げ大好物のはずでしょ。舞台で失敗でもした？」

「もう、大ウケ。客席大爆笑。スマホで動画か写真撮ってるヤツまでいた。正直な話、本公演より受けてた」

「真垣さんのものまね、絶妙だもんね」

「ものまねじゃない。元々、顔も声も似てるんだ。他人の空似を利用してるだけだよ」

「ふーん。それにしちゃあ、毎晩毎晩、ニュースで真垣さん出てきたらガン見してるよね。さっきだってそうだったでしょ」

珠緒は小さく笑う。

「ガン見するだけじゃなく、立ち上がって仕草もコピーしてるよね。それって立派な演技だよ」

「ある劇団員からはものまね芸人だと言われた」

「いいじゃない、言わせておけば。そういうのって大抵、嫉妬なんだから。わたし、そういうパフォーマンスができないから余計に思うんだけど、声や演技で他人を沸かせるなんて本当にスゴいことだよ」

「でも、カネにならない」

一瞬、珠緒は黙り込む。

「三十男がノーギャラで客を笑わせ、自己満足に浸ってるんだぜ？　これじゃあ路上で自己陶酔の歌をがなり立てているガキと一緒だ」

慎策は口の中に目いっぱい、飯を掻き込んだ。そのまま喋り続けたら、後から後から陰気なことを口走りそうだった。

しばらく沈黙が流れた後、珠緒が口を開いた。

「慎ちゃん、ひょっとしておカネのこと、気にしてる?」

「一緒に暮らしてるんだ。ヒモ以外なら、男は誰でも気にする」

「わたしが今まで、生活費入れてなんて言ったことある?」

珍しく険のある口調だった。

「慎ちゃんと同居してるのも、食事を二人分作ってるのも、わたしが好きでやってることよ。慎ちゃんが気にする必要なんてないじゃない。もしもおカネが足りなくなったら、その時にちゃんと言うよ」

「今までだけじゃない。これからだってあんな芸でカネが稼げるとは限らない。役者としてはもっと心許ない。役者になれるかどうかさえ分からない」

珠緒は何か言いたげだったが、黙って箸を動かし続けた。

風呂に入ってから、気になる俳優が出演しているドラマを観る。以前であれば自分の演技の参考になるよう、食い入るように観ていたのだが、今日はさっぱり集中できなかった。暇潰しのように映像を追っていくだけで、頭にも網膜にも何も残らない。

やがて、布団の中に潜り込んでいると、化粧を落とした珠緒が隣にやってきた。身体を丸め、上目遣いに慎策を見る。

「ねえ。どうして今日はそんなにネガティブになってるの」

「別に」

「理由がないのに暗くなられると、こっちが迷惑するんだけど」

「……真垣総理の年齢って知ってるか」

「確か慎ちゃんより五つ上の四十歳」

「うん、たった五つ年上。それなのにあっちは総理大臣で俺は役者志望のプー太郎」

「ちゃんとバイトしてるじゃない」

「あのさ。履歴書書く時に思い知らされたんだけど、いくら長期間働いても、バイトは正社員並みに扱われなかったら職歴にもならないんだよ。ものまねでウケても、それでギャラが発生する訳じゃないから、世間的には無職だし、おまけに住所不定」

「それで真垣総理と比較するの？」

「似たような顔で年齢も近いのに、どうしてこうも違うんだろうって。あの人のものまねを始めてから余計そう思うようになった」

「……馬っ鹿みたい」

「何だよ、馬鹿って」

「そんなの比べたって意味ないじゃん」

珠緒はぐいと顔を近づけてきた。

「慎ちゃん、政治に詳しかったりする？」

「いいや。俺、そういうの興味ないし、選挙にも行かないし、保守とか革新の意味も知らないし」

「いつだったかな、病院の外科部長が言ってた。人それぞれに闘う場所は違うんだって」

「闘う場所？」

「うん。戦場が海なのか山なのか、何と闘うかで兵隊の持つ武器も違ってくる。装備も変わってくる。総理大臣になるために必要な武器は色々あるんだろうけど、それは慎ちゃんには必要のないものでしょ。だったら比較しても無意味じゃない」

「俺の戦場は、とにかくだだっ広くて敵も多い。おまけに戦力も段違いだ。だから消耗戦になる。いつか斃《たお》れるのは目に見えている」

「だったらさ」

珠緒は鼻面を慎策の胸元に押しつける。

「さっさと撤退しちゃえばいいじゃない。犬死するより生還する方が大事でしょ。生きて帰ってこれたら、別の戦場を、自分の勝てる戦場をまた見つければいいのよ」

慎策に返す言葉はなく、その話題は自然に畳まれた。しかし納得した訳ではなかった。

珠緒のアドバイスはなるほど正論だった。だが、正論だけで生きていける者は少ない。そしてまた、足踏みしている慎策を責めない珠緒を有難いと思う反面、重荷にも感じる。

しばらくすると、珠緒は寝息を立て始めた。

慎策はなかなか寝つかれなかった。

翌朝、目覚めると、珠緒はもう勤めに出て姿が見えなかった。

今日はバイトの予定が入っていないので急ぐ必要はない。慎策は、テーブルの上にあった朝食をのろのろと済ませる。

テレビをつけても真垣を扱うニュースはないので、すぐに消した。珠緒のいない部屋は、それだけで広く感じられて落ち着かない。

良くない思考回路に入りかけているのが分かる。このままでは、自分に唾を吐きかけることになりそうだった。

気分転換のために外出しようと思った。幸い、雨の降る気配はない。

一階まで下り、マンションを出たその時だった。

路上で待ち構えていた二人組の男に、いきなり両脇を挟まれた。二人とも、服の上からでも隆々《りゅうりゅう》とした筋肉が分かる体つきをしている。

二人のうち、ホームベースのような顔をした男が話しかけてきた。

「加納慎策さんですね」

「そう、ですけど……」

「申し訳ありませんが我々と同行していただきます」

「いただけないか」ではなく、「いただく」。婉曲な命令口調に反抗心が湧いたが、二人のいかつい顔を見た瞬間に消滅した。

「あ、あんたたち誰ですか。いったいどこに行くっていうんですか」

「まあ、いいから乗って」

男たちは停めてあったクラウンの後部座席に慎策の身体を捻《ね》じ込んだ。

助けを呼ぶ間もなかった。

逃げ出そうとしたが、左右から男たちに挟まれて身動きが取れない。慌てているうちにクラウンは静かに走り出した。

「クルマを止めてくれ。ここから出してくれ！」

身をよじって逃げようとしたが、ドアに手を伸ばすことも敵《かな》わない。じわじわと恐怖心が押し寄せてきた。

「俺なんか誘拐したって何もならねえぞ」

するとホームベースの顔をした男がこちらを一瞥した。

「誘拐ではありません。同行してもらうだけです。だから目隠しとかしていないでしょう」

男の言うとおり、目隠しをされている訳でも、手錠をされている訳でもない。しかし、後部座席の窓にはスクリーンが貼られていて、おそらく外から中を窺うことはできない。たったそれだけで不安が募る。

「事情を説明したらどうだ！」

「我々もあなたを連れて来るようにと命じられただけでしてね。事情なら現地に到着してから、ゆっくりお聞きください」

誘拐以外で自分が拉致される理由は何か――混乱する頭が捻《ひね》り出した答えは一つしかなかった。

「いったい俺がどんな罪を犯したっていうんだよ」

「罪？」

「あんたたち警察なんだろ。俺が真垣総理のものまねしているのが気に障ったんだろ。そりゃあ、一国の総理をギャグにしたのは悪いと思ってるよ。でも、そんなこと新聞や週刊誌なら、毎日のようにやってることじゃないか。それをどうして俺だけが」

「勘違いをしているようですね。我々は警察ではありません」

「じゃあ何者なんだ」

「申し訳ありませんが、名乗ることは許されていません」

男はそれ以上説明する気はないようで、以後は口を閉ざした。

抵抗も質問も封じられた慎策は、クルマの行先を見守るしかない。せめてフロントガラスを流れる光景で、位置を確認しようとした。

幹線道路に入ったクラウンは、永田町《ながたちょう》方向に向かっていた。男の言うとおり、警視庁を目指しているのではなさそうだ。外堀通りをしばらく走り、山王日枝《さんのうひえ》神社を過ぎると、前方に庁舎らしき建物が現れてきた。横に平べったく、周囲を高い柵に護られた建物。

首相官邸だった。

クルマはその前を通過したと思うと、隣接した公邸の角を回り込む。元より政府公用車だったのだろう。クルマの行く手を遮るものは何もなく、慎策たち一行はゲートを素通りして公邸の中に入って行った。

相手は警察どころか政府。どうやら全く見当違いの用件らしい。

「降りてください」

男の指示で慎策はクルマから出て、そのまま邸内へ連れて行かれた。人目を忍んでいるのか、正面玄関からではないが、それでも広間を目にした途端、内装の荘厳さに慎策は目をみはった。

天井はアーチ型になっており、等間隔に吊《つ》るされた大きなシャンデリアの下には、高級そうな赤い絨毯《じゅうたん》が拡がっている。造りは古色蒼然《こしょくそうぜん》としているが、壁もカーテンも真新しく、足元には塵一つ落ちていない。

男たちに付き添われて三階まで上がる。慎策はそこの一室に放り込まれ、待つように言われた。

一階広間と同様、緊張を強いる内装に囲まれていると、また不安が募った。念のためにドアを開けて外を窺ってみると、両側に立っていた警備員がじろりとこちらを見た。どうも自由な出入りは許されないらしい。

見えない鎖で縛られたようにしていると、やがてドアが開いた。そしてそこに現れた人物を見て、慎策は思わずあっと小さく叫んだ。

すらりと背が高く、ぎょろりとした目が印象的な男。定例記者会見のニュースでいつも見る顔。内閣官房長官、樽見《たるみ》政純《まさずみ》。

その樽見は、慎策を見るなり少し驚いたふうに「ほう」と洩らした。

「失礼しました。あまりにも彼に似ていたもので。申し遅れました。加納慎策さん、でしたね。樽見と申します」

改めて紹介されるまでもなかったが、慎策は予想外の展開に頭がついていかない。はあどうも、などと言いながら差し出された手を握るのが精一杯だった。

「急にこんなところへお呼び立てして申し訳ありませんでした。実はあなたに喫緊《きっきん》のお願いがありましてね。それで多少無理をさせてもらいました」

多少の無理でも、自分の指示なら許されるのだ、という口調に引っ掛かりを覚えるが、今はそれどころではない。

「無理じゃなくて、無茶もいいとこです。白昼堂々、人を拉致するなんてまともじゃない。いったい、これは何の騒ぎなんですか」

「腹に据えかねることもあるでしょうが、ここは一つ冷静になってほしい」

凛《りん》とした声で窘《たしな》められると、大きな態度に出られない。丁寧な口調ながら、樽見の声にはそれだけの威力があった。

「これは、国家の一大事なのです」

「だから、いったい何を」

「しばらくの間でいい。真垣総理の替え玉をやってくれませんか」

あたかも世間話をするような口調だったので、意味を理解するのに数秒を要した。

「……え？」

「しばらく真垣総理を演じてほしい、と申し上げている」

樽見は噛んで含めるように繰り返す。

「最近の総理に関するニュースを見ていますか」

「確か、何かにかぶれて顔が腫れたとか」

「正しい報道です。だが、事実ではない。総理が罹《かか》ったのは蜂窩織炎《ほうかしきえん》というものだが、この病名はご存じですか」

初めて聞く言葉だった。

「私も聞きかじりなのだが、黄色ブドウ球菌による急性の皮膚感染症らしい。総理の場合は耳から黴菌《ばいきん》が侵入し、顔面の皮下脂肪を食い破られてしまった」

「災難でしたね。でもニュースでは、数日もすれば公務に復帰できるって」

「事実ではない、というのはまさにその部分です」

樽見は顔を寄せてきた。室内には他に誰もいないというのに、その仕草がいかにも秘密めいている。

「今説明したとおり、蜂窩織炎は単なる感染症で、抗生物質を投与し続ければ治癒できるが、罹《り》病《びょう》した部位によってはかなり深刻な事態を引き起こす。たとえば、顔面まで侵入した細菌が脳にまで達した場合だ。細菌は脳細胞まで壊死分解してしまう。それが何を意味するかは、あなたにも見当がつくでしょう？」

廃人――その単語が浮かんだ瞬間、慎策はようやく事の重大さが理解できた。

「じゃ、じゃあ総理の本当の病状というのは」

「現在も治療を続行中。しかし、深刻な事態もまた続行中で、意識が回復していない。そんなことをマスコミに公表すればどうなるか」

樽見は声を潜めて言う。無表情だが、元より低い声が更に低くなり、慎策は何となく脅されているような気になる。

「国民党が政権を奪還してからまだ日が浅い。その勝因にしろ、我が党が選任されたというよりは、民生党の三年間の運営があまりに酷《ひど》かったことへの、いわば反対票であり積極的な指示ではなかった。それに、票を集めた要因の大部分が、若い党首の魅力にあったことは誰も否定できません」

樽見の言葉に慎策は黙って頷く。説明には誤認も誇張もない。慎策の見聞きしたニュース解説によれば、戦後二番目の低投票率の中、国民党が快勝したのは、真垣個人の人気に拠るところが大きかった。もしも他の誰かが党首であったのなら、これほど勝てなかったと衆目は一致していた。

「無論、我が党には四十年来国政を担ってきたという実績と自負がありますが、そんなものは移り気な国民にすれば、意味のあるものではない。投票率があと十ポイント高ければ、違う結果になったという試算さえある。政権を奪還したのはいいが、基盤は極めて脆弱なのです」

自嘲気味の分析を、慎策は訝《いぶか》しい思いで聞く。内閣官房長官自らの言葉はそれなりに重く、内容が明け透けな分、聞いているこちらを萎縮させた。

「そんな状況で肝心要の真垣が意識不明と知られれば、間違いなく国民は動揺する。選挙に大敗した民生党は、ここぞとばかり野党勢力を結集させ、自ずと国会審議は空転する。山積する重要法案は停滞を余儀なくされ、景気回復や震災復興がその分後手に回る。いや、それだけではない。首脳会議が迫る中、国内情勢不安と見た各国が、それにつけ込んで何を主張し、何を画策するか予断が許されない。一日も政治的空白を作ることはできない」

「で、でもそんな時のために、副総理がいるんじゃないですか」

「では加納さん。あなた、今の副総理が誰だか言えますか」

慎策は言葉に詰まった。樽見は予見していたように、眉一つ動かさない。

「まあ、それが一般国民の偽らざる反応でしょう。正解は岡部《おかべ》財務大臣が兼務しているが、要はお飾りの役職です。身内のことを悪し様に言うのは気が引けますが、所詮彼は経済のスペシャリストではありますが、とても総理の器ではありません。景気は読めるが、人心を読めない。財務官僚の声は聞けても、国民の声を聞けない。生来からの暴言癖は鳴りを潜めたものの、いつ再発するか分からない。そんな人間に総理の代行をさせるくらいなら、まだ空席の方がマシなくらいです」

樽見は、無表情で淡々と言いたい放題の人物評価を続ける。

「ここまで説明すれば納得してもらえるでしょう。国内および国外に、真垣統一郎の顔を見せ続けなければ、早晩国難が降り掛かる。それを回避するには、是非ともあなたの尽力が必要なのです」

「で、でもどうして俺なんかを」

「どうして知ったか、ですか。最近の若者は新聞やテレビよりも、ネットから情報を拾ってくる者が多いですが、恥ずかしながらウチの息子もそのクチでしてね。ある日、動画サイトであなたのものまねを見た。それがきっかけですよ」

それを聞いてようやく慎策は合点した。前説のものまねをスマートフォンで録画した誰かが、サイトに投稿していたのだ。

「いや、感心しましたよ。風貌もさることながら、真垣の仕草・口調が本物と寸分の違いもなかった。あなたは自分の芸を自慢してもいい」

「どうも」

「真垣が蜂窩織炎に罹ったのはその直後でしたから、わたしには動画サイトを見たことが天啓のように思えましたよ」

「だから、俺に総理の影武者を務めろって言うんですか。駄目ですよ、そんなの。無理に決まってる。絶対にバレますって」

「まずバレませんね。彼と比べれば、頬骨の張り具合や目の大きさが若干違いますが、遠目ではまず見分けがつかないですから。ついでに言えば、このことを知っているのはわたしとあなた、そしてさっきあなたを連れて来た二人ですが、あの二人はとても忠実な者たちで、どんな拷問を受けても秘密を洩らすような真似はしません」

さらりと〝拷問〟という言葉を使うところに、この男の得体の知れなさと怖さを慎策は感じた。

「遠目で、でしょ。間近でまじまじ見られたらどうするんですか」

「蜂窩織炎というのは大層怖い病気でね。皮下脂肪まで食われてしまうので、治っても多少顔の形が違ってしまうらしい。治癒後は整形外科の世話になる患者もいるそうです。その事実を踏まえておけば、わずかな人相の違いはかえってリアリティが増すのではないかな」

「いくら何でも家族にはバレますって」

「真垣に、家族と呼べる者は、いません」

樽見は一語一語、区切るように言う。

「先代真垣善治《よしはる》の子供は彼だけです。ご母堂は、彼が二十歳になる前に他界している。よほど奥様を愛しておられたのか、善治さんは再婚しなかった。彼自身、忙しさにかまけてあの年齢だというのに未だ独身。だから、彼はかわいそうに天涯孤独の身の上なんですよ」

「じゃあ同級生とか」

「政界入りしてから彼も多忙になり、かつてのクラスメートとは疎遠になったと聞いています。総理となった今では尚更でしょう。友人だからという理由だけで、官邸までやって来る馬鹿もそうそういない」

「議員仲間とか、後援会のメンバーとか」

「彼は、そういう関係を蔑《ないがし》ろにする男ではなかったが、必要以上に深入りすることもなかった。わたしよりもずっと接触した度合いは小さい」

「国民を騙《だま》すってことですよ」

「毎日のようにあの芸を披露しているんでしょう。観客が多少増えるだけの話です」

「あんたの言ってることは無茶苦茶だっ」

「国難を排除するためだったら無茶もする。詐欺師紛いのこともする。いずれも国益の前では取るに足らないことだ。それにもちろん、タダという訳じゃない」

樽見は人差し指を立ててみせた。日頃から演技を研究しているので分かる。それは、条件提示に自信のある人間がよくする仕草だ。

「失礼だが少々調べさせてもらいました。劇団員というのはアレですね。まあ、そんなに贅沢な暮らしができる仕事ではなさそうだ」

「贅沢したくて役者をやってる訳じゃない」

「これは失礼。しかし舞台稽古に時間を取られ、満足にバイトもできないのでは、高楊枝《たかようじ》を咥《くわ》えるのも困難でしょう」

「日当でも払おうって言うんですか」

「お望みならそれでも構わないが、こちらはもう少し魅力的な報酬を用意しています。どうですか。小さな劇団でじっくり演技を磨くのも悪くないが、テレビや映画で脚光を浴びるのもいいと思いませんか」

「……それってメジャーデビューってことですか」

「新人俳優一人デビューさせることなど造作もありません。政府が操れるのは公共放送だけに限ったことじゃなし。大手映画会社あたりに売り込むも良し、政府広報のイメージキャラクターになるも良し。いや、いっそ大河ドラマの主役に大抜擢というのも、意表を衝いて面白い」

大手映画会社。

政府広報イメージキャラクター。

大河ドラマ。

ついさっきまでは別世界の話だと思っていた。だが、今目の前に座っているのは、この国の首相を支える男だ。この男が指をひと振りすれば、大抵の魔法は実現する。国会対策に比べれば、チンケな劇団員の人生を一変させてしまうことなどいとも簡単だろう。

そう考えると、真垣の影武者を演じることに俄然魅力を感じ始めた。芸どころか、国民全員を相手にした大芝居だが、その分見返りは大きい。

降って湧いたような幸運に、怯懦《きょうだ》な心が押しやられる。怯懦と一緒に判断力まで押しやられるが、しがみつく気は失せていた。

「まだ何か気がかりなことでも?」

こちらの動揺を見透かしたように、樽見が顔を近づけてくる。不安材料がなくはない。しかし、拒否の意思は薄れている。自分はただ、背中を押してもらいたがっているだけだ。

「あんたの他にも、会わなきゃならない大臣がいるんだろう」

「定例閣議は、毎週火曜日と金曜日の午前中。懸案事項がない時は、世間話に終始することもあります。議長は内閣総理大臣だが、進行役はわたしだから、何とでもなるでしょう」

「マスコミ取材だってある」

「取材？」

「ほら、官邸を首相や大臣が歩いている時に、いきなり聞いてきたりするでしょ」

「ああ。いわゆるぶら下がり取材というヤツですが、これも適当に相槌を打つなり無視してよろしい。そんな場所で一国の首相から、軽々《けいけい》に言質を取ろうなどという記者にろくなのはいない。仮にどうしても返答が必要な場合でも、あなたの演技力なら問題ないでしょう」

　ここぞとばかりに、樽見は慎策を睨み据えた。敵意は感じられない。しかし謝絶を許さない威迫の目だ。

「報奨は保証します。だが、それより何より、わたしは国の命運を預かった者の一人として、あなたにお願いしたい。この危機を救えるのはあなただけなのです」

　頭が深々と下げられる。だが、下げられた側の慎策に、優越感など微塵もない。頭頂部から受けるのはひたすら威圧感であり、感覚としては命令に近い。

　それでも、背中を押してもらったことに変わりはなく、元より慎策に拒否権など与えられていない。樽見が、いち個人の人生を好転させられる力を持っているのなら、逆に作用する力を持っているのも自明の理だ。申し出を断れば、おそらく有形無形の懲罰が待っている。

「……分かりました。引き受けます」

　力なくそう答えると、目の前の頭がゆっくりと上がった。

「ありがとうございます。あなたなら快諾してくれると思っていましたよ」

初めて樽見が笑ってみせたので、慎策はふっと緊張を解いた。厳《いか》めしい面立ちも、破顔するとそれなりに愛嬌があった。

しかし、よく見ると目だけは全く笑っていなかった。

早速だが着替えてほしい、という要請に従って、慎策は別室に移動させられた。そこに用意されていたのは、三つ揃いの背広と包帯で、つまりは、直近に報道された真垣の包帯姿を模写しろという趣旨らしい。

真垣の私服なのだろうか、ずいぶんと仕立てがいい。重厚な印象なのに、手に持つと軽い。襟元の商標を確かめると、慎策も知っているブランド名だった。袖を通してみると、本人と体格が近いせいなのか、まるであつらえたようにぴったりだった。着替えを済ませ包帯を巻いてみる。真垣の包帯姿は昨日テレビで一度見た限りだが、それこそ穴が開くように観察していたので、巻き方も大方再現できた。

扮装を終えた慎策が眼前に立つと、樽見は派手に驚いてみせた。

「これは……すごい。予想以上です」

「大袈裟《おおげさ》ですよ」

「いや、決してそんなことはない。実に見事だ。これなら仮に奥さんがいたとしても、騙し果《おお》せるかもしれない」

そこまで言われると、満更悪い気はしない。

「これなら第一関門も突破できそうだ」

「第一関門？」

「今から党三役に会わせます」

「えっ」

「真垣総理の病状は回復、まだ継続治療は必要だが、公務復帰には支障なし。本日夕刻の定例会見で、わたしからそう発表します。その前に、少なくとも党三役には復帰の意思を伝えておかなければ、色々と勘繰られますからね」

「い、今からですか」

「こういうのは早いに越したことはない。まず座って。あなたは党三役を知っていますか」

慎策は腰を下ろしながら首を振る。三十代半ばにもなって、改めて自分の無知さ加減を嘲笑される思いだった。

「三役というのは、党執行部の最高幹部たちを指す。具体的には幹事長・総務会長・政務調査会長だ。通例として、この三人が大臣を兼務することはない」

「ええっと……すいません。それぞれレクチャーしてもらえませんか」

「幹事長というのは、党務全般を掌握する、つまり実質的なナンバー2です。現内閣の幹事長は、是枝孝政《これえだたかまさ》。その最大の任務は、選挙活動を指揮することですが、是枝は、先の衆院選で選挙参謀を務めたことが評価されて幹事長に就任しました。次に総務会長は須郷毅《すごうつよし》。二十五名の議員で構成される総務会の長で、党の運営と活動について決定する。そして、政務調査会長は国松勉《くにまつつとむ》。政策や立法について立案する部会の元締めです」

是枝孝政。須郷毅。国松勉。政治に無関心な慎策でも名前と顔の一致する面々だった。しかし、名前と顔を知っていても、性格や背景までは分からない。

不安が顔に出たのだろう。樽見は合点顔で頷くと、三人について概略を説明し始めた。

「もうそろそろ来る頃だな」

すると、果たしてドアをノックする者がいた。樽見が応えると、三人の男が姿を現した。

「総理。もう身体の具合はいいのか」

真っ先に声を掛けてきたのは精悍《せいかん》な顔立ちの須郷総務会長だった。年齢は七十を過ぎているのに、艶々とした黒髪と、張りのある声がそれを感じさせない。当選十三回、今や最大派閥となった須郷派の領袖《りょうしゅう》でもある。党三役に選ばれると、その議員は派閥から離脱するのが通例となっており、領袖である場合もその例外ではないが、派閥運営には不可欠である事情もあるので、派閥の会合には皆勤している。

濁声《だみごえ》と強い意思を思わせる太い眉、そして悪人面。連綿と続く派閥争いの歴史の中、常に隠然たる権勢を誇ってきたので、権謀術数《けんぼうじゅっすう》の権化という印象が強いが、樽見の話では、意外に人情家であり、それゆえに信奉者が多いとのことだった。なるほど、間近で顔を見れば、どことなく親分肌であるのも感じられる。慎策は他人の所作はもちろん、その風貌を研究しているので承知しているが、こういう悪人面が笑うと、結構魅力的な表情になる。きっと、世評とのギャップに惹かれる者も多いのだろう。

また須郷は、真垣総理を誕生させた影の功労者でもある。総裁選挙時、最大派閥の長ともなれば、自分の陣営から総裁候補を推すのが普通だが、須郷は、敢えて敵派閥の真垣を支持した。国民党は当時から真垣人気で復活の兆しを見せていたので、須郷の判断は妥当だったのだが、派閥の欲得を抜きにした行動は、この男の巨《おお》きさを窺わせた。いくら国民から支持を得られているからといえ、第四派閥相沢《あいざわ》派の真垣が総裁選で勝利したのは、一にも二にも須郷の協力があればこそだった。

「実は知り合いの医者にあんたの病状を説明すると、結構厄介な病気だと言うから、気を揉んでおったのだ。その調子では大丈夫そうだな」

「総理は明日から公務に復帰されます」

　樽見が代わって応えると、須郷は力強く頷いた。

「良かった。新政権発足でまだまだ基盤が脆弱な今、総理が元気な姿を見せなければ、党員が浮足立つ。どこかの不穏分子が、妙な動きをせんとも限らんしな」

　須郷はそう言って、横にいた是枝を一瞥する。是枝は気づかないのか、それとも気づかないふりをしているのか、目を合わせようともしない。

「しかし、公務復帰は喜ばしいことだが、その姿を野党や国民の前に晒《さら》すのはどうも……」

　政務調査会長の国松が、眉間に皺《しわ》を作って言う。国松勉、族議員を多く擁する芝崎《しばさき》派の古参。須郷とは対照的に、頬がこけ、やぶにらみ気味の目と相まって病的に見えるが、これでも剣道と柔道の有段者らしい。最大派閥の須郷派には数で劣るものの、構成員に大臣・副大臣経験者が多く、存在感も大きい。国松自身、議員になる以前は、郵便局長会の幹部を務めた男であり、そのため芝崎派は党内既得権益の象徴と目されている。つまり、党内改革・既得権益排斥を謳《うた》う真垣とは、真っ向から利害が対立しているのだ。

　そして総裁選の際、真垣と最後まで接戦を繰り返したのが芝崎派だった。従って、芝崎派の国松を党三役入りさせたのは、党内敵勢力を懐柔させるのが眼目だった。

しかし、既得権益の保持こそが、国民党の集票に繋《つな》がると信じる芝崎派は、国松の党三役入りで満足することはなく、既に次の総裁選を視野に入れているらしい。現状、表立った敵対行動を控えているのは、須郷の指摘どおり、まだ政権奪還が真垣人気に支えられた脆弱な基盤の上に成立しているからだ。派閥争いに勝利したところで、乗っている舟が沈没したのでは元も子もない。

「せめて、その包帯が取れるまでは副総理に執務を代行させてはいかがですかな」

国松は慎策を覗き込むようにして言う。これは、樽見が予測していた反応だった。芝崎派とすれば、自派の岡部が副総理であることを幸いに、短期であっても首相の代行をしたという実績を作り、次回総裁選の材料にしたい考え――それが樽見の読みだった。

樽見からそれを聞いた時は、にわかに信じられなかった。まるで、同じ党内に野党がいるようなものではないか。それほど熾烈な政争を企てる者同士が、同じ釜の飯を食っているという不合理さが、慎策には到底理解できない。

「政調会長。心配はご無用ですよ」

樽見は、およそ感情のない声で国松を牽制する。

「投与した抗生物質の効き目もあって、黴菌に侵された部位も回復しており、高嶺《たかみね》先生の話では、明日にでも包帯は取れるそうです。ただ……」

「ただ?」

「腫れが引いても、融解した皮下脂肪までが復活する訳ではないので、少し目元や頬に痕が残るとのことです。無論、整形を施すこともできますが、それこそしばらくはミイラ男の如き様相となります。元より眉目秀麗《びもくしゅうれい》が内閣総理大臣の必要条件ではなし、治癒の痕跡が目立てば、病魔に勝利したという貫録にもなる。どちらが有益かは、比較するまでもないでしょう」

「総理。官房長官はこう言っているが、あなた自身は本当にそれでいいのか。老婆心ながら諫言《かんげん》するが、いかに総理総裁の立場にあるといえ、無茶は良くない。かつて選挙戦のさなか、無理を押して、結局は早逝してしまった総理がいたことを、あなたもご存じだろう」

国松は未練がましく言い募る。樽見はそれさえも見越していた様子で、冷ややかに構えている。そして、ちらとこちらに視線を送ってきた。自分でこの局面に対処してみろ、という色をしている。

ええい、ままよ。

慎策は徐《おもむろ》に口を開いた。

「国松さん。お心遣いは有難いが、官房長官の言うとおり、今はゆっくりベッドに横たわっている場合じゃない。いや、こんな時だからこそ、平時よりも強靭に振る舞う必要がある」

静かだが、端々に自信を漲《みなぎ》らせた口調。話した後、わずかに首を傾げる仕草。真垣は話す相手が一人の場合は、いつもこんなふうにする。

「それに気の毒な前例はあるが、たかが菌に負けるようなヤワな身体では、とても永田町の牛頭馬頭たちに太刀打ちできない。それは国松さんもご存じでしょう」

これも真垣を真似て不敵に笑ってみせると、国松は唇をへの字にして黙り込んだ。

「総理自らそう仰っていただけるのなら、願ったり叶ったりです。国民に向けて景気対策についての会見、それに先立つ日銀新総裁との会談、原発再稼働の是非と復興支援に関して、党首会談が控えています。いずれも総理がお出にならなければ、逃げたとも取られかねない」

慇懃《いんぎん》な態度を崩さずに割って入ったのは、幹事長の是枝だった。退潮著しい牧村《まきむら》派の生え抜き、四十二歳。真垣と同様の二世議員だが、端正な顔立ちと歯に衣着せない弁舌で、国民の支持を得ている。政治家には珍しい清廉なイメージは、殊に女性と若年層に受けている。また、真垣と年齢が近いこともあり、〃国民党の若きツートップ〃と称する党員もいる。

だが、似ているのはそれくらいで、真垣と是枝には、決定的とも言える違いがある。真垣の弁舌は大衆を引き込み、性格は同僚議員を引き込む。つまり、真垣には天性のカリスマ性があった。一方の是枝には、それがない。牧村派で重宝がられ、先の選挙で参謀を任されたのも、偏《ひとえ》に、是枝の集金能力が買われたからだった。実際、先の選挙ほど現金が飛び交ったこともなく、こと牧村派議員には、是枝から相当のカネが供給されたのだという。しかし、是枝の父親は清貧で知られた人物であり、資産と呼べるものはほとんど所有していなかった。その息子が、莫大な選挙資金を工面するのに正当な手段を講じたとは到底思えなかったが、その資金で自分たちが当選できたのだから、党内で敢えてカネの出自を探ろうとする者もいなかったのだ。

樽見によれば、党三役の中で一番油断のならないのが是枝だという。慇懃な振る舞いの下に何を隠しているのか、およそ窺い知れない。年齢の違わない真垣に大人しく追従しているのも、次の総理の椅子を狙っているという見方が大勢を占めているが、実際のところは分からない。

だが、慎策にも分かることがある。樽見の見立てはおそらく正しい。この是枝という男は、本当の表情を見せていない。慇懃さも清廉さも、どこか作り物めいている。それは慎策自身が役者だからこそ看破できる類いの虚像だった。そして、その程度の虚像作りなら、慎策の方がずっと上手であることも。

「あなたにも要らぬ心配をかけて済まなかったね、幹事長。そのとおりだ。わたしに逃げは許されない。いや、こういう形で政権を奪還した段階で、我々は誰一人として逃げられない局面に立たされている」

相手を気遣いながらも、決して主導権を渡さない物言い。これもまた真垣の口舌だった。

「わたしの執務能力について不安を訴える議員が出るやも知れないが、それは幹事長の力で封殺しておいてください。いや、図らずも今回のことは、幹事長の試金石になった感さえありますね」

投げたはずの石が投げ返されたので、さすがに是枝は面食らった様子だったが、それでも表情が強張ったのは一瞬で、すぐまた元に戻った。

頃合いを見計らって、樽見が場をまとめにかかる。

「ではお三方、包帯を替える時間です。今日のところはこの辺で」

その言葉を合図に、須郷たちは部屋から出て行った。ドアの陰から三人の後ろ姿を見送った樽見は、部屋を閉め切った途端、小さく手を叩いた。

「驚きました。完璧です。まるで真垣が、そのまま喋っているようでした」

「どうも」

「特に幹事長をやり込めたところなど、思わず拍手しそうになりましたよ。実際、過去にああいう場面が何度かありましたから」

「正直、生きた心地がしませんでしたけどね」

「ともかく、あの三人の目を騙せたのなら、まずはひと安心です」

「まず?」

「ええ」と、樽見は事もなげに言う。

「舞台の幕はまだ上がったばかりです」

2

『国民には多大な心配をかけましたが、総理の容態は快方に向かっており、明日から公務に復帰する予定です』

　樽見は原稿に目を落としたまま読み上げていた。ひどく印象的な目も俯《うつむ》き加減になると中和されて違和感が減じる。上背があることも手伝い、同性である慎策の目にも結構な男ぶりに映る。

『もう、完治して傷一つ残っていないということなのでしょうか』

『いや。黴菌を取り除くため、顔にメスを入れたので多少の痕は残ります。腫れのせいでわずかに野性味のある顔つきになったようです。これで野党の方々にも睨みが利くんじゃないかな』

　会場から和やかな笑いが起きる。公式の場における相応のジョークは知性を感じさせる。先の政権の幹事長がひたすら渋面で真面目一辺倒であったことを思い起こすと、樽見の答弁は長期に亘って政権を担ってきた国民党の余裕を象徴している。

　どうしても必要な場合には記者会見にも出席してもらう――そう樽見に厳命され、まずは雰囲気だけでも予習しておこうと定例会見の模様を見ているのだが、こうして見ると真垣に負けず劣らず、樽見もテレビ映えがする。慎策がまだ学生の頃は、テレビに映る政治家といえば、よほどの悪人顔か平凡なサラリーマンふうしかいなかったが、最近は真垣や樽見のような男前が目立って増えてきた。この傾向は、政治家が討論番組やバラエティーに出演する機会が増えたことと無関係ではないだろうと慎策は考える。

劇団でも似たようなことはままある。テレビ局のプロデューサーやディレクターの目に留まった、見てくれだけで演技力皆無の役者たちが、どんどんドラマに抜擢されていく。所詮演技力がなければ淘汰《とうた》されるだろうと高をくくっていたのだが、意外にそうはならないことも歯がゆかった。

樽見の答弁は澱みなく続く。真垣という人間を個人的に知っている訳ではないが、樽見を女房役に選んだということだけで彼の賢明さが分かる気がした。

だが一般質問に移り、女性記者が次の話題を口にした途端、樽見の微笑は消えた。

『東亜《とうあ》日報の樫村《かしむら》です。久我山照之《くがやまてるゆき》議員のテレビ発言に関してですが、政府与党としてはどのような見解なのでしょうか？　党員除名処分や議員辞職勧告を考えているのでしょうか』

『それについてはまだ本人から直接話を聞いておらず、事実確認もしていないのでコメントはできません』

『官房長官はニュースをご覧になっていないんですか？』

『官房長官という役職は朝から晩までテレビの前に齧《かじ》りついているほど暇ではありません。また重大なニュースについては、ソースを慎重に確認した上で対処しています』

『久我山議員の発言は、アラサー以上の女性に対する暴言以外の何物でもないと思いますが、官房長官はどのようにお考えでしょうか』

樫村という記者の口調が次第に感情的になってくる。一方の樽見は抗うこともなく淡々と処理する。

『まだ確認できていないので何もコメントはできません。それでは次の方』

はい、と前列で男性記者の手が挙がる。

『はい、そちら』

『帝都《ていと》新聞の横島《よこしま》です。国民党の橋爪健太郎《はしづめけんたろう》議員が非弁行為で京都弁護士会から懲戒請求を受けている件ですが』

これにも樽見は表情を崩さない。しかし慎策は、頬の硬直具合から相当に感情を抑えていると推察した。

『まさか、この話もご存じないのですか』

『これもまだ議員本人から事情を訊《き》くには至っておりませんのでコメントはできません』

『しかし既に事実として懲戒請求が検討されています。当社はその記録も入手しましたが、ご覧になりますか』

『いえ、結構です。必要があればこちらで手配しますから』

『懲戒請求というのは余程のことでない限りされないものと聞いています。また橋爪議員の非弁行為というのは、弁護士活動どころか依頼者との信頼関係を蔑ろにするものです。そういう人物が国会議員という立場で国民のために働けるかといえば、大変疑問に感じられるのですが』

『まだ事実関係を確認していないのでコメントはできません。立件も起訴もされていないのであれば、議員の私生活に対して党が全てに亘って関与するというのはいかがなものかと考えます』

『いや、官房長官。これは一般論としても由々《ゆゆ》しき問題でしょう。職業倫理を疑問視されるような人物が国会議員にふさわしいはず、ないじゃないですか』

『ほう、それは一聴に値する意見です。ええと、帝都新聞さんでしたね』

『そうです』

『そういえば、あなたの会社でも部長職にいらっしゃる方がセクハラ疑惑で部下に訴えられるとか、また別の方はタクシーの料金を踏み倒した上で乱暴を働いたとか……ああ、もう時間ですね。これで質問は打ち切らせていただきます。以上』

新聞社の不祥事を最後に濁したのは、言質を取られない樽見流の皮肉だった。批判も悪罵《あくば》もせず、報道された事実だけを告げているので反駁《はんばく》する余地はなく、しかも相手の発言を封殺するには充分な威力を持つ。相当に効いたらしく、反撃された記者は口をぱくぱくしながらそれ以上は言葉にならない様子だ。

てっきり真垣の病状について質問が集中するかと思っていたので、慎策はほっと胸を撫で下ろしたが、よくよく考えてみれば、記者の質問は後々自分に向けられるものでもあり、樽見が回答を忌避するほど神経質な問題と思える。

報道陣が諦め悪く挙手したり声を上げる中、樽見は平然と壇から下りてくる。

自分にはとても樽見のように当意即妙《とういそくみょう》な受け答えはできない。いや、それ以前に二人の議員の不祥事が、政府や党にとってどれだけ負の材料になるのか、見当もつかなかった。

部屋に戻ってきた樽見は慎策と顔を合わせるなり、短い溜息《ためいき》を漏らして椅子に腰を落とした。

少なくとも、自分に対して表情を繕わない態度に慎策は安心するが、樽見ほど慎重な人間が易々《やすやす》と本心を見せるはずがないと思い直す。

「何か、しんどそうですね」

「野党議員と討論するよりはね。マスコミには理屈が通用しませんから」

樽見は苦笑しながら言う。

「大抵は訳の分かった政治部の記者が質問してくるから、こちらも答えやすいが、さっきのは見慣れない記者でした。きっと社会部か遊軍の記者だな」

「あれ、どういう話なんですか。教えてください」

「二人の議員の不祥事、ニュースは見ましたか」

「見出しくらいは見聞きしたけど、総理以外のニュースにあまり関心がなくって」

「今は興味、ありますか」

「俺にマイク向けられる可能性もあるんでしょ。知らぬ存ぜぬを通す訳にも……」

「それもそうですね。じゃあかいつまんで説明しましょうか」

両方ともここ二日間のうちに起きた出来事だった。

須郷派のベテラン議員久我山照之は豪放磊落《ごうほうらいらく》な物言いが面白がられて、何本かセミレギュラーでテレビ番組に出演している。そのうちの一本が昨日放映され、〈高齢出産の危険性〉というテーマで久我山の発言した内容が次のとおりだった。

『そもそも論なんだけど、結局、初産の年齢が高くなったのは女性の責任でもあるんだよ。男の高身長・高学歴・高収入にこだわるから婚期が遅れる。婚期が遅れたら高齢出産になるのは当たり前でさ。我々が若い頃だと三十過ぎは皆〝行かず後家〟って言われてたんだから』

この放映直後からテレビ局には抗議電話が殺到し、ネットでは女性蔑視として久我山への非難が集中した。いわゆる、〈行かず後家〉発言だ。早速、野党の女性議員がこれに噛みつき、あろうことか与党の女性議員も同調した。高齢出産を女性の責任と公言して憚《はばか》らないような男は、全女性の敵という訳だ。

「毎度のことながら、発言の前後まで検討すれば、決して女性蔑視ではないのだが、そこだけ抽出するとそう受け取られても仕方がない」

樽見は呆れたように言う。

「久我山さんは当選十三回の大ベテランで大臣経験者でもある。彼が国益に貢献したことは計り知れず、現在においても中堅議員の調整役として、独自の存在感を誇っている。ところが、軽薄なマスコミと思慮の浅い議員が揚げ足取りに奔走し、彼我の業績をも相対化してしまっている。理屈や言葉だけで議員の質を判断してどうするのか。国会議員の評価は業績でしかないのにねえ」

橋爪健太郎議員の一件は更に悩ましい問題だった。橋爪は牧村派の中堅議員を務める一方で、現役の弁護士でもある。ところが、弁護士事務所の事務員が橋爪の名義で債務返済の交渉を行い、それが弁護士会の懲戒請求にまで発展した。まずかったのは、その行為を橋爪自身が承諾していたことだった。弁護士資格を持たない者が報酬を得る目的で弁護士活動をすると弁護士法七十二条に違反し、二年以下の懲役または三百万円以下の罰金に処せられる。それを承諾した弁護士も同様だ。

議員活動で多忙だったからだ、と橋爪は弁解した。債務返済の業務は各債務の利率を法定利息で計算し直し、残債があれば払い、過払いであればその分を請求するという単純作業だ。実態は弁護士資格のない事務員が、債権者との交渉に当たることも少なくない。だから、つい一任してしまった――。

「実際に、まだ弁護士会は懲戒請求もしていないのですよ。あの記者は検討段階と言っていましたが、おそらく請求までに至らず話は立ち消えになります」

「どうしてですか」

「わたしが聞いた話では、債務整理を事務員任せにしている弁護士が少なくない、いちいちそんな事例で懲戒請求していては身が保たないらしいですね。それに自分に飛び火する可能性もある。加えて大きな弁護士事務所では、最終判断は弁護士が下しているから違法ではない、との見解を用意している。事件としては小さいし、面倒臭がって警察も動こうとしない」

つまり、限りなく黒には近いがグレーなので、喫緊の課題ではないということか。

「ただし、あの記者がいみじくも指摘したとおり、弁護士法違反に抵触するような人物が国会議員としてふさわしいかどうか、となればこれは苦しい。久我山さんの舌禍《ぜっか》と同様の文脈になるのですが、今は国会議員としての業績より、何より清廉潔白であることを求められていますから」

樽見は皮肉に笑ってみせる。

「薄汚れていた方が人間らしくていいとは言いませんが、議員に品行方正ばかり押しつけられてもねえ。理想の追求にしろ利益誘導にしろ、求められているのは別の資質のはずなのですが」

話を聞いているうちに慎策は肩の力が抜けていくのを感じた。

暴言癖に胡乱《うろん》な職業倫理。それなら、慎策が日常見聞きしている話と五十歩百歩ではないか。

「いますよ、劇団仲間にもそういうヤツ。徹底した男尊女卑なヤツとか、しょっちゅうバイトの売り上げ誤魔化しているようなヤツ」

「ほう」と、樽見は興味を示す。

「皆も困っているんですけど、それでも舞台には必要な人材だから退団させるなんて考えもしません。隠れた性癖や道徳なんて、演技や人気には何の関係もないんだから」

「よくは知りませんが、芸事というのはそういうものかも知れませんね」

「それで樽見さんは、その二人の処分をどう考えているんですか」

「従来であれば野党の出方を見て対処を決めるところですが、何せ政権発足間もない時期で、しかも基盤が脆弱なのは否めない。所属派閥の須郷さんと是枝くんには痛手だが、野党に突かれる前に、新政権の有りようを国民に示すため、二人とも党員資格剝奪という処分が一番現実的でしょう」

「党員資格を剝奪されると、どうなるんですか」

「まず党員として名を連ねている各委員会に参加できなくなるし、次の選挙では公認が取れなくなる。久我山さんは経済政策、橋爪さんは拉致被害の対策でそれぞれ旗を振っていた人間だから、二人を失うことは内閣にとっても痛手ですが、これにはまた別の思惑も働いているし……」

「別の思惑？　何ですか、それは」

問われるままに樽見は答える。内輪の話だが、総理の影武者を務める慎策には伝えておいて支障のない話と判断したのだろう。その話を聞いて、慎策はますます劇団も政党も内実は似たようなものだと呆れた。そして、そろそろと右手を挙げた。

「あの……いいですか」

「何でしょう」

「確か、総理には任命権ってあるんですよね」


翌日、公務復帰の報告を兼ねて総理の記者会見が行われた。

官邸会見室の隣室で慎策は密かに呼吸を整える。これが国民に向けての最初のお披露目だ。気負わず、されど気を抜かず。

イッツ・ショータイム――。

慎策が登場すると、期せずして記者席から拍手が起きた。記者たちにしてみれば、公務復帰へのささやかな手向けといったところだろう。ところが、右の顎骨と額に貼られた大きめの絆創膏《ばんそうこう》が露わになると、その拍手も潮が引くように止んだ。

「ああ、申し訳ない。これじゃあ、まるで喧嘩した直後の中学生みたいだな。見かけほどは大したものじゃないから気にしないで」

慎策は鷹揚に絆創膏を叩いてみせる。

「いずれ近いうちにこの絆創膏も取ります。皆さんには長らくご心配をかけてしまったが、このとおり無事復帰することができました。今でこそ話せるが、実は闘病の間、死を間近に感じたこともあった」

記者席がさっと緊張する。

「もちろん優秀な医師のおかげであちら側に行かずに済んだが、まあ、人間という者は一度くらいそういう目に遭った方がいいのかも知れない。かく言うわたしも命の儚《はかな》さ尊さを身を以《も》って知り、今ここに立ち、再び政策の指揮を執ることへの喜びと責任を痛感している。不肖真垣統一郎、以前にも増して国難に立ち向かって行く所存です」

真垣特有の抑揚でそう言うと、ようやく安堵したのか記者席から溜息が漏れた。その間隙《かんげき》を縫って、慎策は記者席を見渡す。すると、昨日質問に立った、東亜日報と帝都新聞の記者の顔が確認できた。

「さて、せっかく復帰第一回目の会見なので、新鮮な話題から入りましょう。昨日、官房長官に質問のあった久我山・橋爪両議員の件ですが」

記者席から軽いどよめきが上がる。まさか復帰第一日目の総理の口から、その話が出るとは予想もしていなかったらしい。

「二人については既に本人から事情を聞いています。発言に問題があったとされる久我山議員、また弁護士業務に問題があったとされる橋爪議員。二人とも、国会議員としての資質はどうなのかという疑念も当然でしょう。即刻、二人に相応の処分を下せという声があることも聞いております。そこでわたしは決断しました」

記者席で東亜日報の樫村と帝都新聞の横島が、揃って驚きに満ちた顔をする。自分の声が議員の人事を動かしたという予想外の事態に、自制心が麻痺している。

「さきほど二人を呼んで、わたしの考えを伝えたところ、二人の賛同が得られました。きっと国民の皆さんも納得していただける人事でしょう」

二人の記者は喜色満面だった。

慎策が次の言葉を発するまでは。

「久我山議員は少子化担当副大臣に、橋爪議員は消費者担当副大臣なっていただき、それぞれの大臣を補佐してもらいます」

一瞬、室内の空気が固まった。

二人の記者は表情まで固まった。

別の記者が恐る恐るといった体で手を挙げる。

「はい、どうぞ」

「総理。それは……処分、なのでしょうか？」

「当然です。これ以上に厳しい処分は有り得ません」

「ま、待ってください、総理。これでは処分どころか抜擢じゃあないですか。副大臣任命だなんて、いったい何をお考えなんですか」

「そうですよ！」と、これは樫村記者が後に続いた。

「女性蔑視で問題視された議員を、こともあろうに少子化担当に置くだなんて、そんな人事、見たことも聞いたこともありません」

「だからこそ、過去の人事というものは膠着《こうちゃく》化したきらいがありました。組閣の度に適材適所などと謳いながら、実際は報奨人事、仲良し人事が幅を利かせてきた。医療行政の何たるかも知らない者が厚労大臣になり、宗教色の強い人物が法務大臣に任命されたり、国民の目から見ても明らかにお門違いの人事が行われてきました。そこには派閥の力学や調整といった、およそ国民の生活とは何ら関係のない理屈が動いていたからです」

「それと、この人事にどんな関係があると言うんですか」

「東亜日報さん、だったな。じゃあ、あなたは久我山議員にどんな処分が下りれば満足なんだ。除名処分か。議員辞職勧告か。議員を辞めさせれば、それで責任を取らせたことになると本当に考えているのか」

　畳み掛けるような問いかけに樫村は言葉を失う。

「そんなものは責任を取ったことにはならない。逆だよ。責任という免罪符を与えて本人を楽にしてやっているだけだ。仮に議員を辞めたところで、自分の選挙区に戻って地元と交流を深め、次の選挙に出ればいいだけの話じゃないか。辞職したことで例の、禊《みそぎ》は済んだという抗弁が成り立つしね。過去、どれだけ多くの問題議員がそれで復活したか、あなたも知らん訳じゃあるまい。中には刑事罰を受けながら、国民の審判を一切受けぬまま比例区で返り咲いた議員もいる。そういう輩《やから》が本当に責任を取ったと、あなたは言えるのか」

「いや、あの、それは」

「女性蔑視と追及された人間が少子化担当大臣の下につくのですよ。そのプレッシャーたるや想像にあまりある。当初の環境は彼に辛いものとなりましょう。おそらくは毎日が針の筵《むしろ》だ。それでも粉骨砕身《ふんこつさいしん》、女性のために一生懸命働いてもらう。逃げることは絶対に許さない。どうです。これ以上にふさわしい責任の取り方はないでしょう」

「では橋爪議員の場合はどうなんですか」

　今度は横島が声を上げた。

「弁護士法に抵触しそうな人物を、そのまま党内に置いておくだけでも、良識を疑われやしませんか」

「しかし橋爪議員を辞めさせることは、彼の利益にしかなりませんよ」

「それは、どういう意味ですか」

「あなたも議員の報酬についてはご存じでしょう。議員には期末手当として年間約六百三十五万円、歳費として月々百二十九万四千円等々が支給される。ところが橋爪議員が弁護士活動に全ての時間を費やせたら、おそらくその倍以上の収入を得ることができるんだよ。国会議員になる以前、彼は評判のいい弁護士だったという話だからね。ところが、職業倫理を疑われてまで仕事を続けることはできないと、橋爪議員は弁護士を廃業するとわたしに明言された」

横島のみならず記者たちが一斉に驚いた。

「実り多き弁護士の職をなげうってまで、国民のために尽くしたいと言われた。総裁として、また総理として、そうした犠牲的精神には報いなければならない。そこで仕事柄、消費者問題に詳しい彼だからこそ、消費者担当の副大臣をお願いした。久我山議員同様、彼には逆風が吹きつけるだろうが、艱難辛苦《かんなんしんく》は人を玉にする。二人ともこれから挙げる政治的な成果で、必ずや今回の不始末の責任を取っていただけるものと、わたしは固く信じています。そしてここにおられるマスコミ各社の方々は、二人の行動を具に監視していただきたい。二人が真に国民のために骨を折っているのか、それとも信義を蔑ろにして怠惰を決め込んでいるのか、それを見極めるのも、あなたたちの役目であると思います」

慎策がそう結ぶと、その場に居合わせた報道陣は固い表情ながらも納得した様子だった。中にはすっかり毒気を抜かれたような顔もあったが、敵意を剝き出しにする者は一人も見当たらない。

「では、これで終わり」

慎策が壇上から下りて隣室に向かっても、遂に追加質問の手は挙がらずじまいだった。

部屋では須郷と是枝、そして樽見が待ち構えていた。真っ先に駆け寄って来たのは須郷だ。

「総理。よくやってくれた」

須郷は慎策の手を固く握り締める。

「今まで多くの舌禍事件を見てきたが、今日ほど溜飲の下がったことはない。どうせ野党が色々と言ってくるだろうが、仲間を絶対に切り捨てないという総理の下であれば、国民党は必ず一枚岩になれる。いや、あんたをずいぶんと見くびっていた。本当にありがとうよ」

須郷が熱くなるのは、槍玉に挙げられていた久我山が自分の盟友だからだ。二人とも同じ回に初当選を果たした同期であり、派閥の長として推移を見守りながら、個人的には久我山の処分を誰よりも気にしていたらしい。

須郷は意気揚々と部屋を出て行った。

「わたしからもお礼を」

是枝が前に進み出る。

「正直、橋爪議員の件では、党員資格剝奪もやむなしと覚悟していたのですが……本当に助かりました。今の会見、痺れました。あれなら、国民から反発を食うこともないでしょう。改めてご尊敬申し上げます」

是枝の感謝にも理由がある。出身の牧村派も往年の面影はなく、今や衰退の一途を辿っている。

橋爪一人欠けただけでも、派閥の維持が困難な状況なのだ。

「幹事長。ちょっと」

慎策は是枝の肩を抱いて声を潜めた。

「実は嫌な噂を聞いた。久我山さんの件を言い出した東亜日報の樫村記者だが、あの質問は牧村派の誰かが焚きつけたとかいう与太だ」

ぴくり、と是枝の眉が動いた。

「どうして、わたしたちがそんなことを」

「橋爪さんを失えば自派閥の議席が一つ減る。それならば他派閥の議席も一つ減らさなければ一層不利になる。そんな滅茶苦茶な理屈を言い出した者がいるとね」

「総理、お言葉ですが……」

「景気回復、震災復興と問題山積の今、派閥抗争などに血道を上げるような議員は国賊と一緒だ。もちろん我が党にそんな者は一人もいない。そうだろう?」

「……はい」

「それをお互いに確認したかった。これからもよろしくお願いしますよ」

「こちらこそ。では失礼します」

是枝はばつが悪そうにそそくさと退出した。後には壁にもたれた樽見が残った。

「お見事でした」

樽見はさも感心した様子で手を叩く。

「最初、提案を聞いた時はとんでもなく破天荒な話だと思ったが、会見を見てみればいかにも真垣総理の言いそうなことだ。是枝に釘を刺しておいたのも彼らしい」

　慎策は深い溜息とともに肩の力を抜いた。

「こっちはどうなることかと思いました」

「不安だったのですか？」

「一世一代の大芝居です。まるで生きた心地がしませんでした」

「とてもそうは見えなかったが」

「役者ってのは、いったん舞台に立っちまえばクソ度胸がつくものなんです」

「なるほど。では、そのクソ度胸とやらをもう少し維持してください」

「はい？」

「これから岡部財務大臣との会合です。あなたの演技が心許なければわたしが代行することも考えていたが、今の調子なら充分いけるでしょう」

「ちょっ、ちょっと待ってください」

　いきなりのことだったので慎策は慌てた。

「ざ、財務大臣との会合？　いったい何を話すんですか」

「新政権の打ち出す経済政策について。新年度予算の骨子についても、そろそろ協議を詰めなくてはいけません」

「そんな、経済についてなんか俺、ひと言だって話せませんよ。議員さんの性格や総理の対応なら付け焼刃で何とかなるかもしれないけど、さすがにそれは無理です」

　しかも相手は、この国の経済の根幹にいる人間だ。そんな相手に会話が成立するのは、経済学者か財務官僚のトップくらいではないのか。いずれにしても、自分には荷が重すぎる。慎策に理解できる経済といえば、駅前のスーパーとコンビニではカップ麵の価格が大きく違うことと、自分のように税金もろくに払えない人間が増えているのは、あながち本人だけの責任ではなさそうだということだけだ。

「記者会見に出ておきながら、閣僚との会議に出席しないのでは逆に怪しまれます」

樽見は全く気にする様子がない。

「そんなに心配しなくて結構。真垣本人も経済通というほどではないので、岡部さんとの会合でも、専《もっぱ》ら聞き役に徹していましたから。ただし、最終的な判断はしなければなりませんが、それはわたしに任せてもらえればいい」

つまりは、マネキン人形でいろということか。考えてみれば、真垣のものまねで前説を務めていた時も、多い日は一日で三ステージをこなしていた。既に舞台が用意されているのなら、登場しない訳にはいかない。何といっても自分はこの瞬間、主役なのだ。

慎策と樽見は四階の閣議室に移動する。部屋の中で待っていたのは貧相な小男だった。財務大臣岡部鑑三《かんぞう》、当選九回の元財務官僚。今まで相見た閣僚たちと比べると、どうにも印象が薄く、話し方も事務的で、相手に聞いてもらおうという姿勢がまるで見えない。

「総理が所信表明で仰った景気回復のための三本柱、すなわち金融政策と財政政策と成長戦略のうち、金融政策については、先日城間《しろま》日銀総裁が大幅な金融緩和を発表したことで軌道に乗りつつあります。金融緩和によって円安に振れ、これを歓迎して日経平均も年初来の高値を記録しています。目下の課題は、続く財政政策において、名目ＧＤＰ成長率の目標をどこに置くかという

「……」

聞いているうちに、もう内容が分からなくなってくる。真垣や樽見たちもこうした経済用語の渦中で暮らしているというのなら、それだけで同情する余地がある。

だが、次の言葉はさすがに耳を素通りしなかった。

「――従って消費税増税と同時か、あるいは二か月前倒しで法人税引き下げを視野に入れています」

消費税増税と法人税引き下げだと？

思わず慎策は手を挙げた。

「何でしょうか、総理」

正面にいた岡部が不思議そうにこちらを見る。何やら見当違いに思われそうなことを口走るおそれがあったが、慎策も今更止めることはできなかった。

「消費税を上げる一方で法人税を下げたら、結局は同じことじゃないのか」

岡部は目を丸くした。

真横に座った樽見は小さく咳をする。しまった、やはり見当違いな発言だったらしい。

「総理。消費税率を五パーセント上げれば五兆円の増収が見込めます。一方、法人税を下げたところで、対象とされる企業の七割は欠損法人なので、実効はさほどありません」

「しかし、大企業はその限りではないだろう。それでは大企業が肥え太って、庶民の生活は苦しくなる一方だ」

「いや、しかし現在の法人税ではいずれ優良企業が海外に拠点を移しかねず……総理、これはそもそも先の税制論議で、散々わたしと協議した内容ではなかったですか」

岡部は不審げに慎策の顔を窺う。

「法人税引き下げについては経産省とも合意ができており、財界への根回しも終わっています。まさか今更、それを白紙に戻せと？」

「そうは言わないが……もっと一般大衆以外から税収入を上げることはできないか。その内容では国民の反発を招きかねない」

「安定財源という点では消費税が一番確実なのですよ。国家公務員給与の削減も二〇一三年度までで延長しない方針ですから、歳出がまた増えます。復興予算、福島の除染費用など他にも歳出の増える科目が並んでいます。他の税収アップや歳出カットだけでは、とても賄いきれません」

「しかし、未だ景気が好転していないのに、消費税を上げれば間違いなく消費が落ち込んでしまう」

「だからこそ三番目の成長戦略で労働生産性を二パーセントアップさせ、賃金の伸びを物価上昇率以上にするんじゃないですか」

また話が分からなくなってきた。経済用語も数字の意味も不明だが、それより理解し難いのは、庶民の生活が苦しくなってもいずれは景気が回復するという奇天烈《きてれつ》な理屈だ。消費税が上がれば、自分のように所得の低い者はますますモノが買えなくなる。そんな状態が続いた延長にいきなり展望が開けてくるなど、ペテン師の戯言《ざれごと》のようにしか思えない。

「岡部さん、まだ総理は本調子ではないらしい」

樽見が気遣わしそうに割って入った。

「この直前に記者会見をされた。見事な弁舌だったが、いささか熱が入り過ぎたようだ。細かい詰めの作業は後でわたしも加わる。今日はこの辺で」

「……承知しました」

岡部は不満げな様子だったが、それでも軽く一礼した後、閣議室を出て行った。彼が完全に立ち去ったのをドア越しに確認した樽見は、肩を竦《すく》めて慎策を見下ろす。

「少しばかり暴走気味でしたね」

「すみません。つい」

「つい、何ですか？　企業や富裕層優遇の税制改革に義憤を覚えましたか」

皮肉な口調に引っ掛かった。

「今のは、やっぱりそういう趣旨なんですか」

「今のも何も。有効な景気対策というのは大抵、庶民には不人気なのですよ」

「そんなものなんですか」

「わたしも経済学者ではありませんから乱暴な説明になりますが、景気の良し悪しというのは詰まるところ、カネの循環がいかに大きくいかに速くかということなんです。そうだな、生き物に喩えれば血のようなものです。動物が活発に動くためには血液が多く、そして速く身体に行き渡らないといけない。それと一緒です」

素っ気ない口調ながらも、樽見の比喩はそれなりに分かり易かった。

「景気を回復させるには、どこかで眠っているカネを動かす必要があります。たとえば、日本の個人金融資産は千四百兆円という試算がありますが、この金融資産の持ち主は、言わずと知れた富裕層ならびに高齢者です。そういう人たちがカネを遣ってくれないと経済は活発化しない。だから過去の景気政策というのは大方、金持ちにカネを遣いやすくするための方策なんですよ」

「一般庶民は蚊帳《かや》の外って訳ですか」

「ひどい言い方になるが、貧乏な人は余分なカネが入ってきても、すぐ遣わずに貯めようとするでしょう。そうすると結局、カネの流れは止まってしまう。消費税が安定財源だというのは、どんなに生活を倹《つま》しくしても必需品だけは買わざるを得ないから、広く徴収できるという理屈です」

「さっきの財務大臣の話じゃあ、それだけでもなさそうですよね」

「もちろん、そうです。一律に徴収し、一律に分配したのでは意味がない。そこには当然、費用対効果と優先順位が発生する。一例を挙げれば、同じ一億の予算を投入するにしても、成長産業に費消すべきか、それとも減反農家の補償費用に充てるべきか。答えは自ずと明らかでしょう。そういう優先順位に則って対策を行えば、早く恩恵に与《あずか》る者とそうでない者に分かれるのも自明の理。景気がいい、というのは国民全員が等しく潤うことではなく、あくまでも全体の平均値が上がることなんです」

悔しいかな、樽見の説明は明快で腑に落ちる。慎策の頭にもするすると入ってくる。だが、無知だからこその思い込みが、思考の隅で抵抗を続けている。

政治というのは、弱者を救うためにあるのではないか。

経済対策というのは、貧しき者のためにあるのではないか。

それが幼稚な疑念であることは百も承知で、しかし理路整然とした樽見の物言いには反感を拭い切れない。

慎策を観察していた樽見は、合点するように頷いてみせた。

「理解できるが納得はできない……そういう顔ですね。まあ、それも自然な反応かも知れません。皆が皆、大局を見、国の将来を考えながら飯を食っている訳ではありませんから。しかし、あなたと同じように、経済的弱者から豊かになれば国も豊かになると考えた連中がいた。何を隠そう、今は野に下った民生党の面々です」

三年間の実験と揶揄される民生党政権時代。発足当時は清新な顔揃いと明るい希望満載の公約に、多くの国民が胸を躍らせたが、にわか仕込みな分、メッキが剥がれるのも速かった。

得々と掲げた公約はことごとく戯言と化し、自信を持って打ち出した政策の数々は、志の高さに反比例して成果が低かった。歳出の無駄を省けば、財源などいくらでも捻出できると豪語したものの、赤字国債は増える一方で景気はますます低迷した。一年も経たぬ間に、寄り合い所帯の定めどおりに分裂騒ぎを起こし、官僚からはいいように操られ、国民からは呆れられた。それでも、せっかく奪取した政権を手放すのが惜しくて内閣を改造しまくり、目先を変え、言葉を変え、散々しがみついた上に遺した置き土産が消費税増税だったのだから、もはや笑い話にもならない。

「経済的弱者を優先的に救えというのは確かに耳触りのいい理想だし、民生党の打ち出した政策が、それなりに理論的であったことも認めましょう。しかし、それこそが民生党の弱点でもあった。何となれば、政治は理屈だけで動くものではないからです。外野で正論だけを吐き続けていた彼らには、それが全然理解できていなかった。政治というのは正しさの追求ではない。意見が対立する者と擦り合わせ、妥協し、着地点を決めることです。正論は正しいが、正論を振りかざすことは全く正しくない」

よほど前政権の所業が腹に据えかねているのか、樽見の言葉には昏《くら》い激情が仄見《ほのみ》える。

「擦り合わせと妥協の連続。だから、声の小さき者や貧弱な者は、どんどん着地点が自分から離れていく。それを弱者切り捨てと呼ばわることは容易《たやす》いが、妥協なくして物事を決めることはできません。理屈や正義だけで決められれば話は簡単だが、そういう輩に限って、決定のプロセスこそが重要であることをまるで理解していない」

話を聞きながら、慎策は急に不安になった。擦り合わせと妥協。会見や演説で目にする真垣は、そうした根回しとは全く無縁の政治家に見えた。そして、見かけの単純さが、模写のし易さと直結していたのだ。だが、それは全く見当違いの観察だったらしい。

「真垣統一郎という政治家は、そのバランス感覚が絶妙なんですよ。決める時のプロセスは緻密で、わずかな疎漏《そろう》もない。しかし、国民に見せる時には、単純明快に提示する。勘違いをしている者が多いが、真垣ほど複雑な思考回路を持っている政治家はいない。だからこそ、狡猾《こうかつ》な官僚ほど彼の怖さを知っているのであってね」

「樽見さん。俺、自信がなくなりました」

「おやおや」

「俺も勘違いしていた一人です。そんなに複雑な役柄だったなんて、想像もしてなかった。俺ごときの演技力で、これ以上続けるのは無理です」

「何を弱気な。舞台の幕は上がったばかりと、さっき言ったじゃないですか」

「これからも、さっきみたく閣僚たちと話す機会が出てくるんでしょ。俺にできるのはせいぜい形態模写だけです。その人の思想や考え方を真似るなんてとてもできない。今まで観戦しかしなかった野球ファンが、いきなりバッター・ボックスに立つようなもんだ」

「それでも二議員の処罰はあなたのアイデアだったし、弁舌もオリジナルだった。大したものでしたよ」

「あんなのはただの思いつきですよ！　毎度毎度そんな小手先が通用するもんか」

慎策は即刻、この場から逃げ出したいと思った。樽見のおだてに乗り、どこか浮ついた気分で影武者を演じたが、盤石なステージと考えていた場所は、実は薄氷の上だったのだ。

「今日の会見で、総理が健在だってことは充分にアピールできた。後は総理が回復する間、樽見さんがリリーフすればいいんですよ。その方が絶対、安全ですって」

「回復までまだどれだけかかるのかも分からないのに？　真垣は深刻な事態にあると説明したはずなのだが」

樽見は眉を顰《ひそ》めて慎策を見ていたが、やがて一人で合点するように頷いた。

「では、今から私と一緒に来てください」

「ど、どこに連れて行くんですか。まさか、秘密を知っている俺を消すつもりじゃ」

「その中学生じみた発想は、しばらく封印しておきなさい」

首相官邸は三階が正面玄関口、一階が西通用口になっている。慎策と樽見を乗せた公用車は、西通用口から外堀通りに出た。

後部座席で不安を抱いていると、公用車はしばらく北上を続け、四谷《よつや》を過ぎた。

「あそこです」

樽見が顎でしゃくった先に巨大な病棟が見えた。

「東西《とうざい》病院です。我々議員の御用達というか、まあ、色々と便宜を図ってくれる病院ですよ。口さがない連中は、四谷の議員宿舎などと呼んでいますが」

クルマから降りると、樽見は勝手知ったる足取りで病院の玄関を潜《くぐ》り、受付も無視して病棟に向かう。

「取材攻勢を避けたい議員が宿泊所と決め込んでいる一面もありますが、もちろん、勤務医の技術も設備も国内最高水準です。その事実をまず踏まえておいてください」

樽見に先導されて病棟の七階に上がると、壁のプレートが目についた。

〈七階　集中治療室〉

廊下は水を打ったように静まり返っている。子供の声も看護師たちの走る音もなく、ただ二人の足音だけが耳に入る。樽見はフロアの一番奥の病室前で足を止めた。

中に入ると、アクリル板の向こう側にベッドと患者が見えた。

「あの中は無菌状態が保たれています。我々はここから眺めるだけです」

メスが入ったのか、患者は包帯だらけになっている。しかし、隙間から覗く部分で、辛うじて人相が確認できる。

真垣統一郎本人だった。

真垣は口蓋を吸入器で覆われ、大小様々な医療機器に囲まれている。その顔に生気はなく、肌の青白さと相俟《あいま》って蠟《ろう》人形のように見える。

「ベッドに横たわっているのが真垣だということは、ここの院長と主治医、そして数名の看護師しか知らされていません。入院患者の記録にも、偽名で登録されています」

「秘密、保てるんですか」

「皆さん、自分には大切な将来があることを知っている人たちですから」

医師も看護師の姿もない。時折聞こえるのは、医療機器の定期的な電子音だけだ。

「何故、吸入器が取りつけられているか分かりますか？　今の彼は、人工心肺の助けを借りなければ、呼吸もできないのです。何せ脳細胞を食い荒らされていますからね。脈拍も血圧も低下。抗生物質で対症療法を試みていますが、どれだけ効力があるか」

「そんなに……」

「国難と言った理由を、ようやく理解したようですね。これは誇張でも何でもなく、深刻な事態なのです」

「こんなもの、どうして俺に見せるんですか」

「自分の置かれた状況を再認識してもらうためです。何度も言いますが、既に幕は上がっている。主役が途中で舞台から逃げ出すことは有り得ません」

「そんなこと言ったって……」

「目の前の現実をご覧なさい。真垣も病魔と必死に闘っているが、予断の許さない状況にある。官房長官がリリーフをするにも限度がある」

樽見は一段と声を低くした。ぎょろりとした目で睨まれると、それだけでやはり威嚇されるような気分だった。

「もし誤解していたのなら謝るが、わたしは決して気の迷いや遊び半分で、あなたに頭を下げた訳じゃない。党の運営や、ましてやわたし自身の保身のためでもない。この国の命運を慮《おもんぱか》ってのことだ」

そう言って慎策の肩を摑《つか》む。まるで猛禽類の脚のような力強さだった。

「記者会見で真垣の健在ぶりをアピールできた。そのとおりだ。だが、それと同時にわたしとあなたは共犯関係になった。脅迫じみた物言いですまないが、あなた一人で逃げることは許さない」

脅迫じみた、ではなく脅迫そのものだった。

慎策は、もう手遅れであることを自覚するしかなかった。会見で壇上に上がった瞬間に、退路は断たれていたのだ。

「不安なことは重々承知している。だが、必ずわたしがサポートしてやる。言っておくが、こと真垣に関して、わたし以上のサポート役は存在しない」

肚《はら》を据えるしかない──そう覚悟した時、とっさにある男の顔が浮かんだ。

「一つだけ条件があります。これだけは譲れません」

「うん？　何ですか。報酬に追加したいものでもできましたか」

「確かに樽見さん以上のサポート役はいないでしょうけど、もう一人参謀というか、相談役をつけてください」

「誰ですか、それは」

「城都《じょうと》大政治経済学部で准教授をしている風間《かざま》ってヤツです」

午後九時、官邸五階総理執務室。慎策が樽見と共に待っていると、部屋の外に来訪の気配があった。

「どうぞ」

ドアを開けて現れたのは、蓬髪《ほうはつ》で無精髭《ひげ》を生やした男だった。

「あの、城都大の風間歴彦《つぐひこ》と申します」

この野郎、官邸に呼ばれたのなら、髭くらい剃ってこい――そう思ったが、いきなり拉致同然で総理官邸に連れて来られたなら、その暇もなかっただろうと同情した。それよりも、人を人とも思わない無頼漢の、ひどく恐縮している姿が愉快だった。

「よお。六年ぶりかな」

慎策が近寄ると、風間はびくりと後ずさった。横にいた樽見が片方の眉を上げる。

「総理。この方は本当に信用できる方なのですか」

「ああ、こいつなら大丈夫です。口が堅い上に友達少ないし」

「え。いや、あの。わたし、総理にお目にかかるのはこれが初めてなんですが……」

「俺だよ、俺。ほら、役者志望の慎策」

鼻の頭が触れそうになるほど顔を近づけると、風間はあっと叫んで再び後ずさる。

「な、な、何でお前がこんなところにいるんだ！　何で真垣総理の格好してるんだよ」

「慌てるな。今から事情説明してやるから」

すっかり取り乱した風間を落ち着かせ、慎策は事の経緯を手短に説明した。最初は呆気《あっけ》に取られていた風間も、話が終盤に差し掛かる頃になると、ようやく事態を把握したようだった。

「それで」と、風間は因縁を吹っかけるような口調で聞いてきた。「俺に何の用だよ」

「俺の相談役になってくれ」

「あのな。政治や経済の専門家なら、官邸の中に腐るほどいるだろうが」

「秘密が保てない。まだここには一日いただけだが、この樽見官房長官以外は誰も信用できん。というか、正直心細い。誰が善人で誰が悪人なのか、皆目見当もつかん」

「政治家に善人なんかいると思うか……とと、失礼しました」

風間がすかさず頭を下げると、樽見はひらひらと手を振った。

「ああ、お構いなく。あなたの言っていることはまことに正しい。善人にはとても務まらん職務ですから」

「つまり、お前が怪しまれない程度に基礎知識を詰め込め、ということか。官房長官、あなたもよくこんな申し出を受けましたね」

「それが影武者を引き受ける条件と言われましたからね。まあ、わたしも経済に関して、財務大臣とタメを張るほど詳しくはありませんし。ただし、これ以上知人を巻き込むのはやめてほしいですね」

風間は二人の顔を見比べていたが、やがて諦めたように首を振った。

「本っ当にお前は、学生の頃から変わってないんだな。後先考えずに行き当たりばったりで、どうしようもならなくなってから他人に頼りやがる」

「悪いようにはしない」

「もうとっくに悪くなってる！　こんな話聞かされた時点で、選択の余地なんかなくなってるんだぞ」

樽見が無表情のまま頷くのを見て、風間は忌々しそうに唇を歪める。

「それで！　直近に迫った難題はいったい何だ」

「明日、閣僚懇談会があるらしい」

「あ、明日だと？　あと何時間もないじゃないかっ」

＊

あたふたとする風間を何とか落ち着かせ、執務室に慎策と二人きりにしておくと、樽見は官房長官室に戻った。

呼びつける前に風間の経歴をひと通り調べてみたが、出自や経歴には何の問題もない。見てくれは野卑だが学内及び斯界《しかい》での評判も悪くなく、言ってみれば〈野に賢人あり〉を体現するような人物だった。妙な思想もど外れた野心もなさそうなので、秘密を共有しても構わないというのが樽見の判断だった。仮に風間が態度を変えたとしても、ああいう手合いを沈黙させる方法はいくらでもある。

それにしても意外だったのは、慎策の機転の速さだった。

久我山と橋爪の不祥事を説明されるや否や直ちにそれを逆手に取り、二議員のクビを繋ぎ止めるばかりか須郷と是枝に貸しまで作ってしまった。素人とはいえ、あの手際の良さには思わず目をみはった。樽見の経験則上、あれはよほどの度胸と現場処理能力に秀でた人間にしかできないことだ。

これは思わぬ拾い物かも知れない、と樽見は思う。

最初に真垣の影武者を思いついたのは単に危機回避の手段としてだった。しかし真垣の容態が一向に好転しない今、樽見は別の目論見を抱くに至った。自らが慎策の後ろで糸を引く傀儡《かいらい》政権だ。

議員になって総理を夢見ない者はいない。だが、総理の椅子に座るには政治的手腕以外に必要な資質が山ほどあり、その一つが運だ。今まで長らく選挙に勝ち続け、党内部の権勢を維持してきた樽見も、運だけには恵まれなかったのだ。

その運がやっと自分の懐に飛び込んできた。しかも真垣に瓜二つの加納慎策という操り人形とともに。

千載一遇という言葉が脳裏を駆け巡る。これを逃せば自分の野望を実現する機会はもう二度と巡ってこないだろう。

樽見は未だ座り慣れない椅子に上半身を預け、瞑想に耽《ふけ》るかのように目を閉じた。

二 VS 野党

1

慎策が珠緒の前から姿を消してもう三日が経った。

珠緒が勤めから戻ると彼の姿はなく、そのまま帰ってこなかったのだ。

元々居候《いそうろう》のような生活で、毎日必ず帰って来るのが義務付けられている訳ではないのだが、今までこんなことは一度もなかった。第一、外泊するなら電話くらい寄越すはずだ。しかし、こちらから携帯電話で呼び出してみても、コール音が続くだけで一向に出ようとしない。

ふらりと実家に帰ったのではないかと思ったが、慎策から実家の連絡先は聞いたことがなく、大体、彼の口から両親の話が出たことすらなかった。こうなってみると、同居していながら、お互いに知り得たことはごくわずかであることに気づかされる。だが、今はそんなことに驚いている場合ではない。

何か事故にでも遭ったのではないか。

そんなふうに考え始めると気が気ではなかった。

思い余って、珠緒は近隣の戸塚《とつか》警察署を訪ねた。病院に担ぎ込まれたにしろ、犯罪に巻き込まれたにしろ、警察に問い合わせれば何がしかの情報が得られるかも知れないと思ったからだ。

窓口で家出人について尋ねると生活安全課に行けと言われた。生活安全課に行くと、担当者が来るまで待っていろと言われた。これは体のいいたらい回しなのか、それとも戸塚署の管轄内は家出人が激増して人手が足りないとでもいうのか。

しばらく待っていると、フロアの向こう側から背広姿の中年男がやって来て珠緒の前に立った。

「どうも、刑事課の富樫《とがし》といいます」

少し人生に疲れたサラリーマンといった風情で、刑事という感じはしない。だが朴訥《ぼくとつ》そうで、とっつき難いような印象でもない。珠緒は高校時代に世話になった進路相談の教師を思い出した。

「あの、どうして刑事課の方なんですか」

「ああ、あまり大袈裟に考えないでください。家出人捜索というのは、生活安全課と刑事課が連《れん》繫《けい》して捜査にあたることが多いんです。今はちょうど生活安全課の人間が出払っているもので」

では、この刑事は生活安全課の刑事よりも暇なのかと思うと白けた気持ちになったが、それよりも富樫の説明に引っ掛かるものがあった。

「どうして生活安全課と刑事課が連繫しているんですか。よく知りませんけど、刑事課って凶悪犯を相手にしているイメージがあるんですけど」

富樫は少し困った顔でうーんと呻《うめ》く。

「これはあくまで可能性の問題ですから、そのつもりで聞いてください。家出人というのは、犯罪の被害者や加害者、または転落などの事故にかかわることがあるので、刑事課と情報共有しているんです」

「それじゃあ」

「いや、待ってください。ただし刑事課が深く首を突っ込むのは対象が限られていて、たとえば、未成年の婦女子、暴力団とかかわりのある者、これまでに犯罪歴のある者、多額の金品を所持している者、社会的地位を有している者、精神障害を負っている者。あなたの捜している人はこの中に該当しますか」

珠緒はただ首を横に振るしかない。それを見た富樫はやや気を抜いたように見えた。自分の部署とかかわりがなくなるのでひとまず安心したというふうだ。

「それではこれに記入してください」

富樫が差し出したのは行方不明者届の書類だった。

・届出人の氏名・住所
・行方不明者との関係
・行方不明者の本籍、家出時の住居、氏名、生年月日、職業
・行方不明年月日・場所・状況・原因・動機
・行方不明者の人相、体格及び着衣
・行動等の特徴（音声なまり・歩行対話癖・趣味・嗜好・特技・資格）
等々……

〈行方不明者との関係〉を記入しようとしてペンが止まった。

「あの、同居人というだけじゃ駄目ですか」

「恋人さん？」

「え。あ、はい」

「本人と密接な関係がある人なら構いませんよ」

こうして眺めてみると、記入できない箇所がずいぶんある。改めて、自分は慎策のことを何も知らなかったのだと気づかされる。それでも書けるだけ書いて、富樫に渡した。

「氏名、加納慎策。本籍不明、家出の日時及び原因・動機不明。職業は……へえ、俳優。テレビとかに出ているんですかね。芸名は何というんですか」

不躾《ぶしつけ》な訊き方に少し苛立った。

「芸名というのは特にありません。小さな劇団に所属しているだけで……」

「本人の写真とかはお持ちですか」

「写メならあります」

珠緒はスマートフォンの画像を呼び出して富樫に見せた。三社祭の時、雷門を背景に二人で写したものだった。

「ほう、これはなかなかの男前ですね。うん……この顔は……えらく真垣総理に似ていますが、総理のご親戚か何かですか」

「いいえ。他人の空似です。でも、本当によく似ているので、公演の前座では総理のものまねをして、人気があるんですよ」

「まあ、これだけ顔が似ていれば。ところで、家出の原因や動機には全く思い当たりませんか」

「動画投稿サイトに上がるくらいものまねに人気が出てました。これからって時だったし、思い詰めていた様子はありませんでした。よその劇団に引き抜かれそうなんて話も聞いていないし」

「前日にあなたと口論になったとか」

「してません。とにかく、わたしが勤めから戻ってきたら姿が見えなくて。ケータイにも出ようとしないし」

「ケータイは、繋がってはいるんですね」

富樫はまた困ったように呻く。

「それだと一般扱いだなあ」

「一般って何がですか」

「行方不明者というのは一般家出人と特異家出人に分類されるんですよ。特異家出人というのは先ほどの刑事課が首を突っ込むような対象。一般家出人というのは民事に関する家出人のことで、成人が自らの意思で家出したような場合です。そして警察は特異家出人のケースに限り捜査を行います」

「ちょ、ちょっと待ってください。じゃあ慎策の行方は捜してくれないんですか」

「犯罪に巻き込まれた。つまり人命にかかわるおそれがある時、ということです」

「そんな」

「もちろん一般家出人であっても警視庁において登録され、巡回連絡、交通取り締まり、犯罪捜査の際にはあわせて捜索します」

要は別件捜査のついででしかないという意味だ。

「結構、警察って冷たいんですね。いつだったかストーカーに殺された人も、最初から警察は熱心に取り組んでくれなかったって」

「それはねえ、安峰さん。警察には民事不介入という大原則があるからでね。最近でこそストーカーについては法整備もされて立件もし易くなったが、それ以前は痴話喧嘩の延長くらいにしか扱えなかった。今でも同様で、仮に発見できたとしても警察が保護する要件にあたらない場合、たとえば、本人の自由意思で家出したとしたら、それに逆らってまで保護することはできない」

「それって、独自には捜索してくれないってことですよね」

「申し訳ありませんが」

「じゃあ、その一般家出人を捜してもらうにはどうすればいいんですか」

珠緒は半ば自棄《やけ》になって訊く。

「ご親族だったら探偵事務所に依頼する人が多いです。彼らは失せ物探しも専門ですから。それに、元刑事という経歴を持つ者もいる」

「もう結構です」

立ち上がりかけると、富樫が手で制した。

「そんなに慌てないで。一般家出人は捜査しない。警察のマニュアルではそうなっていますが、しないと規定しているだけで、してはいけないということじゃない」

「はあ?」

「あれだけ総理に似た人間が行方をくらます。犯罪に巻き込まれたかどうかは不明だが、その点がどうにも気になる」

まずは現場を見たいというので、富樫をマンションまで連れていくことにした。クルマで行くと言われすぐにパトカーを連想したが、助手席に放り込まれたのはスズキのセダンだった。ただし、普通なのは外見だけで、中に入ると回転灯やら無線やらが設置されており、やはり警察車両であることが確認できる。

「容疑者以外で妙齢の女性を乗せるのは初めてだなあ」

富樫は嬉しそうに言う。ますます刑事という印象から離れていくが同時に警戒心も薄れていく。

そういえば、珠緒の勤めている病院にもさまざまな医師がいる。厳格で冗談の一つも言わない医師。逆に、軽いノリで女性看護師に話し掛けてくる医師。ひ弱な体格の医師もいれば、服の上からでも筋骨隆々としているのがわかる医師もいる。先入観でつい勝手な印象を抱きがちだが、人の個性は職業で形成されるものではないのだろう。

ああ、これは演技をする上で参考になるかも知れない。早速、慎策に教えてあげなくては――と考えた途端、現状を思い出した。

「ちなみに安峰さん。加納さんの総理ものまねをビデオとかで記録していますか。できれば拝見したいんだが」

「それなら、動画投稿サイトにまだ残ってると思います」

スマートフォンでサイトを開くと、果たして前説を中継した動画があった。運転の邪魔にならないかと心配だったが、富樫は機器を受け取ると、慣れた手つきでタッチパネルに指を滑らせる。

外見に似合わず、と言っては失礼だが、これも意外な一面だった。

『内閣総理大臣真垣統一郎です。長らく停滞していた日本経済にも、明るい兆しが見えてまいりました。雇用統計で有効求人倍率は〇・二ポイント上昇、日銀短観も景気はなだらかに上向きを継続と発表、皆さんの財布は膨らみ……』

ほほう、と富樫は感嘆の声を上げる。

「これは大したものだね。このまま国会答弁に出ても通用しそうだ」

現金なもので、褒められると我がことのように嬉しくなる。これで富樫に対するポイントは更に上がった。

「よく総理の特徴を摑んだ上で、派手に演じている。上手い形態模写は本人を怒らせると言うが、それは、自分の欠点を拡大して見せられるような気分だからだろうな。これを見たら、真垣総理も怒るに違いない。ところで、加納さん自身の特徴というのは、何かありますか」

「特徴、ですか」

「そう、たとえば身体のどこかに痣《あざ》や傷痕があるとか」

何度も慎策の裸を見たが、そんなものにお目にかかったことはない。ただ、筋肉質だと思ったくらいだ。

「……なかったと思います」

「それじゃあ癖は？　頭を掻くとか、爪を嚙むとか」

しばらく珠緒は考え込む。一緒に暮らし始めてずいぶんになるが、目立つような癖は思い当たらない。慎策自身から、演技の妨げになるので、極力癖をなくすようにしていると聞いたこともある。

「それって重要なことなんですか」

「できれば」

急に真面目な口調になったので、珠緒はもう一度考え込む。

慎策の癖。他人の癖ほど気になる。そんなものがもしあれば、自分はそれとなく注意したはずだ。それなら自分が注意したことを思い出せばいい。

そうだ。一つだけあった。

「貧乏ゆすり」

「えっ」

「彼、緊張すると右足をゆする癖があるんです。見ていると落ち着かないからやめて、と言ったことがあります」

「憶えておきましょう」

珠緒のマンションに到着すると、富樫は早速住人への訊き込みに回った。てきぱきとした動きと質問は手慣れた様子で、珠緒はここでも予想を裏切られた。ひょっとすると、この富樫という男はとても優秀な刑事なのかも知れない。

在宅している住人から訊き込みを終えた富樫が戻ってきた。何やら不審そうに眉を顰めている。

「加納さんがいなくなったのは、三日前でしたよね」

「はい」

「一つだけ目撃情報らしきものがありました。三日前の十時頃、マンションの敷地に黒のクラウンが停まっているのを見た住人がいました。この場所では見慣れないクルマだったので、憶えていたそうです」

珠緒は驚いた。訊き込みを始めてまだ一時間も経っていないというのに、もうそんな手掛かりを摑んでくるとは。

確かに、黒のクラウンは見掛けたことがない。このマンションの家賃を考えると、住人の持ち物とは思い難かった。

「加納さんがそのクラウンに乗ったかどうかまでは見ていなかったそうですが……ふむ」

「クラウンがどうかしたんですか」

「高級車というのは、やはり購入層が限定されています。仮にそういう層が犯罪に関与しているとなると……」

富樫は言葉を濁らせたが、暴力団の関与を疑っていることはすぐに分かった。

「彼に暴力団とか、それっぽい友人はいないはずです」

「友人じゃなくても巻き込まれる可能性はあります」

表情一つ変えずに不穏なことを言う。

「もちろん、加納さんとクラウンはそもそも無関係かも知れませんがね」

そう言って、おどけたように笑う。いかにも気休めだったが、こちらに対する配慮だけは感じられた。

「とにかく、加納さんが総理そっくりなので助かった。彼を見掛けて忘れる者もあまりいなさそうだから、証言が集めやすくなる」

「あの、まさか、危険な目に遭っているんじゃないでしょうか」

「加納さんに恨みを抱くような人物はいませんでしたか」

「わたしの知っている限りではいません。小さい劇団の、最近やっと注目され始めた役者です。羨《うらや》まれるようなこともないと思います。もちろん、おカネだって持っていないし」

「それなら最悪の場合を考慮しても、その可能性は低いでしょうね」

「どうして、そう言い切れるんですか」

「怨恨関係はなし、財産もなしとなれば、加納さんの価値は彼自身ということになる。仮に彼が誘拐されたとしたら、価値のあるものを乱暴に扱うことはしないでしょう」

「彼自身の価値」

「真垣総理にそっくりな人間。平和的に考えれば何かのＣＭに出演させるとか、それこそ使い道は山ほどある」

富樫は珠緒の肩に軽く手を載せた。

「まだ刑事課全体を動かせるほど犯罪性が認められる訳じゃないから、大捜査網を掛けるなんてことはできませんが、まあいろいろとあたってみましょう」

この数時間で富樫の優秀さを目の当たりにしたので、頼り甲斐がないということはない。しかし、いざ捜査の必要性が生まれると、慎策が危うい立場に立たされているような気がして、逆に心がざわつく。

「何かあったら、こちらまで連絡してください」

富樫は名刺を渡すとクルマを出した。遠ざかるセダンに、珠緒は深く頭を下げた。

これで進展があればいいのだけれど——そう思った時だった。

スマートフォンが着信を告げた。

先刻、番号を伝えたので富樫からかと思ったが、液晶画面に表示された名前を見て思わず口が開いた。

〈慎策〉

慌てて通話ボタンを押す。

「慎ちゃん！」

『やあ』

紛れもなく慎策の声だった。

無事だった——そう思った瞬間、抑えていた感情と涙がいっぺんに出た。

「今までいったいどこに行ってたのよ！　わ、わたし、どんなに心配したか」

『悪い。急な用事だったんで連絡できなかった。いや、ホントそれくらい急だったんだよ』

声の調子から危険な目には遭っていないようだった。

「急な用事って何よ」

少し返事が遅れた。

『……役者としての仕事』

「どういうこと？」

『劇団以外からお声が掛かった』

「どこから」

『それは……今はちょっと言えない』

慎策には珍しく、奥歯にものの挟まったような喋り方だった。

それで、ぴんときた。

「近くに誰かいるの」

『誰もいない』

嘘だ。

しかし、ここで責め立てても、おそらく本当のことは言わないだろう。

「帰って来る気、ある？」

『ある。それはもう絶対に』

「じゃあ、いつ帰ってくるのよ」

『それは……まだ分からない。俺一人じゃなくて、何人も出演している舞台だから』

「せめて定期的に連絡ちょうだい」

『いや、それが……あれ、あれだよ。公演の場所によっては電波の届かないところになるから』

嘘がどんどん下手になっていく。黙って聞いていると腹が立ってきた。

「あのね、慎ちゃん。わたしと一緒にいるのが嫌になったんなら、正直にそう言えば」

『何でそんな話になるんだよ！』

今度は向こうの語尾が跳ね上がった。

『全部終わったら、ちゃんと説明するから。言っとくけど、心配するようなことは一切ないから』

「でも」

『時間ないから、もう切るぞ』

言葉を継ごうとした直後、通話が切れた。

折り返し掛けてみたが、相手が出る気配はない。しばらく呼び出しを続けたが、やがて珠緒は諦めてスマートフォンをしまった。

今のは何だったのだろう。

慎策が無事なのは分かった。現在、危険な目に遭っていないのも分かった。

それでも胸騒ぎがする。

これまで隠し事をしなかった慎策が、下手な嘘を吐いてまで隠そうとするのだから普通ではない。そして普通でないのなら、当然予想もつかない事態も有り得る。

慎策は心配するなと言ったが、考えれば考えるほど不吉な予感がする。

迷いに迷った挙げ句、珠緒は富樫の携帯電話を呼び出した。

＊

珠緒との会話を終わらせると、後ろから樽見が呆れたように溜息を吐いた。

「今の対応はあまりいただけませんね。いつもの舞台度胸はどうしたんですか。あなたらしくもない」

「あなたらしくも何も、今のが素《す》の俺ですよ」

「それにしても嘘があからさま過ぎます。もう少し何とかならなかったんですか。仮にも役者なのでしょう」

「演技と嘘は違う」

慎策は両者の違いを説明しようとしてやめた。きっと、政治家という人種にしてみれば、演技も嘘も同じものなのだろう。

「今の電話で、かえって不審に思われませんでしたかね」

「捜索願を出されると面倒だから一報入れておけ、と言ったのは樽見さんじゃないですか」

「それはそうですが、まさかあれしきのことで慌てふためくとは」

「お前なあ」

二人の間に風間が割って入る。

「女なんかと同棲してたのか」

「女じゃなかったら誰とするんだ」

「まだペットを飼っていた方がマシだ。いいか、世の中の揉め事の半分は女が起こしてるんだぞ。かかわらなけりゃ影武者ごっこも上手くいくものを、今の電話一発で瑕瑾《かきん》をこしらえた。そこから秘密が洩れでもしたらどうするつもりだ」

「へえ。結構乗り気になったじゃないか」

「俺の入れ知恵で閣僚懇談会まで乗り切ったんだ。乗っちまったからには、どうせ途中下車できんのだろう」

風間がその方向を睨むと、樽見は意味ありげに頷いてみせた。

「さすがに風間先生は分かっていらっしゃる。それに、胆力もありそうなので非常に心強い」

「全部終わるまで、二度と女に連絡するな。お前が喋れば喋るほどボロが出る。突っ込まれる。怪しまれる」

「わたしも同意見ですね」

二人に詰め寄られては立つ瀬がない。慎策は黙り込むより他になかった。

「まあ、そちらは緊急の問題という訳ではありません。喫緊の課題は、三日後に迫った通常国会です」

樽見のひやりとした言葉で慎策は我に返った。

「論戦の中心は、おそらく今回の経済対策に向けられます。現状は、株価も円も順調に推移していますが、民生党が果たして何を言ってくるか。岡部財務大臣と財務省官僚だけに質問が浴びせられるのならいいが、相手は、必ず総理を指名してくる。ところが、ここにいる総理は経済対策について、今一つ納得がいかない様子ですしね」

「何だって」

風間が片方の眉をぴくりと上げた。

「お前、あんな単純なインフレターゲットが理解できないのか。よくそれで、総理の影武者を務めようなんて考えたものだな」

その口調は驚くというよりも呆れていた。

「大体、財政出動や金融緩和がごく普通の経済対策だってのは、大学一年の一般教養だぞ。俺と一緒にお前も習ったはずだ」

「……忘れた」

「お前、まともに講義受けなかったろう」

「大学一年は遊ぶ時期だ。講義なんか受けていられるか」

「そんなふうだから、いい歳をして経済の仕組み一つ分からないんだよ。せっかく苦労して入った大学のしょっぱなで遊び呆けるなんざ、どういう了見だ。馬鹿か、お前は」

ひどい言われようだが、これは風間の言い分が正しいので何も反論はできない。

「口汚く正論を吐くのは相変わらずだな。だからお前は友達が少ないんだ」

「うるさい、黙って聞け。まずだな、あらかじめ物価上昇率を設定して、それに達するまで無制限に金融緩和をするのがインフレターゲットだ。デフレから脱却したはいいが、そのままインフレが加速すれば元の木阿弥になるので、着地点を決めておく」

喋り出すと、風間は急に解説口調になった。まるで、慎策一人を相手に講義をしているようだ。

「金融緩和というのは円の供給を増やすことだから、円の価値が下がり、為替は円安に向かう。円の価値が下がれば、当然物価は上昇する。次に、為替が円安に向かえば、日本からの輸出が増えて貿易収支が改善される。国内では、物価の上昇に伴ってインフレに移行し、当然、実質金利は下がるから、設備投資や住宅取得が増えていく。つまり、生産増加になるから、雇用もそれにつれて増える」

「……たったそれだけか」

「たったそれだけだ」

聞いていて拍子抜けした。少し説明を受ければ、子供にでも分かる理屈ではないか。

「そんな簡単なことなら、どうして歴代の内閣はそれを実行してこなかったんだ」

「一つには、インフレターゲットにも副作用があるからだ。その一つが国債だ。ターゲットに達した時、デフレはいったん終息するから金利はそこで上がる。すると、金利の低い国債は誰も買わなくなり、相対的に国債の価値は下がる。大量に国債を保有している銀行は、莫大な含み損を抱えることになる」

「しかしそれは、国債を保有している金融機関だけの話なんだろ。あらかじめ国債の価値が下がるのが分かっているなら、デフレを脱却するまでにどうすればいいのか、それこそ各金融機関が対処すればいい話じゃないか」

「副作用はもう一つある。年金だ。公的年金制度というのは物価のスライドとマクロ経済のスライドを考慮して、本来より一割高めで年金を支給している。インフレに移行するとスライド分は削減されることになるから、実質の支給額は一割減少することになる。年金生活者にとって一割減は大きい」

「だが、インフレターゲットが成功したら、企業業績は上がっているから法人税も増える訳だろ。消費が進めば消費税の増収もある。その歳入が増えた分を、年金対策にあてればいいんじゃないのか」

「理屈はそのとおりだ。だが、金融緩和と歳入増にはタイムラグが発生する。その間に副作用をどう克服するかが、経済政策の肝要になる。もちろん、インフレに歯止めが利かなくなって、スーパーインフレを引き起こすという惧《おそ》れを持つ者もいる。しかし、責任逃れのように聞こえるかも知れないが、それは今話すべきことじゃない。現状のデフレスパイラルからまず脱却する。全てはそこからだ」

口は悪くても、さすがにこの手の講義は手慣れたもので、風間の説明を聞いていると、ニュース番組では難解な経済問題が、いともたやすく頭の中に入ってくる。

「風間。説明はよく分かったが、実効性はどうなんだ。俺みたいな経済音痴だって、金融緩和なんて言葉は何度も聞いたことがある。前の政権の時もそうだった。でも、景気は全然回復しなかったじゃないか」

「一つには量的なものがある。金融緩和を小出しにするものだから、効果が半減どころかゼロになっちまった。アメリカはリーマン・ショック以降、資金供給を約三倍にしたが、日本では二割強しか増やさなかった。日銀が慎重になり過ぎたきらいもあるが、大元の原因はその時々の政権政党、特に、民生党が大幅な金融緩和に難色を示し続けてきたからだ」

「何故だ」

「……それも分からんのか。ニュースを見聞きしていたっていうのに」

「分からんものは分からん」

風間は不機嫌そうな顔をして、慎策を睨んだ。

「マクロ経済とミクロ経済の違いは分かるか」

黙って首を横に振る。

「マクロ経済というのは、国家や国民、それから市場という大きな観点から経済を捉えた見方。それに対してミクロ経済というのは、個人や企業の個別的な経済活動から全体像を捉える見方だ。マクロ経済はケインズ学説の流れを汲むもので、元々は有効な経済政策を構築するための基礎になる。ところが、民生党ってのはこのマクロ経済が大嫌いと見えて、金融緩和を銀行や大企業優遇の政策だとか喚き散らし、ミクロ経済に偏った。だが、ミクロ経済は市場の需要が常に均衡していて、完全雇用を実現している仮定でのみ論じることができる。不景気や高い失業率でのたうちまわっている日本で、ミクロ経済に固執するなんて正気の沙汰じゃない」

「じゃあ、どうして民生党はそのミクロ経済にこだわったんだ」

「それは、わたしが答えましょう」

それまで沈黙していた樽見が口を出す。

「民生党の掲げたスローガンが、〈国民の生活最優先〉というものだったからですよ。〈コンクリートから人へ〉などというものもありました。要は、国民一人一人の生活を向上させることから始めようという切り口で、その政策は、自ずと児童手当に代表されるばら撒きや事業仕分けといったパフォーマンスじみたものになる。先生の言われたマクロ経済の見方には、全く相入れないのですよ。実際、民生党政権での経済対策など、皆無に等しかった。国民一人一人が豊かになれば、国全体の経済も潤うというのは理想に過ぎたのだが、彼らは、我々が行ったことの逆をすれば成功すると短絡的に考えていた。政治や経済をゲームのように考えていたとしか思えない」

「デフレ真っ只中で事業仕分けを断行したのも拙策《せっさく》だった。事業の切り捨てや削減で、公共投資に歯止めを掛けちまったからな。政権の人気取りのために、日本経済を更に疲弊させた」

こうして聞いていると、風間も樽見も相当に口が悪い。しかし、婉曲も誤魔化《ごまか》しもないので、前政権失敗の構図がより鮮明になる。

「よし、経済政策にマクロ経済の見方が必要なのは分かった。しかし、お前の説明した金融緩和で、どれだけの効果が見込めるんだ。さっき小出しにしても意味がないと言ったが、総量としては同等のはずだ。今までやってきた金融緩和に何の効果もなかったのに、どうして今回は有効だと言える」

「ああ、それについちゃぁ、ノーベル経済学賞学者のポール・クルーグマン教授が〈流動性の罠〉という言葉で説明している」

また聞き慣れない言葉が出てきた。慎策は、諦めて拝聴の姿勢を取る。

「中央銀行が資金の流動性を高めて金利がゼロ水準になり、資金調達コストがゼロになっても、一向に通貨の供給量が増えない。なぜかといえば、経済成長が見込めないからだ。成長しない分野にカネを注ぎ込んでもドブに捨てるようなものだから、企業は、コストゼロの資金を溜め込むだけになる。これが〈流動性の罠〉というやつだ」

「どうすればいい？」

「簡単じゃないか。需要を伸ばして、物価上昇の期待を持たせればいいだけのことだ。商品の需要が高まれば、値段が上がってインフレが起きる。そのインフレ期待が長期化すれば、資金は必ず動く。ただ、長期のインフレを期待させるためには、金融緩和をとことんやらなけりゃ駄目だ。それに、商品需要が高まるような経済成長策を打ち出さないと意味がない。今までの金融緩和策がことごとく失敗したのは、小出しに加えて、経済成長策を何ら講じなかったからだ」

既に日銀は、大幅な金融緩和を発表した。つまり、政府に求められているのは、その金融緩和に連動した成長戦略という訳だ。

情けないことに、これで岡部財務大臣の話していた内容が、ようやく理解できた。

「それで話はさっきに戻る。金融緩和して成長戦略を掲げただけでは、実は経済対策としては不充分で、最終的には財政再建に取りかからなけりゃならない。知っているかどうか知らんが、財政赤字最大の要因は、社会保障費の累増だ。消費税を上げて税収を増やす一方で、この問題を解決しない限り、財政赤字は解消しない」

「おい、ちょっと待て」

慎策は思わず腰を浮かせた。

「お前の話を聞く限りだと、デフレ脱却にしても財政再建にしても、結構な長丁場になるような雰囲気なんだが」

「雰囲気じゃない。事実だ。あのな、バブル崩壊から四半世紀もの間、この国の経済は混乱し、疲弊し、壊滅していった。長い期間をかけてだ。そんな国の経済を、たった数か月で立て直せるなんて冗談は考えてないよな。最低でも五年、下手すりゃ修復にまた半世紀費やすかも知れん」

「冗談じゃないのはこっちだ。そんなに長いこと影武者を演じ続けられるもんか。俺は、本物の真垣総理が公務に復帰できるまでの、ワンポイント・リリーフなんだぞ」

つい言葉が尖った。集中治療室での、真垣を目撃したことも手伝って、影武者の期間が果てしなく延長される恐怖がじわじわと迫ってくる。

剣呑な空気を察したのか、樽見が二人の間に割って入った。

「まあまあ加納さん。とにかくこれが、ワンポイント・リリーフにせよ完投にせよ」

「完投って何なんですか、いったい」

「とにかく、通常国会にあなたがいかに毅然とした態度で臨めるか。民生党をはじめとした野党党首からの代表質問に、どう対応するか。今はそれが一番重要なことです。各党首は、必ず経済対策について疑義を差し挟む。現状はそれが最大の争点ですからね。風間先生の説明されたインフレターゲットを遂行するためには、日銀法を改正しなければなりませんから、代表質問は、さながらその前哨戦でしょうね。今日、風間先生からレクチャーをいただいたのは、非常にいいタイミングでした。これで少なくとも、原稿を棒読みするような羽目にはならない。真垣は原稿を一切読まず、弁論で相手を打ち負かすのを得意としていた政治家ですからね」

代表質問。

国会答弁。

今までのように数人の前で演じるのではなく、五百人近くの議員、いや国会中継を考えれば、日本国民全員を相手にした芝居となる。まだ差し迫った実感はないものの、ずしりと胃が重たくなった。

「どうした、慎策。怖気《おじけ》づいたか」

風間の物言いは脅しのようで、少しも気遣っているようには聞こえない。

「俺みたいな善良な市民を巻き込んでおいて、今更主役がケツまくるような真似はするなよな」

「お前のどこが善良なのか、よく分からん。それに自慢する訳じゃないが、今までこんな大きな役は演《や》ったことがない。びびるなって言う方が無理だ」

「役者なんだろ」

「一応はな」

「だったら、演出家がＯＫを出すまでは舞台から逃げるな」

「同感です」

そう言って、樽見は軽く手を叩いてみせた。

「風間と会ってまだ間がないのに、ずいぶんと意気投合しちゃったみたいですね」

「意気投合というよりは大同でしょうね。わたしは為政《いせい》を担っている一人だし、風間先生はそれについて論評し、批判するのがお仕事です。しかし、双方とも胸に抱く思いは一緒だ。この国を何とかして救いたい。そのためなら己の節も曲げる、泥濘《ぬかるみ》にも飛び込んでみせる」

樽見の目を見た慎策は、一瞬、言葉を失った。

自分以外の行く末を憂う目、窮地に立たされ切望する目。狡猾だとばかり思っていた樽見が見せた、別の一面だった。ただ、その特異な目はすぐにいつもの冷静なものに戻った。

「さてと、それではこれから、総理には会食に参加していただきます」

「会食?」

「味は申し分ないのですが、同席する男が男ですから、不味《まず》いメシになるかも知れません」

「いったい誰と会食する予定なんですか」

「民生党元代表、大隈泰治《おおくまやすはる》」

慎策は思わず、風間と顔を見合わせた。

2

いわゆる、高級料亭なるものは初めてだったので、慎策はしばらく座敷の中を見回していた。掘りごたつ式の座敷で、黒檀の卓だけがやけに大きい。

「その、大隈代表との会食は秘密なんですよね」

「元、代表です。ええ、もちろん秘密です。通常国会前に総理と野党の元代表が会合を持つなんて、公表できるものですか」

樽見は素っ気なく応える。

「政治家同士が赤坂《あかさか》の料亭で密会するなんて、都市伝説だと思ってましたよ」

「店側が信用できますからね。情報が洩れる心配はないし、第一、わたしたちが利用しなきゃ、こういう場所にはおカネが落ちない」

これも需要と供給のバランスだ――この場に風間が居合わせればそう言うに違いない。

最初、樽見から相手の名を告げられた時には訳が分からなかったが、説明を聞くうちに理解はできた。

大隈泰治は、民生党創立時のメンバーの一人で初代代表を務めた男だが、それ以前は国民党で権勢をふるっていた。党を割って出た男が新党を旗揚げしたというお決まりの話だが、民生党は、元から寄り合い所帯のような党であり、お定まりの派閥抗争によって、またもや党の主流派から外れたという経緯がある。

樽見の狙いは大隈を自陣に取り込むことだった。現在、民生党における大隈派は衆議院で三十二名。これだけの数が反対票から賛成票に回る意義は大きい。確かにそれが実現すれば、日本銀行法改正を含め、政府与党の出した法案を難なく通過させることができる。

「でも、仮にも代表を務めた人なんでしょう。簡単に党を割ったりしますか。旗揚げした当事者だったら、愛着だってあるでしょうに」

「並みの議員ならそういうこともあるでしょうが、大隈に限ってそんなセンチメンタルは絶対にありません」

あまりに断定口調なので逆に気になった。

「どうして言い切れるんですか」

「大隈とは同じ年に初当選しましてね。しばらく同じ釜の飯を食っていたから、人となりは知っています。彼は、自分の作ったものに愛着なんてありません。自分の理想とするものから少しでも外れたら、容赦なく破壊してしまう」

「そんな人が国民党に出戻ったりしますか」

「現在、政府が打ち出している経済政策は、以前、彼が唱えていた政策に近いものがあります。そしてそれ以上に、大隈は今の民生党を嫌っている」

「なぜですか」

「自分の理想とするものから大きく外れたからですよ」

やがて仲居が現れ、相手の到着を告げた。

「総理、お身体の具合はどうですか」

顔を出すなり、大隈はそう言った。だが、その言葉の前に樽見と目礼を交わしたのを、慎策は見逃さなかった。

「お気遣いありがとうございます。何とか包帯は取れましたが、前に比べて多少人相が変わったかも知れません」

「いやいや、政治家なんちゅうのは、傷の一つくらいあった方がいいんだから」

そう言う大隈の左頰には、消えかけた傷痕が残っている。樽見の話によれば、十年も昔の演説会で、暴漢に襲撃された際の名残だという。

その傷痕のせいだけではないのだろうが、大隈の顔はひどくいかつい。太い眉に奥二重、丸い鼻と突き出た下唇。襟に議員バッジがなければ、暴力団の幹部にも見えかねない。

「そういや、樽見先生と会食するのも久しぶりだな。四年ぶりかな」

「五年だ。あなたが国民党を出て行ってからは一度もない。大連立の話も寸前で流れた」

「そうだったな。もう、料理頼んだのか」

「まだだ」

「じゃあ、ここの蟹尽くし食おうや。ちょうど蟹漁が始まった頃だろ。俺、好物なんだよ」

どっこいしょと言いながら、大隈は慎策の対面に座った。既に幕は上がっている。慎策は真垣になりきって大隈を直視した。

「しかし驚いた。お前さんからの久しぶりのお誘いかと思えば、なんと総理と会えという話だからな。内容は何だ。酒の不味くなる話なら後にしてくれよ」

「酒が美味くなるか不味くなるかはあなた次第だ。どうせ、大体は察しがついているんだろう」

「まあな。通常国会直前に呼び出すんだ。穏やかな話じゃないことくらいは分かる。先に日銀総裁から大幅な金融緩和策の検討が発表されたが、それと無関係じゃあるまい。まず露払いに日本銀行法改正、それから矢継ぎ早に経済対策絡みで法案を通過させる。そのためには票がもう少し欲しい……そんなところか」

「あなたと話すと手間が省けるからいい」

「最初に言っておくが、俺はまだ党を割るつもりはないぞ」

「まだ民生党に未練があるのか。あなたらしくもない」

「未練なんかないさ、あんな利口馬鹿の集まり」

大隈が吐き捨てるように言った時、ちょうど酒が運ばれてきた。徳利と盃だけ残して退出したのは、仲居の気遣いというよりは慣習かも知れなかった。

「ともかく、総理の公務復帰を祝って乾杯だ」

「不味い酒じゃないのか」

「少なくとも党の幹部連中と呑む酒よりはマシだ」

三人で盃を合わせてから、慎策はちびりと舐めるようにして呑む。慎策本人は下戸でも何でもないが、病み上がりで一気飲みなどすれば怪しまれる可能性がある。酔った挙げ句に演技が綻《ほころ》ばないとも限らない。

「ずいぶんと党を嫌っておいでのようだが、それでも党内に留まる理由は何ですか」

個人的な興味を含めて訊いてみると、大隈は大袈裟に顔を顰めてみせた。

「別に嫌いとは言ってない。見下しているだけだ。俺の派閥にも何人か小学生みたいなヤツがいるが、そういう手合いを教育しないまま政権を担当させる訳にはいかん。今、党内のごたごたと迷走ぶりをしっかり目に焼きつかせて、経験値にさせる。党を割るのはそれからでも遅くない」

「小学生、ですか」

「総理も下野していた時に散々見聞きしていたはずだ。幹部には杉下《すぎした》政経塾出身が多いが、こいつらが揃いも揃って理屈屋の役立たずだっただろう。開陳する理論は精緻、不条理を正したいという理念もご立派。しかし、人間ってのは元々不条理な生き物だ。己の中で葛藤もあれば、思いと異なる意見に賛同しなきゃならん時もある。それを理屈が正しいから俺に従えというのは小学生のホームルームだ。政治が人間の所業である限り、それを、動かすのは理屈じゃなくて情だ。あの塾の出身者はそれが全然分かっとらん。そもそも、政治の本質は胡散臭《うさん》さだ。何といっても、利害の異なる主張を突き合わせて非合理に解決していく作業だからな。理屈だけで固められた信念なんぞ、想定外のことが発生した途端に粉砕されるし、理屈をこねるのなら、官僚の方がよっぽど上手い。だから、政権末期には官僚のいいように操られていた。政治が揺らいだ時ほど、官僚は既定路線に乗せようとするからな。傍《はた》に見ていて、あれほど情けないものはなかった。かつて真垣総理もテレビのインタビューで、『今の首相は喋る人形』と評していたが、そのとおりだ。返す言葉もない」

大隈は忌々しそうに盃を呷《あお》る。テレビでは目にしない人間臭さに、慎策は親近感を覚えた。以前は権勢欲ばかりが旺盛で、旧弊な政治家にしか見えなかったが、こうして目の当たりにしてみると厚情な面が垣間見える。

ともあれ、理論派の人間でなければ情に訴えるより他にない。それは、事前に樽見と打ち合わせていた作戦でもある。

「大隈先生は大同団結をどう思われますか」

「国が危急存亡の刻《とき》、小異にこだわるようでは政治家と言えん」

「ならばご協力ください」

慎策は大隈を射るように見つめた。

「大幅な金融緩和を含め、今回、政府の打ち出す経済政策は非常にドラスティックです。しかし、そうでもしない限り、この国は早晩滅びてしまう」

大隈は無言で慎策を見返す。

ここだ。ここで畳み掛けなければ、大隈の情が反応する前に、老練な議員の計算が発動してしまう。

「今や党利党略を云々している場合でないことは、大隈先生もご承知でしょう。ここは我々に大勝負をさせていただきたい」

「総理。計画的なインフレ誘導でデフレから脱却するという政府案は理解している。だが、あのバブル時代、国民党は狂乱じみたインフレを、一度も抑止できなかったではないか。抑止したのは大蔵省と日銀で、しかも舵取りを間違って、こんなにも長期の不況をもたらした。また同じ轍《てつ》を踏まないと誰が保証できる?」

慎策がわずかに口籠《ごも》ると、横から樽見が口を差し挟んだ。

「保証なんてできる訳ないだろう。では、民生党の掲げた選挙公約がことごとく空手形に終わった時、誰が責任を取った。民生党全員が健忘症に罹り、挙げ句の果てには、内閣改造の度に公約内容を捻じ曲げてきたじゃないか」

「責任は取ったさ。先の選挙で歴史的な惨敗を喫するという形でな」

大隈の意図することは慎策にも察することができる。

「それはつまり、経済政策が失敗に終わった時は真垣内閣も解散総選挙をしろということですか」

「わたしではなく、党は間違いなくそれを要求するだろうね。もっとも改選したところで、民生党が再び政権を奪還できる可能性は極めて低いが」

ちらと樽見を盗み見る。予想が当たったのか外れたのか、口をへの字に曲げている。この男のことだから駄目もとで党からの離反を打診したのかも知れない。それでも失望の色が見えないのは、経済政策の是非を超えて、いずれは大隈派を自陣に取り込みたいという目論見があるからだろう。この会合で大同団結の盟約ができなくとも、将来の布石になればいい——そんなところだ。

だが、ここで慎策の役者脳ともいうべき思考が働いた。

本物の真垣統一郎なら、何と答えるだろう？

今まで見聞した真垣の人物像から、必死に回答を推し量る。

そうだ。彼ならきっとこう答えるに違いない。

「わたしはそれでも構わない」

樽見と大隈は同時にぎょっとしたようだった。

「国の救済策を政争の具にされるのは甚《はなは》だ遺憾だが、そんな些末事にかかずらっている時ではない。大勝負をさせてくれと豪語したからには相応の覚悟があることを念頭に置いていただきたい」

対峙する大隈は、信じられないものを見るような目をしていた。

＊

国会答弁の準備があるため慎策が途中で退席すると、座敷には樽見と大隈が残された。

大隈は冷酒を舐めるように呑んでいる。銘柄は毎度お馴染みの〈八海山〉だ。

「あなたは昔から、それ一辺倒だな」

「やはり生まれ育った新潟の酒が一番身体に合う。それに、酒くらいは一辺倒の方がいいだろ」

「それは今までいろいろ党を作っては壊してきたことへの懺悔《ざんげ》かな」

「反省など誰がするか」

盃を静かに傾ける大隈を見ていると、額や頬にうっすらと老人斑が浮いているのが見える。老醜とまでは言わないが、この男と共に政界を渡ってきた樽見には感慨深いものがある。

「おい、何を見てる」

大隈がぴくりと片方の眉を上げた。

「あなたの顔を見ても酒は美味くならない」

「ふん。どうせ歳を食ったとでも思ったか。生憎《あいにく》だがお前さんも一緒だ。黒目が濁り始めてる。さては白内障か」

「憎まれ口も相変わらずですね」

「ああ、目で思い出した。あの男の目はかなり異質だったな」

「あの男？」

「真垣総理だ。こうして膝を交えたのは初めてだが、以前からあんな目をしておったのかな。あれは政治家の目ではない」

さては影武者と見破られたか――一瞬、慌てたが、大隈の話は意外な方向に移った。

「あれは何というか、子供の目だな」

大隈はどこか懐かしそうに目を細める。

「好奇心と冒険心できらきらと輝いとる。今日びはいい若いモンでも疲れたような目をしているが、いや、ああいう目を久しぶりに見た」

言われてみれば、慎策を官邸に引き入れてから容姿や所作を観察したことはあるが、目を直視したことはなかった。

「陳腐な言い方だが、目は口ほどにモノを言う。憶えているか、お前さんも昔はああいう目をしていた」

「わたしがきらきらした目、ですか。案外、恥ずかしくなることを平気で言う」

「おちゃらけでも何でもない。初当選して登院した時、お前さんも思っていたはずだ。この国と民を今よりも幸せにしようと。己の政治理念を現実のものにしようと。親の地盤を受け継いだ二世議員も、弾みで当選してしまったようなタレント議員でさえも、最初はああいう目をしていた。それが政争に巻き込まれ、カネと権力に塗《まみ》れ、理想と現実の狭間で揉まれるうちに初志を忘れて、薄汚れた政治家の目に変わっていく」

ずいぶんな物言いに聞こえるが樽見は否定しない。当選回数を重ねるごとに、目つきが政治家らしくなるのは当然だ。カネも権力も汚れたものだから、塗れていれば人間が汚れるのもまた当然。議員に必要なものは、選挙民に向ける偽りの真摯さと、汚泥の中で棲息する術と知る。

「それでも、いつかは自分の裁量で国を動かしたいと思う。だから国会議員たる者、必ず総理になることを志す。違うか」

樽見は薄く笑って答えをはぐらかす。大隈も一度ならず国民党の総裁選に立候補しているが、未だにそれは叶っていない。

「誰かが言っておったな。大臣一回は努力すればなれる。大臣を二回するには更に努力が必要だ。党三役にはよほど努力しないとなれない。総理になるには、努力だけでなく運も味方してくれないと無理だ」

「一年生議員の時には、単なる脅し文句だと思っていた」

「俺もだよ。しかし、なかなかに含蓄のある言葉だと思わんか。これはつまり、総理の資質についての金言だ」

「資質?」

「何人もの総理を間近に見ていると、総理に求められる資質が厳然と存在することを知らされる。正しい資質を持った者が総理になれば長期政権を維持できるし、持たざる者が間違って椅子に座れば早晩弾かれる」

確かに短命に終わった総理大臣は、決断力や指導力に難があったことは否めない。いささか結果論めいたものではないかと思うこともあるが、彼らの辞任後の処し方を見ると、やはり一国の宰相には力不足であったと感じざるを得ない。

「資質の一つは信念の剛《つよ》さだ。総理として、今成し遂げなければならないこと。それを強く抱いている者は行動にブレがないから、賛同する者も多くなる。ところが、時勢や政局絡みで椅子に座ってしまうと、最初から延命を考えて受けを狙おうとする。受け狙いだから、国民の反応次第でころころ対応を変え、結局は不信感を抱かせる」

「信念の剛さというのなら、あなたの右に出る者はいないのじゃないかな」

「だから運も必要なんだ。その時々の社会情勢、政局、候補者の顔ぶれ。そういう不確定要素が重なり合って総理が誕生する。しかし誕生してからモノを言うのは情勢じゃあない。あくまでもその総理の資質だ。そして、政治の神様というのはなかなかに目端が利いておって、資質のある者には必ずチャンスを与える。そうとでも考えんと、あの少数派閥から真垣総理が誕生した経緯を説明できん」

樽見は話を聞きながら半分は納得、半分は疑義を抱く。総裁選の際、最大派閥の長である須郷の力添えがなく、また民生党の凋落《ちょうらく》ぶりがあれほどでなかったら、恐らく真垣総理は生まれていなかった。そこは大隈の言うとおり、政治の神様のお膳立てだったのかも知れない。

しかし、その真垣は今や蜂窩織炎で意識不明の重体となり、売れない役者が影武者を務める羽目になっている。それすらも天の配剤というのなら、いったい神様とやらはどれほど気紛れ者かと思う。

「樽見先生よ。お前さん、今でも総理職に恋々としてるのか」

「さっき、あなたが言ったでしょう。およそ国会議員で総理を目指さない者はいないと」

「目指すのとなるのとでは、天と地ほどの差がある。資質と運。その両方に恵まれなければ、いかに百年の大計を持っていたとしても総理の椅子など画餅《がべい》に過ぎない。そしてなあ、樽見さん。どうやら俺には、その運ってヤツがないらしい」

「ご謙遜を」

「いやいや、これは何度も総裁選で弾かれた末の自己判断だ。お前さんは嫌がるだろうが、この世には天命というものがあるんだ」

では、本物の真垣が生死の境を彷徨《さまよ》っているのも天命というのだろうか。

「これを認めるのはいささか口惜しいが、真垣統一郎という男は、運にも資質にも恵まれている。加えて一途だ。さっき真剣な目で詰め寄られた時には、その迫力に思わず息を呑んだ。真摯さに心ならず打たれた。あれが演技だとしたらアカデミー賞ものだ」

きっと慎策本人が聞いたら飛び上がって喜ぶだろう、と思った。

「あの愚直さもいい。党利党略に凝り固まった長老連中の目にも清新に映る。国民には尚更だろう。あの男が今国会を乗り切り、景気対策を成功させれば、とんでもない長期政権になるかも知れん」

「えらく買ったものですね」

「ろくでなしの総理が続いたから、その反動による期待もあるさ。お前さんもあの人となりを見て、女房役を引き受けたのだろう」

「内閣官房長官を打診されて断るような議員はいないでしょう」

「それこそ謙遜だな。お前さんみたいに目端の利く男が、有象無象の権力亡者に寄り添ったりするもんか。第一、そんな男の招きならこの場所に座っておらん」

「そこまで真垣を買ってもらったのなら、いっそ合流したらいい」

「さっき明言しただろ。今の段階で党を割るつもりはない。しばらくは、古巣が掻き乱れる様を見物させてもらう」

「国民党が掻き乱れますか」

「あんなろくでなしの野党に政権を奪われたのは、国民党の古い体質が毛嫌いされたからだ。腐乱した藻のはびこる池に清水を注ぎ込めばどうなるか。池が清新なものに甦るのか、それとも注いだ水が汚水に変質するのか」

大隈は年齢に似合わぬ悪戯《いたずら》っぽい目で笑うと、盃の残りを呑み干した。


料亭を出て官邸に戻る途中、樽見は公用車の後部座席でゆっくりと酔いを醒ましていた。大隈の呑み方はちびりちびりとだが長時間粘るので、付き合っているとついこちらが深酒をしてしまう。


大隈との会席を設けたのは、慎策に説明したとおり民生党の大隈派を取り込み、あわよくば離党させるためだった。無論、豪腕で鳴る大隈がそれしきの工作で簡単になびくはずもなく、樽見にしてみればきっかけ作りのつもりでいたのだ。

だが、蓋を開けてみれば、真垣に扮した慎策が存外に好評を得た。偽者と気づかれないだけでも合格だったのだが、あの大隈から好感触を引き出したのは樽見も予想外だった。

なるほど大隈に見栄を切った慎策の演技は圧巻だった。事情を知悉《ちしつ》した樽見ですら、一瞬そこに本物の真垣が降臨したように思えたほどだ。だが、今の樽見を困惑させているのは演技力ではなく、慎策の素顔だった。

政治に全く無関心だった男だから、大隈の目に清新に映ったのも道理だ。しかし、それを差し引いても、慎策には不思議な魅力がある。妙に人恋しくさせ、清々しいのだ。それが元々の真垣の言動と相俟って、相対する者を惹きつけてしまう。

当初、慎策はあくまでワンポイント・リリーフのつもりで登板させた。だが本物の真垣は、下手をすればこのままベッドの虜となる可能性が高く、政界引退も考えなくてはならなくなった。

そこで樽見がとっさに思いついたのは、マリオネットよろしく慎策の言動を操り、以前から試したかった政策を展開するというものだった。成功すれば万々歳、失敗しても慎策に泥を被せればいい。それを試用期間とした上で、改めて樽見政純が次期総裁選に打って出る——そういう筋書きだった。

だがその目論見も、真垣になりきろうとする慎策を見ているうち、徐々に変わってきていた。政治に関して素人の慎策が真垣に扮することによって、総理としての資質に恵まれた真垣に、無垢な魂が内在することになったからだ。

どんな議員も最初は国と民の幸せを考えているが、そのうち欲と泥に塗れるようになる——大隈の言葉がにわかに胸に響く。それは樽見も同様だった。

だが、真垣の影武者は違う。総理という立場にもかかわらず権力に対する執心は皆無、志は一年生議員と同等。

ある種、それは理想的な政治家と言えるのではないのか。

また、その理想的な政治家に最も適切なアドバイスができるのは自分ではないのか。

自分で総理になるよりも、慎策を鍛え育てることで名伯楽になれるのではないか。

樽見は驚いていた。

何ということだ。いつの間にか、自分は慎策を役者としてではなく政治家として捉え、そして惹かれつつある。

きっとまだ酔いが醒めないのだろう、と思った。酔いでもしない限り、自分がそんな夢想に憑《と》りつかれるはずがない。

とにかく、明日から始まる施政方針演説と代表質問が正念場だ。慎策が早々に馬脚を現すか、それとも、五百人に上る国会議員と中継を見ている国民を見事に騙し果せるか。

本来なら不安で堪らないはずなのに、不思議にも、樽見の胸は、遠足を翌日に控えた園児のように躍っていた。

3

「いいか?」

慎策が控室を出る際、風間は念を押すように訊いてきた。原稿用紙にして十五枚、話せば二十分を超える演説だ。その肝要となる部分、強弱のつけ方は徹底的に詰めておいた。これ以上、加えることも引くこともない。いいか、と訊いてきたのも覚悟の確認だった。

「任せておけ」

「お前を舞台袖で待つ身になるなんて想像もしていなかった」

「国会議事堂で演説する身になるなんて想像もしていなかった」

苦笑いを交わしてから、慎策は護衛とともに本会議場へ向かう。

通常国会は、まず政府四演説から始められる。総理が向こう一年間の国政全般に取り組む基本方針を示す施政方針演説、外務大臣が行う外交演説、財務大臣が行う財政演説、そして経済財政政策担当大臣が行う経済演説の四つであり、この四演説に対し、各会派の代表者が質疑を起こす。

この質疑を代表質問と呼ぶが、演説のされた翌日から衆参両院で三日間行われる。四演説は、国政上の争点を国民に向けて明確化するものであり、それは野党との争点をも明らかにする。言わば、内閣発足後の第一ラウンドの開幕と言っていい。

そして慎策にとっては、初の全国中継の場となる。劇場の観客が動画を投稿するのとでは規模もスタイルも違う。七百人以上の国会議員は元より、全国の視聴者に向けて己の演技を披露する初舞台なのだ。

回廊を進む途中で上半身がぶるりと震えた。寒気も恐怖もないので、これは武者震いなのだろう。本会議場が近づくにつれ、緊張感が極限まで高まっていく。これは舞台に臨む時と全く同じ感覚だ。

やはり自分は役者なのだと自覚する。やっていることは全国民をペテンにかけているのと同義なのに、真垣統一郎を演じることに全身が躍っている。

両脇に待機していた報道陣が慎策の姿を認めるや否や、わらわらと駆け寄ってきた。

「総理、所信表明を直前にして緊張はありますか」

「各代表との初対決を前に、何かひと言」

「やはり民生党との対決姿勢を明らかにするのでしょうか」

「総理」

「総理！」

カメラとＩＣレコーダーの砲列をやり過ごし、本会議場の前に立つ。この扉を潜った瞬間に幕が開く。

イッツ・ショータイム――。

国民党議員の拍手に迎えられて慎策は議長席前列、一番議長に近い席に座る。

やがて議長により開会が告げられ、いよいよ慎策の出番がやって来た。

「内閣総理大臣、真垣統一郎くん」

国民党議員たちから一際大きな拍手と歓声が湧き起こる。

呼ばれて慎策は演壇に立つ。本会議場は二階から三階が吹き抜け構造になっており、天井のステンドグラスから陽光が降り注いでいる。今日は快晴とみえる。初舞台にはふさわしい日だ。

慎策は一礼した後、小脇に抱えていた原稿の束を一瞥すると裏を向けて演壇の隅に叩きつけた。

元よりこの場で目を通すつもりはない。

原稿を置いた音はマイクに拾われ、議場全体に響き渡った。

議場からざわめきが起こる。

これから数十分間に亘る長演説を原稿なしでやり果すつもりなのか――？

無論だ。

今までこの演壇でどれだけの弁論がなされたのかは知らないが、およそ原稿を読みながらの演説など、味気ないことこの上ない。プロンプターという便利なものもあるが、国の施政方針を語るのに道具など必要ない。そしてまた、これは官僚の用意した原稿を拒絶するという意思表明でもある。

徹頭徹尾、真垣統一郎の言葉で語るのだ。

慎策は深呼吸すると第一声を発した。

「ここ数年、この国には失望と絶望が蔓延していました。いつ終わるとも知れぬ不況、それに追い打ちをかけるような震災、そして未曾有の原発事故。こんな時、政府は国民の失意を癒やし、展望を見せねばならないはずなのに、勤勉で実直な国民性に胡坐《あぐら》をかき、政治家は権力争いに奔走し、誇りなき官僚は省益《しょうえき》に走ることしかしませんでした。これは我々国民党も同様です。金権に塗れ、汚職に塗れ、弱き者、病める者の立場など一顧だにしなかった。そのか弱い声に耳を傾けようともしなかった。その結果が三年前の総選挙の惨敗です」

国民党議員たちは、唖然《あぜん》とした表情をしながらもひと声も上げられない。沈黙しているのは野党側も同様だ。この冒頭の言葉は両院議長には発言通告しているが、党三役にすら伝えていない。まさか施政方針演説が自陣への罵倒から始まるとは、想像もしなかっただろう。

「そして、その後の民生党政権も言わば壮大な実験にしかなり得ず、日本を再生するには到底至りませんでした。明け透けに申し上げれば、国民党の政権奪還も消去法でなし得たものです。憲政史上、これほど情けない政権交代があったでしょうか」

さすがに野党席の民生党議員たちがざわめき始めた。だが、先の選挙で目を当てられないほどの惨敗を喫し、議数も半分に落ち込んだ今、すぐさま反論する勢いも失せているようだった。

「しかし、いかに消去法であったとしても、我々は再びこの国の舵取りを任されました。単なるいち政党の興廃など問題ではなく、この運営に失敗すれば日本の未来はますます闇に閉ざされ、我々の子供たちは負の遺産に永劫苦しめられることになります。我々には使命があります。国会議員一人一人に、国民一人一人に。それはこの国の資源と、希望と、誇りを次の世代に継承することです」

慎策は脳裏に思い描く真垣を五体で再現する。頭を心もち上げ、胸を反らせ、真っ直ぐに前を見る。

「私たちの前にはいくつもの難題が横たわっています。しかし我々は決して挫《くじ》けず、決して諦めず、たとえ泥臭い手法と嗤《わら》われようと、必ずや日本を再生させなければなりません。愚直であることが誇りであり、真面目であること、他人を思いやることが国の豊かさであることを、未来の大人たちに示さなければなりません。机上の空論はもういりません。掛け声だけの改革もいりません。真垣内閣は日本再生に一命を賭す覚悟です。その障壁になるのであれば、既得権益であろうが、財界であろうが、いち政党であろうが、一切妥協しません。省庁の利益、企業のエゴ、政党の面子《メンツ》など、国の未来にとっては塵芥《じんかい》に過ぎないからです」

今、この言葉を族議員や天下りに汲々《きゅうきゅう》としている官僚、政界と癒着し放題だった企業トップたちはどう聞いているだろう。これが国民に対するリップサービスだと思ったら大間違いだ。

これは宣戦布告だ。

「妥協はしません。躊躇《ちゅうちょ》もしません。日本と子供たちの未来のため、真垣内閣は全ての抵抗勢力を蹴散らして、改革を断行します」

歌舞伎役者よろしく見得を切ると、一瞬議場は静まり返った。

少し遅れて若手議員たちの間から拍手と歓声が湧き起こり、それはあっという間に議場全体に拡がった。憮然として腕組みをする者や冷笑する者もいるが、野次を飛ばす勇気のある者はいなかった。

そして慎策は具体的な個別方針について、朗々と演説を再開した。

一　大幅な金融緩和と成長戦略
二　消費税増税は景気浮揚後に実施
三　法人税引き下げによる企業流出の阻止
四　原発からの即時脱却と電力システムの抜本的改革
五　新公務員制度による官僚改革
六　自然エネルギー、再生医療など成長分野の後援
七　収入に応じた医療負担により社会保障制度を持続可能にする
八　原則に基づきながら国民の生命と財産を守り抜く外交・安全保障

翌日から各会派の代表質問が始まった。最初に質問に立ったのは国民党の丸山健吾《まるやまけんご》だ。国民党第二派閥下島《しもじま》派の中堅で、先の総裁選では善戦しながらも、真垣に一歩及ばなかった経緯を持つ。

政権政党からの代表質問は身内であるがために応援演説になりやすい。しかも最大会派が与党の場合には、最初の質疑者は最大野党になる例が多い。しかし、この日の丸山はいささか趣を異にしていた。

「総理にお尋ねします。原発からの即時脱却ということですが、もちろん福島第一原発の教訓から、原発への依存度は徐々に減らしていくことが望ましいのは当然です。しかしながら、再生可能なエネルギーがまだまだコスト高である現状、少なくとも安全基準を満たしている原発は可能な限り稼働させ、電力の供給を安定させるのが妥当と思われます」

丸山の顔にはわずかながら悲壮感さえ漂っている。それも当然だろう。原発推進はこの五十年

間、国策として進められ、その旗振り役が当の国民党だった。もちろん安い電力供給を求める経済界の後ろ盾と、原発関連の天下り先を確保したい官僚の思惑が一致してのことだが、さすがに福島の事故直後は、三者とも頬被りをしてきた。事故から数年、やっとほとぼりが冷めたところで、推進派の面々は原発稼働の更なる増設か、最低でも現状維持を画策していたのだが、政府の打ち出した政策が即時脱却だったので泡を食った。

実際、官僚が用意した施政方針演説の原稿では〈早期脱却〉となっていた。「早期」という文言であれば、それが五十年になろうと百年になろうと言い訳ができる。それを樽見と風間、そして慎策が土壇場になって〈即時脱却〉に書き換えてしまったのだ。最初は陰謀に巻き込まれたことを迷惑がっていた風間も、国策の段階から介入できると知るや、持論であった政治理論を嬉々として押し出し、それに国民党の旧弊さに不満を持っていた樽見が同調したという具合だった。

まず慌てふためいたのは経産省だった。即時脱却では、天下り先の原発関連企業の存続はもちろん、既得権益の大幅な減衰となる。そこで、経産省出身の丸山に急いでネジを巻いたというところか。

「既に原発は産業の要であり、国民生活の基盤ともなっています。一時的な反原発デモや、根拠薄弱な市民運動の声に惑わされることなく、現実に沿った政策を遂行することこそが、政府の役割であると考えますがいかがでしょうか。総理のお考えを伺いたいと存じます」

代表質問で与党議員から攻撃される総理というのも珍しいだろう。いつもは野次を飛ばすはずの野党議員たちも興味津々といった体で、二人の質疑応答を見守っている。

「内閣総理大臣、真垣統一郎くん」

呼ばれて慎策は演壇に立ち、眼下の議員たちを見下ろす。この中に、経産省の族議員や原発推進で甘い汁を吸った輩が何人いるのか。今から話す内容は彼らへの挑発とも受け止められるが、構うものか。遅かれ早かれ、どうせ彼らとは対峙しなくてはならない。

慎策はきっと正面を睨みつけた。

「党の仲間である丸山先生から質問をいただき恐縮です。簡潔な質疑にもかかわらず、原稿をつらつら朗読されたのは、さすがに用意周到と言わざるを得ません。おかげで、言葉の一つ一つが克明に胸に届きました」

議場から失笑が洩れる。丸山が急遽官僚の作成した原稿を読まされたのは、誰の目にも明らかだった。当の丸山は顔を赤くして怒りを堪えているようだ。

「まず電力コストの件ですが、これは自然エネルギーの実用化が本格的になれば、供給量に従って下がっていきますから、現段階での比較はそもそも意味がありません。翻《ひるがえ》って原子力は電力コストが安いというのが推進派の意見ですが、使用済み核燃料の問題があります。現在、我が国でも一万七千トン以上の使用済み核燃料が残存していますが、では、この使用済み核燃料をどうするのか。核燃料サイクルによる再利用は、高速増殖炉〈もんじゅ〉において試みられていますが、〈もんじゅ〉自体が度重なる事故によってまともに稼働しておらず、約三十年の歳月、一兆円以上の費用をかけてまでも、未だ実用化の目処が立っていないのであれば、これはもう事業としては破綻していると言わざるを得ません。そうなれば、核廃棄物として捨てるよりありませんが、地中深く埋めたとしても、十万年という途方もない半減期を待たなければならないというのでは、処理と言うよりもその処分を後々の世代に丸投げしたと言う方が正しい。現時点では、その最終処分場さえ決まっていませんからね。しかも日本のような火山国では、どこのどの地層に埋設したとしても十万年もの間、無事であるとは到底断言できません。では、気の遠くなるような核廃棄物の処分費用を加算した場合、原子力の電力コストは本当に安価と言えるのか。いいえ、そんなことは有り得ないのです」

「引っ込めえ。似非《えせ》エコロジスト！　そんなに福島県民の票が欲しいか」

いきなり野次が飛んだので、慎策はその方向に視線を移した。

思ったとおり、声の主は民生党の安河内幹夫《やすこうちみきお》だった。本会議でも予算委員会でも、品のない野次を飛ばすことで〝野次将軍〟という異名を取った男だ。慎策が原発政策についてこう発言すれば、推進派である安河内は必ず野次を飛ばす――樽見の予想は怖いくらいに的中した。こと権益に絡めば超党派で団結するという、麗《うるわ》しい議員魂といったところか。

そして慎策たちは対抗策も講じていた。

「ああ、あなたですか。安河内議員」

まさかいちいち野次に対して、総理から名指しされるとは想像もしていなかったのだろう。安河内はぎょっとして、顔を強張らせた。

「中継のカメラさん、どうぞ安河内議員をアップで映してあげてください。本会議場での勇姿を地元の有権者に、是非ご覧いただきたい」

今度は議場からくすくす笑いが洩れる。野次は国会の華とはいえ、安河内の悪罵は笑えぬものがほとんどで、多くの議員は密かにうんざりしていたのだ。

事態を面白がった何台かのカメラが、安河内に向けられた。安河内は慌てて俯き加減になり、また周囲の失笑を買った。

　これでいい。二の舞を怖れてしばらく野次を飛ばす者はいなくなる。

「さて、話を戻しましょう。原発の是非については事故が発生した直後、民生党が全国で開催した意見公聴会において、八割の方が『二〇三〇年までに原発ゼロ』という回答を示しました。確か、あの時は原発関係者を無理にねじ込んだのではなかったですか？　それにもかかわらず、国民はその回答を選択した。『未だ放射能が原因で死んだ者はいない』などと呆けた発言をした関係者が叩かれたとおり、国民は間違いなく原発推進を厭《いと》うています。関連施設のある自治体にしても、実際は補助金・助成金という札束で、住民の頬を叩いているようなものです。よって、真垣内閣は原発推進から自然エネルギーへと大きく舵を切ることとしました。施政方針の中で、後援する成長分野に自然エネルギーを挙げているのも施策の一つなのです」

　答弁が終わるや否や、また丸山が手を挙げた。一問一答形式の委員会と異なり、本会議での再質疑は時間内で二回までしか許されていないから必死なのだろう。

「丸山健吾くん」

「今の総理の意見には断固異議を唱えたい。確かに、意見公聴会での結論はそうだったのかも知れないが、全国民の総意だとは限らない。サイレント・マジョリティ、物言わぬ大多数は原発容認派かもしれないではないですか。よしんば国民の多くが原発に対して無知蒙昧《むちもうまい》なおそれを抱いているとして、それをそのまま受け入れるのはいかがなものでしょう。また、総理の意見は、過去五十年に及ぶ国民党諸先輩方が進めてきた原子力行政、及び国が国家プロジェクトと位置付けた高速炉開発を、根底から否定されるものと受け取られかねません」

「内閣総理大臣、真垣統一郎くん」

「そのとおりです。わたしは過去の原子力行政も高速炉開発も、全て完全に間違っていたと根底から否定するものです」

議場がしん、と静まり返った。唾を呑み込む音が聞こえそうなくらいだ。

「丸山先生が指摘されたのはポピュリズムへの迎合という意味ですか？　それはあまりに国民を愚弄した発言ではありませんか。議会制民主主義とはいえ、少なくとも政府が主催した意見公聴会で、出席者の八割が下した判断を無視するなど、およそ国民に選ばれた者の態度ではない。また国民の惧れが無知からくるものだと主張されるのであれば、丸山先生、あなた自身が原発施設、たとえば活断層の真上にありながら再稼働を期待されている大飯《おおい》原発周辺に居住して、安全性を立証する義務がある。住居が必要なら、研究費用として政府が予算計上してもいい。多くの国民が危険だとしているものを推進しようと言うんです。自ら安全であることを示せない者は、軽々に口を開いてはいけません」

丸山は憤然と再々質疑の手を挙げる。

「丸山健吾くん」

「総理、滅多なことは言わない方がよろしいですよ。仮に自然エネルギーに移行できたとして、その間はやはり原子力が大きな担い手となります。再稼働もせず、次々に廃炉を進めていけば、早晩電気料金は上がり、巨大な電力を必要とする大企業は費用負担を恐れて海外に拠点を移すようになる。そうなれば総理、施政方針の中で謳われている企業流出の阻止には逆効果になるのではないですか」

「内閣総理大臣、真垣統一郎くん」

「福島の事故報道に端を発して、電気料金体系が総括原価方式であることは、今や誰もが承知しています。人件費やら役員報酬やら、果ては社宅や寮の維持費までを料金に加算している。それなら廃炉による値上げを申請する以前に、計算方式を見直すのが先決でしょう。また、多くの企業にとってもっともコスト高なのは、電気料金よりは人件費です。丸山先生の指摘が正鵠《せいこく》を射ているとは言い難い。仮に電気料金の値上げ程度で国を捨て海外に拠点を移すような企業があったとして、わたしはその企業に愛国の精神を感じない。個人的見解ですが、国を愛せない企業に頭を垂れてまで国内に踏みとどまってほしいとは思いません」

三回目の質疑はなく、丸山は憤然としたまま沈黙する。いつもなら轟然《ごうぜん》と湧き上がるはずの野次も、先刻の安河内への牽制が効いてか誰も口にしない。

慎策は議場を一瞥して、内閣総理大臣席に戻る。二日目で演説と答弁にはすっかり慣れた。慣れてしまえば小劇場も国会本会議場も似たようなもので、違いといえば観客の数でしかない。いや、観客を笑わせ、沸かせることを強いられる劇場よりは、国会答弁の方がはるかに楽だった。以前、国会中継を見ながら、議員たちの弁論下手にどうにも納得がいかなかったが、ようやく理由が分かった。ことパフォーマンスの見せ方に限るなら、議員よりも役者の方がずっと優秀なのだ。

二人目の質問者は社会連合党代表の鈴村穂波《すずむらほなみ》だった。本職は弁護士、女性ながら歯に衣着せない弁舌を展開し、〈女性と社会的弱者の代弁者〉を標榜する古参議員だ。

鈴村はひと息吐いた後、よく通る声で話し始めた。

「総理に伺います。施政方針では三番目の柱に法人税の引き下げを挙げています。社会連合党としては、まずこのことに疑義を差し挟まずにはいられません。一方で消費税の増税を掲げておきながら法人税を下げるというのでは、一般庶民を責め苛《さいな》み企業を優遇するという、従来の国民党政治から一歩も脱却していないではありませんか」

党代表を務めるだけあり、さすがに演説慣れしている。声の抑揚、アクセントのつけ方など、発声も申し分ない。慎策はオーディションの競争相手を吟味するような感覚で、鈴村の演説を傾聴する。

「一般大衆に背を向けた結果、国民党が三年前にどのような審判を受けたか、総理はもうお忘れになったのでしょうか。現状、日本の雇用統計では、非正規社員が正社員の数を大幅に上回り、その非正規社員の大部分は、三十代以下の若年層と女性によって占められています。そして、彼らの家計を直撃するものが、消費税アップであることは論を待ちません。一方、企業側に目を転じれば、日夜テレビでCMを流し続けている大企業までもが決算で赤字報告をし、法人税を払っていません。その数は全体の八割というのですから呆れ果ててモノも言えません。どうやら企業トップが口にする不景気と一般大衆の言う不景気は、別次元のものと捉えるより他にありません」

鈴村もまた、ちらちらと原稿に目を落としているが、声にメリハリがあるのであまり気にならない。少なくとも棒読みよりは発言者の感情が込められているように聞こえる。ただ惜しむらくは感情に傾き過ぎていて、その分、知性に訴えるものがない。

感情過多の弁舌が効果を発するには舞台設定が必要だ。緊迫した場面、または、主人公の一挙手一投足に観客が釘づけになっている場面でなければ、白けさせてしまうことが多い。

では、今この議場がそういう舞台設定であるかといえば、残念ながら違う。慎策の答弁を待ってから激するのならともかく、最初から感情剝き出しでは観客は役者に移入できず、吸引力に関しても、鈴村は外見的な魅力に欠けている。はっきり言えば華がない。

更に加えれば、社会連合党の主張自体がマンネリ気味なのも悪材料だった。

社会連合党の別名は〈何でも反対党〉だ。樽見の解説によれば、結党以来、その時々の政権に異議申し立てを重ねることで存在感を示し続けてきたが、歴代の党首をはじめとして、党員全ての弁論が理想論に終始し、一向に現実路線に目を向けないものだから、やがて支持者からもそっぽを向かれたという経緯がある。だから、代表質問で鈴村がどれだけ理想を縷々《るる》述べようと、有権者にしてみれば、時代錯誤のドラマを強制的に見せられているようにしか思えないのだ。

せめて、もう少しスタイリストなりメイク係が頑張ればいいのに——慎策がそう考えている最中も、鈴村の演説は続く。

「施政方針では、消費税アップを景気浮揚後に実施とあります。一見、一般庶民に配慮した文言と捉えられますが、実はこれもいわゆる霞が関文学と呼ばれている文章であり、読みようによってはどうとでも取れるものです。つまり、どの時点で景気が浮揚したのかが明確に数値化されていない以上、政府の腹づもり一つで消費税増税がなされるという内容に他なりません」

この主張に関しては、風間が早々と予想を立てていた。経済音痴の社会連合党なら、必ずこう反論するに違いないと見越していたのだ。

景気判断にはいくつもの指標が存在する。物価指数、雇用統計、財務省貿易統計、円相場——数え上げればきりがない。巷間《こうかん》よく取り上げられる日銀短観にしても、計数調査と判断調査に基づく企業への実況調査であり、消費者レベルの家計までを網羅したものではない。

言葉を返すつもりはないが、風間の弁によれば、国民全員が裕福になることなどまず有り得ない。誰かが潤えば別の誰かが渇きを訴える。資金が偏在することが資本主義の特性だ。ついでに言えば、好景気とは経済上の言葉であり、単にモノとカネの流れが活発であるという事実に過ぎない。

それを社会連合党は全ての国民の財布を膨らませ、かつ幸福にしろと主張している。そしてそのためには、勤労者の八割が帰属している企業を痩せ細らせても構わないと言う。全ての国民が好景気と判断しない限り、最も歳入を見込める消費税の増税を認めないと言う。

なるほど理想論だと慎策は合点する。耳触りのいい言葉は、羅列されれば飽きが早い。社会連合党が選挙のたびに議席を減らしていった理由が、鈴村を見ているととてもよく理解できた。

「我が党としましては、まず景気判断の指標として何を採用するのか、政府に見解を質《ただ》したいと思います。また、消費増税分を社会保障のみに充てるという約束を、ここで取りつけたいと思います。総理、ご回答をお願いします」

こういう手合いにはどう対処すべきか——これは樽見や風間の助言も必要ない。慎策自身の世知で何とか切り抜けられるだろう。

「内閣総理大臣、真垣統一郎くん」

「今、鈴村代表が不審の念を込めて述べられた霞が関文学、わたしも激しく同じ意見です」

一瞬、鈴村はおやという顔になった。

「およそ官僚の作文ほど曖昧で、独りよがりで、てにをはが不適切で、訳の分からない文章はありますまい。わたしの知り得る限り、最も美しくない文章です。もしも最高学府を出た人物の手になるものであれば、即刻、まともな日本語教育から始めるよう各大学には通達を出したいところです」

議場から忍び笑いが洩れる。鈴村の硬い質疑に対応するには、こういう真逆の口説でいったんかわすのが一番効果的だ。

「従って、わたしは今回の施政方針演説で、彼らの認めた原稿を読むことはしませんでした。いや、一応目は通しましたが、読み難いことこの上なかったからです。方針につきましても、可能な限りわたし自身の言葉で説明したのですが、それでも鈴村代表には分かり辛かったのであれば、それはひとえにわたしの国語力が貧弱なせいであり、慚愧《ざんき》に堪えません。いや、他人の文章能力をあげつらっている場合ではありませんなあ」

耳を傾けていた鈴村の表情が硬くなる。遠回しに揶揄されていることに、ようやく気付いた様子だった。

では、ここから口調を戻すとしよう。

「景気判断、ならびに増税のタイミングにつきましては財務大臣の所管であり、わたしが今ここで直ちに指定できるものではありません」

すると鈴村はいち早く反応し、腰を浮かしかけた。

まだだ。

「しかしながら、景気とは読んで字の如く〈気分〉によって語られる部分が大きい。それを数値化するというのは、喩えて言えば、喜怒哀楽を血圧で表示することに近しいようなものです。ただし、日銀短観をはじめとした各種指標が、景気判断の材料になっていることも確かです。よろしい。消費税率を引き上げる際には、その時参考材料とした各種指標を逐一開示しましょう。政府として判断材料を明らかにしろと言われれば、それ以上できることはありません」

現時点ではこれが模範解答だろう。材料の全てを明らかにすると明言した。元より判断の難しい問題なら、同じ問題を相手に返してやればいい。社会連合党側に財務官僚以上の頭脳が存在しない限り、数値の類で揚げ足を取られる心配はまずない。

後は目の前の相手を丸め込むだけだ。

「増税分を社会保障のみに充てるかについては、今更言葉を重ねる必要もないでしょう。何といっても歳出の多くを占めるのは社会保障費です。消費税率アップはその補塡を目的として提案され、可決された。政府としては、当初の目的から外れることなど毛頭考えておりません。仮にそれが外れる気配があれば遠慮なくご指摘いただきたい。何故ならそれこそが、政府の意向に逆行する抵抗勢力の企てに他ならないのですから。その時こそ鈴村代表、我々は共に手を携えて闘おうじゃありませんか。以上」

そう締め括ると、鈴村は毒気を抜かれたように目を瞬いた。

たちまち国民党議員の間から喝采が起こる。

横目で盗み見ると樽見は腕組みをしたまま無表情を決め込んでいるが、観察すると必死に笑いを噛み殺しているのが分かる。

よし、このラウンドも俺のポイントだ。

三番目の質問者は民生党代表、如月継夫《きさらぎつぐお》だった。

登壇した姿を見た途端に、如月が自分の苦手なタイプであることが見てとれた。酒も入っていないのに目が据わり、慎策を睨《ね》め回すように見る。粘着質であることがそれだけで窺える。樽見による人物評も芳しいものではなく、理屈屋揃いの民生党の中にあって、最も融通が利かないらしい。良く言えば唯我独尊、悪く言えば意固地であり、三代続いた資産家という出自が、世間知らずに拍車を掛けている。

先の選挙で大敗した責任を全て前執行部に押しつけ、その余勢をかって代表の地位を手にしたという逸話も、この男ならさもありなんと思わせる。

「総理が施政方針の一番目に挙げられた、大幅な金融緩和と成長戦略について伺いたい」

如月はここでいったん言葉を切り、慎策をじろりと睨んだ。

これが如月の宣戦布告ということか。

「マスコミを通じた談話等々で、大幅な金融緩和というのがいわゆるインフレターゲットであることは理解できました。しかしこれは、かつて国民党政権が招いたバブル経済を再現するものではありませんでしょうか。バブル経済が弾けた後、その負債を支払うためにいったいこの国がどれだけ疲弊し、壊滅的な痛手を被ったのか、総理は早くもお忘れになったのでしょうか。また、当初は思惑どおりインフレを誘発することができたとしても、その上昇率をコントロールし、任意の数値に留めるなどという芸当が本当に可能なのでしょうか。過去にもインフレが進んだことがありましたが、その際、国民党の主導でインフレを抑制できたことがあったでしょうか。寡聞《かぶん》にしてわたしは、そんな実例を見聞きしたことはありません」

やはりそうきたか。

如月の演説内容は大隈の忠告どおりのものだった。そこまで読まれているのは、大隈の洞察力の賜物《たまもの》か、あるいは如月の底の浅さか。

「大体において、物価が目標値を上回ったら金利を上げる、というのは素人が考えても粗雑な印象は拭えず、また実証例もありません。それどころかインフレターゲットを導入した国の多く、例を挙げれば、ブラジル、チリ、コロンビア、メキシコ、ペルー、フィリピン、インドネシアといった国々は、いずれも高いインフレに苦しめられているのが実状です。また、これは素朴な考えですが、庶民感覚としてもインフレというのはマイナスイメージであり、物価は安いに越したことはありません」

庶民感覚の単語が出たところで議場から失笑が洩れた。それも当然だろう。何しろ、如月は政治家になってもまだ実家から資金援助を受けており、その額は月に千五百万円に上ると言われている。いわば千五百万円の小遣いであり、そんな境遇の人間の口から庶民感覚などという言葉が出るのは滑稽《こっけい》としか言いようがない。

「昨日の施政方針演説において総理は、物価上昇の期待によって資金が動く仕組みを得々と説明されましたが、これも素直には頷けない理屈です。なぜなら、物価上昇が予測できたとしても、収入の増加が期待できなければ資金を留保しておくというのが普通の反応だからです。資金が動かないのに、物価のみが上昇するのでは、先ほど挙げた国々のようにやがてハイパーインフレに陥るのは自明の理なのであります」

この理屈は風間が予想していたものと全く同じだったので、慎策は笑いを禁じ得なかった。風間にとって如月および民生党議員の思考回路というものは、ゼミの聴講生にも及ばないらしい。

「更にインフレの加速は名目金利の上昇を促し、日銀をはじめとした金融機関のバランスシートを大きく毀損《きそん》させる危険性を孕《はら》んでいます。もしそのようなことになった場合、いよいよ日本経済は崩壊し、国家的危機を招く結果となります。国民党にはその責任を取る覚悟がおありなのでしょうか。その点について総理のご回答をお聞きしたいと思います」

予想された反論なので、無論こちらも迎撃する材料を用意している。風間の説明が丁寧だったので本当に助かった。

「内閣総理大臣、真垣統一郎くん」

「まず如月代表の誤解から解かねばなりません。ただ今の質疑で代表は、インフレターゲットを導入した国々は高いインフレに苦しんでいると言われましたが、列挙された国々はいずれも発展途上国であり、原油と食物といった家計に占める割合の大きな科目が高騰しているという特段の事情があります。つまり、消費内容が我が国とは異なるため、比較対照にはあまり意味がないのです。また、如月代表は実証例がないと言われましたが、それは誤りです。過去にはスウェーデンがインフレターゲットを成功させ、最近でも一時的な物価下落に対応したニュージーランド、カナダなどの例があります」

如月の顔がみるみる屈辱に歪んでいく。理屈ばかりが肥大した人間は、論理の瑕疵《かし》を指摘されるのが一番嫌いだ。そして、指摘されれば感情的になりやすい。

「また、代表は軽々にハイパーインフレという用語を持ち出しましたが、ハイパーインフレの定義は、年率一万三千パーセント以上のインフレを指す言葉であり、非常に極端な現象であることを念のために申し添えておきます」

「議長！」

「如月継夫くん」

「それではインフレによって金融機関のバランスシートが毀損する危険性はどう取り繕うおつもりなのか！」

「内閣総理大臣、真垣統一郎くん」

「インフレの上昇に従って名目金利が上がるには、前提条件として完全雇用でなければなりません。ところが、現状では失業率が高くなっており、その前提自体が成立しません。それに、資金は常に供給充分であるため、その一部が債券購入の資金に回って債券価格を下支えし、名目金利はなかなか上昇しないのです」

「議長！」

「如月継夫くん」

「それでは最後に問います。もし、その金融政策が失敗した場合、総理ならびに内閣はどう責任を取るつもりなのか」

さあ、ここだ。

慎策は胸の内で己を鼓舞する。

本会議場で慎策がこれを表明することに樽見は躊躇したが、風間は推奨した。新内閣の覚悟のほどを示すには、絶好の機会だと言うのだ。

「内閣総理大臣、真垣統一郎くん」

「ずいぶん突っかかる言い方をされる。政権担当中、ろくな経済政策を講じなかった政党の党首から責任の所在を問われても、正直鼻白む思いです」

満場の議員に向かって傲然《ごうぜん》と、しかし誇りをもって立つ。

「もし成功したらとか、もし失敗したらとか、そんな仮定の話にこだわるから足はなかなか前に進まない。三人寄れば文殊の知恵と言うが、あの〈もんじゅ〉の体たらくを見れば、虚しい言葉に思えてくる。当時、最高の英知と技術を結集して建設したはずの原発は、たった一度の天災によって完膚《かんぷ》なきまでに壊滅した。だからという訳ではないが、我々国民党議員と関係省庁が一致団結して事に当たっても、必ず政策が功を奏するかは保証できない。我が身を省みても、総理大臣という立場にありながら何と非力な生き物であるかと実感する。だが、我々は国民から国の命運を託された人間だ。是が非でもやり通さなければならない。今回打ち出した政策は、失敗続きだった国民党が腹を括って行う蛮勇だ。決して生半可な気持ちで打ち出した訳ではない。しかし、それでもあなた方は言質を欲しているようだから明らかにしてやろう。この政策が失敗した時には、総辞職だろうが解散だろうが何でも従ってやる。しかし他方、責任を問われない安全地帯で好き勝手に喚き立てるのは控えていただきたい。以上」

如月はあんぐりと口を開け、議長は目を白黒させていた。

一瞬後、議場は歓声と拍手と怒号が飛び交った。


その日の後場、電力株を除いた指定銘柄は軒並みストップ高になり、日経平均株価は急騰した。原因は施政方針演説で総理が見せた、金融政策の本気度を市場が好感したからだ。株価の急騰は円安を更に後押しし、海外市況も挙《こぞ》って真垣内閣の滑り出しを評価した。

内閣支持率もこの日を境に急上昇し、一方野党支持率は下降の憂き目に遭う。従って数字を見る限り、第一ラウンドは慎策たちの圧勝だった。

4

その時、珠緒は休憩時間にテレビを見ていた。

病院のテレビは、朝からずっとチャンネルがＮＨＫで固定されている。チャンネルをいじっても誰が怒る訳でもないが、慣れてしまった日常をわざわざ変えようとする者もいなかった。

国会中継では、真垣総理が民生党議員の質問に答える様子を映し出している。

『この政策が失敗した時には、総辞職だろうが解散だろうが何でも従ってやる。しかし他方、責任を問われない安全地帯で好き勝手に喚き立てるのは控えていただきたい。以上』

高らかに宣言した真垣の顔は自信に満ち溢れている。

見れば見るほど、慎策にそっくりだった。

慎策が姿を消してからというもの、何かの拍子にテレビや街角のマクロビジョンで真垣の顔が映ると視線を持っていかれる。そしてそのたびに、慎策を思い出してしまう。

いったい、どこで何をしているの――苛立ちを抑えながら画面に見入っていると、カメラが引き、席に戻った真垣の全身を捉えた。

珠緒の目は一瞬その部分に釘づけとなる。

座った真垣は右足を忙《せわ》しなく揺すっていた。

三 VS 官僚

1

「それにしても圧巻でしたね」

樽見が感想を洩らすと、風間は憮然とした表情のまま頷いた。

「ええ。あいつが演壇に立つまでは生きた心地がしませんでしたが、とりあえずボロは出なかったようですね。質問にも臆するような素振りは見せませんでしたし」

官房長官室は防音設備が設《しつら》えられており、ある程度の話し声なら外部に洩れない。それを伝えたためか、風間も特に声を忍ばせるようなことはしない。慎策本人は総理執務室で休ませていてここにはいないので、寸評もしやすいようだった。

「まあ役者さんですから、舞台度胸はあって当たり前ですが……野党議員と丁々発止のやりとりをする場面は、わたしも思わず手汗を搔いてしまいました。一瞬、彼が影武者であることを忘れてしまった」

「わたしは真垣総理を身近で見たことはないのですが、そんなに似ていましたか」

「似ているどころではありません。あの弁舌の巧みさと駆け引きの妙、何より聴く者を惹きつける力は真垣そのものです。ひょっとして、加納さんの政治信条が真垣のそれと一致していたのですかね」

「いや、そんなことはないでしょう」

　風間は一蹴した。

「学生時分からあいつを知っていますが、筋金入りのノンポリでしたよ。自分が舞台に立てるなら、ボリショイ劇場だろうが平壌《ピョンヤン》大劇場だろうが構わないってくらいの男です」

「それにしては台本も読まずに、よくもあそこまで真垣らしい弁舌を通したものですよ」

「きっと降りてきたんでしょうね」

「えっ、何が降りてきたんですか」

「ヤツに言わせるとですね、演技に熱が入ると、演じているキャラが憑依する瞬間があるって言うんですよ。きっとそういうことじゃないかな」

「憑依。なかなかオカルトチックな話ですね」

「政治でも似たようなことがありませんか。時として常人には理解不能な政局になることがある」

　樽見は思わず笑いそうになる。確かに、昨日までいがみ合っていた者同士が、大同団結の旗の下に手を組んだと思えば、その翌日には再び仇同士のように憎み合うことが少なくない。部外者の目には、政治の世界は摩訶《まか》不思議、魑魅魍魎《ちみもうりょう》の住処《すみか》に映るのかも知れない。

「それはそうと官房長官、あれで本当によかったのですかね」

「あれ、と言うと」

「原発行政に対する施政方針ですよ。即時脱却については俺も同じ意見だったから、ああいう形にまとめましたが、野党はともかく、国民党内の反発が強くなりませんか。原発推進は長らく国策だったくらいでしょう」

「推進派は、何も国民党内だけではありません。民生党の中にも、経産省の息のかかった議員はその多くが推進派です。ただ、今は野党に戻ったから、旗色を不鮮明にしているだけです」

「それなら、原発再稼働を旗印に、国民党の推進派が民生党と組むことも考えられますよ」

「いや、あの施政方針演説と丸山くんへの答弁で、国民の反原発意識が再び加熱しました。報道各社のアンケート結果には、それが如実に表れています。こうした現状の中、原発推進を声高に叫ぶような党員はさすがにいないでしょう」

「しかし、身内に爆弾を抱えることに変わりはない」

「元々、真垣本人も原発行政には懐疑的でしてね。まあ、五十年も続けていれば利権も拡大するし、天下りの巣窟《そうくつ》になる。言わば、官僚の巨大な受け皿ですね」

もちろん、樽見には樽見の思惑もある。

国民党の原発行政五十年の歴史は、そのまま派閥抗争の歴史でもある。原発推進を掲げ、経産省と経済界の後ろ盾を得たのが、最大派閥の須郷派と第二派閥の芝崎派だった。この両派閥の勢力を封じるには、権勢の源である原発利権を抑え込んでしまうのが一番効果的だ。樽見にとって、原発の即時脱却を施政に盛り込むことは、政策以前に駆け引きの材料であり、担保でもあった。

「真垣というのは、親の代から官僚嫌いで通っていましたから、就任当初から推進派を封じ込めようとしていました。ちょうどいい機会だったのですよ」

「その官僚が怖い」

風間はにこりともしなかった。

「正直言って、推進派議員一人一人は塵芥《ちりあくた》みたいなもので、それほど怖い存在じゃない。しかし官僚は違う。任期があって政権交代ごとに首がすげ替えられる大臣を尻目に、彼らはずっと霞が関に居座り続ける。大幅な改革、殊に原子力行政の転換なんて大仕事は二年や三年じゃ不可能だ。官僚たちの牙城を崩そうと足掻いているうちに任期が終わって、また首がすげ替えられる。持久戦になれば、圧倒的にあちらが有利だ」

ほう、と樽見は風間を見直す。さすがにツボは押さえている。

「風間先生の仰るとおりですよ。この国の官僚制度というのは、他の先進国に比べても異常な形態になっています。何でも、労働者の総数に対する割合は十パーセント未満で、これはOECD（経済協力開発機構）加盟国における調査対象国でも最低の数字らしいですからね。先生だから正直に申し上げますが、日本を動かしているのは、政治家ではなく官僚です。国策、予算、立法、行政全てが彼らの意思によって統治・運営されている。わたしたち国会議員はそれに追随し、追認するだけの存在に成り下がっているのが現状です」

先の民生党政権は噴飯《ふんぱん》ものでしかなかったが、樽見は一点だけ感心したところがある。官邸主導の政治を明確に提示したことだ。結局、これは看板倒れに終わり、政権末期には、官邸主導どころか内閣自体が官僚の完全な操り人形に堕してしまったが、志そのものは立派だった。

官房長官に任命された際、最初に頭を掠《かす》めたのは、官僚から政治の主導権を奪取することだった。国会議員が立法に力を尽くせないなどという理不尽があって堪《たま》るものか。それでは、自分たちを選んだ国民の立場がないではないか。

長らく政界の汚泥に浸ってきた樽見だからこそ、呑めるものとそうでないものが明確に存在する。いい齢をした大人たちが日々権力闘争に明け暮れるのは、少なくともその権力で何事かを変革したいと思っているからだ。その権力が官僚の掌《てのひら》の上でしか機能しないというのであれば、これほど情けない話もない。

ただし、民生党の轍を踏むつもりは毛頭ない。彼らは国民に向けたパフォーマンスを重視し過ぎた。あれではあからさまな宣戦布告になる。宣戦布告が有益なのはこちらの戦力が相手よりも勝っている時だけで、逆の場合は、不必要な注意を喚起させるだけに終わってしまう。いや、民生党の場合はそこにつけ込まれた感さえある。

それを目の前の風間に告げるつもりはなかったが、この男はまるでこちらの心中を見透かしたかのようにこう言った。

「官房長官は、あいつをどうするつもりですか。まさか官僚政治打破の捨て石にするんじゃないでしょうね」

ふん。やはりその程度はお見通しか。

「官僚政治の打破は真垣の政治信条であります。捨て石と言うのなら、わたしも含めて真垣内閣そのものが捨て石ですよ」

「詭弁ですね」

風間は切って捨てた。

「仮に官邸主導になれば万々歳、よしんば官僚の抵抗に遭って政権運営が危うくなったとしても、内閣が交代すればまたリセットできる。国民党のように大きな派閥の集合体なら、総理の首をいくらでもすげ替えることができる」

その言葉の端々に表れる不安を、樽見は聞き逃さなかった。

「先生は何かご不安がおありのようですね」

「当たり前じゃないですか！　もし官僚との対決になったら、矢面に立たされるのは加納なんですよ。あなたみたいに権謀術数に長けた人間でもない。あの丸山議員みたいに、厚顔無恥が議員バッジをつけているような人間でもない。ただの役者馬鹿だ」

「しかし大した役者馬鹿です。居並ぶ国会議員のみばかりか、国民全員を本物と信じ込ませてしまっている」

「それはワンポイント・リリーフだからですよ。施政方針演説やそれについての答弁までは、本来の勘の良さも手伝って何とか乗り切れた。だがこれから先、総理の仕事をそのまま遂行する力があると思いますか。各大臣との折衝、各国要人との会談、その中にはもちろん、アメリカ大統領とのそれも含まれる。サミットだってある。俺だって総理が激務だという現実は聞き知っている。とてもじゃないが、昨日今日、総理の真似事を始めた役者風情に務まるもんじゃない」

風間はずいと前に進み出た。

「加納に呼ばれた当初は、いきなりだったから助言せずにはいられなかった。施政方針演説の時は、普段から考えていたことを実現化できそうな期待と興奮で我を忘れていた。しかし、改めて考えるまでもなく、これは大博打《ばくち》以前の大嘘だ。たとえ加納が名優だろうと、二十四時間三百六十五日、演技を続けられるものか。だが、総理という仕事は休憩も途中降板も許しちゃもらえない。官房長官、いったい本物の総理はどんな容態なんですか。あなたはどこであいつを、この馬鹿げた舞台から降ろしてやるつもりなんですか」

「ははあ、彼の神経が参ってしまうのを心配されている訳ですか」

「並の人間の精神だったら一時間も保《も》ちませんよ。あいつが根っから鈍感だから続いているだけです」

樽見は内心で舌打ちをする。

最初に言葉を交わした時から、この風間という学者は賢明だと思っていた。信奉する政治手法も自分のそれと大きく違わない。専門的な知識を慎策に伝授するには、これ以上ないほどうってつけの人材とも思えた。ひょんなことから共犯関係となったが、この男となら歩調を合わせていけると感じた。

だが、異なる部分もある。その一つが慎策の扱い方だ。樽見は慎策を政治改革の駒として割り切ることができる。政治改革こそが、政治家・樽見政純の大命題だからだ。

しかし、風間にとっての慎策は、政治的実験の材料である前に一人の友人であるらしい。従って風間は、自分が慎策を駒扱いすることなど絶対に許さないだろう。

さて、この価値観の相違を綻びに発展させずに、トロイカ体制を維持するにはどうしたらいいのか——そう考え始めた時、胸ポケットの携帯電話が着信を告げた。

「失礼」

風間に断ってから、相手の声に耳を傾ける。

聞いている最中、思わず両目を伏せた。

それは、最悪の事態を告げる声だった。

十分後、樽見は休憩中だった慎策と風間を伴って公用車を走らせた。

「た、樽見さん。急に何なんですか、いったい」

「そうですよ。用件も告げずにいきなり拉致だなんて。俺だって大学の講義が」

「お二人とも申し訳ないが、三十分だけ時間をいただきたい。これは多分、今後あなたたちが経験するうちでは最も印象的な三十分になるはずです」

樽見は二人に有無を言わさない。まず現状を把握させること。そうすれば発する疑問も少なくなる。

三人を乗せた公用車は、やがて東西病院に到着した。

七階集中治療室に向かう。ふと気づくと、樽見は二人の先頭を歩いている。既に予感くらいは抱いているのだろう、慎策は半ば怯《おび》えた表情になっている。では、自分はいったいどんな顔をしているのだろうか。いつもと同じように鉄面皮を貫けたらいいのだが、今は妙に表情筋が調整できていない。

集中治療室の中に入ると、水を打ったような静けさが全身を包んだ。

アクリル板は既に撤去されていた。

まるで無音室だと思った。医療機器の音すらしていない。

その部屋の中央に、真垣統一郎の姿があった。

もうその身体には、チューブもコードも繋がれていない。顔からは完全に生気が抜け、寝息も一切聞こえなかった。

「樽見さん、総理は……総理は駄目だったんですか」

慎策の声は震えている。情けない。こういう事態は容易に予測がついたはずではないか。やはり真垣を演じていない時の慎策は、普通のいち青年でしかない。

「わたしに連絡が入った時には、既に脳死判定がされていました。黄色ブドウ球菌がとうとう脳細胞を壊死《えし》させてしまったとのことです」

そんな、と呟きながら慎策はベッドに歩み寄るが、二歩進んで止まった。アクリル板が撤去されているにもかかわらず、そこに見えない衝立《ついたて》があるかのようだった。

奇妙な光景だった。

片方はすっかり形が崩れているとは言え、同じ顔をした男がベッドの上と外に並んでいる。顔の崩れた方は何の煩悩《ぼんのう》も残さず眠っているというのに、整った顔の方はただ動転している。

「一国の首相が亡くなったのです。お二人とも、しばらくは黙禱を捧げましょう」

樽見の言葉で二人はその場に立ち尽くす。

やがて黙禱を終えると、風間が口を開いた。

「官房長官。この後、総理の亡骸《なきがら》をどうするつもりですか」

やはり、慎策より風間はずっと冷静だ。すぐ、そのことに言及するか。

「いつまでもこのままにしておく訳にはいきませんでしょう。早晩、荼毘《だび》に付してやらなければいけません」

「俺が言っているのは、この遺体を誰のものとして扱うかということです。まさか真垣総理として葬るつもりはないのでしょう」

　慎策は驚いたように風間を見た。

「風間、それはどういう意味だよ」

「国会で堂々と代表質問に答え、意気軒昂《いきけんこう》だった真垣総理が突然死するなんてことになったら、内外から疑問視される。いや、それ以前に、真垣内閣の道筋が示され、野党ならびに官僚との対決姿勢を明確にした今、真垣総理の途中退場は有り得ないってことさ」

「さすがに風間先生は慧眼《けいがん》でいらっしゃる。ええ、仰るとおりです。今、真垣の死亡を公にすることはできません。国内外に混乱を招くばかりか、日本経済にも大きな影響を与えかねません。現在の円安株高傾向は、真垣内閣への期待で成立しているものですしね」

「それでは、どうするつもりですか」

「即座に思いつくのは、この遺体を加納慎策さんとして扱うというアイデアです」

　慎策は大口を開けて樽見の方を見た。だが、風間の方は折り込み済みだったらしく、憤りとも諦めともとれる顔で頷くだけだった。

「樽見さん、それはつまり、俺を殺すってことですか」

「そうすればあなたの行方不明の件も解決します。実は、所轄である戸塚警察署の担当者が、単独で捜査をしているという情報を得ています。おそらくあなたの同居人が依頼しているのでしょう。そうしたさまざまな疑念を晴らす意味でも、あなたが死んだことにすれば丸く収まる」

「何が丸くですか。そうしたら、この俺はいったいどうなるんですか」

「決まっているじゃありませんか。このままずっとあなたは真垣統一郎として生きていくのです」

「そんな馬鹿な話があるかあっ」

慎策が気色ばんで樽見に詰め寄る。

「あ、あんた他人の人生を何だと思ってるんだ」

「病院内です。静かにしてください」

「これを俺の死体として始末する？　どうやって？　顔が似ているってだけで全くの別人だぞ。血液型も違えば指紋も違う。ＤＮＡなら尚更だ。警察が調べればすぐに分かることだぞ」

「調べれば、でしょう。あなたは、警察が国家権力であることを失念している」

「何だって」

「人の死というのは、死亡診断書なり死体検案書一枚で片がつくものです。それさえあれば、役所は埋葬許可を出しますからね。そして、その死亡診断書を作成するのはこの病院の医師です。まかり間違って死体検案書ということになっても、それを作成するのは警察組織の一部です」

「つまりな、加納。ひと一人の死なんぞ、どうとでも捏造《ねつぞう》できると官房長官は仰っているんだよ」

「捏造だって？　おい待てよ。それはどんな三文芝居だよ。そんな絵空事の演出をしたら、観客の失笑を買うのがオチだぞ。もっとリアリティのある話をしてくれ」

「リアリティと言うのであれば、あなたに総理の影武者をお願いした時点で、とっくにリアリティはなくなっていますよ」

慎策を恫喝《どうかつ》するのは忍びなかったが、この場ではそれを言わざるを得ない。

「失礼だが、真垣統一郎総理を殺してしまうことにはさまざまな難問が立ちはだかるが、加納慎策という個人を記録上から抹消すること自体は、それほど難しいことではない。仮にも一国の首相と一般庶民では、その扱いに歴然とした差があるのは当然です」

「行方不明の加納慎策は、蜂窩織炎にやられて意識不明のまま病院に収容。医師たちの懸命の努力にもかかわらず病死。病院はその死を警察に告げ、お前の関係者、まあ彼女が連絡を受けて遺体を引き取るが、その時にはなんだかんだと理由をつけて、遺体はすでに焼かれている。そういう寸法さ。後に残っているのは医師の死亡診断書と埋葬許可証のみ。証拠となるものは何もない」

風間は面白くもなさそうに解説する。

「そして何より」

樽見は話しながら慎策の目を覗き込む。今は恫喝よりも説得をしなければならない。

「これはいち個人の事情を大きく逸脱した、国家的な問題です。酷なようですが、あなたのプライバシーよりは国益が優先されます。この国はまだしばらくの間、真垣統一郎という人間を必要としている。あなたには、その歴史的要求に応える義務がある。今、あなたが舞台から降りることは、この国を裏切ることになる。真垣統一郎という清新な指導者に国の未来を託した一億二千万人の国民を裏切ることになる」

「そんな」

「加納さん。あなたの理不尽に思う気持ちは分かる。しかし、これは既に個人の思惑を超越したことだ。それはわたしも風間先生も同様です。我々の行動には責任があるのですよ」

この男たちに不信感や被害者意識を持たせてはいけない。これからも当分は自分と共闘してもらう必要がある。それでなければ、志半ばで斃れた真垣が浮かばれない。

ちらと風間の顔を盗み見る。困惑しているようだが、少なくとも樽見を責める風ではない。政局を読める男なら、本物の真垣が死亡したことの危機感を誰よりも理解できるはずだ。

「風間先生はどう思われますか」

話を振られた形の風間は苦い顔をした。

「慎策。お前は上手くやり過ぎたんだよ」

「どういう意味だ」

「施政方針演説とそれに続く代表質問。お前の演じた真垣総理は完璧だった。いや、政権の座に恋々としない分、本物よりも改革に向ける迫力があった。各社のアンケートもそれを裏づけている。国民の多くが真垣総理に期待し、その政権運営に望みを託している。今、真垣総理が死亡したとなると、国内の混乱は必至、浮揚基調にある経済も失速を免れないだろうな」

樽見は内心で快哉《かいさい》を叫ぶ。先刻までは慎策の心情に寄り添っていた風間も、国難と対峙させられては、政治学者としての使命感が優先するらしい。

「風間、お前まで」

「お前には気の毒だが、官房長官の言ってることは正しいんだ。国の運命が左右される局面で、個人の都合を云々言うのは道義的に正論であっても、実際問題としては間違っている。ベンサムの言う〝最大多数の最大幸福〟という視点だ」

「何だ、それは」

「功利主義のお題目さ。正しい行為や政策は、大多数の幸福をもたらすものだという考えだな。お前が個人的な理由で真垣総理の影武者を降りるというなら、それは国益に反する行為という理屈だ」

「俺は政治とも国益とも関係ない」

「違う。お前が真垣総理として舞台に立った瞬間から、お前は政治の世界で作用点になってしまった。今更、それを無効化するのは無理な注文なんだ。それに……」

「それに？」

「ご本人は口には出さないが、お前が降板しようとしても、官房長官がそれを許さないだろうな。それこそ、国家権力とやらを総動員してでもお前の動きを封じ込めようとする」

「そんなことが……」

「できないと思うか。総理大臣の替え玉として売れない役者を抜擢しようなんて荒唐無稽なことを思いつき、それを実行させてしまう政府要人が、たった一人の民間人を束縛できないと本気でそう思うのか」

　慎策は途端に黙り込む。やはり風間の言葉は、予想以上に効果的だったと見える。

「図らずも風間先生が代弁してくれましたが、今はあなたに替え玉をお願いした時よりも窮地であり、国難なのです。それを乗り越えるためなら、わたしは良心に反することであってもしなくてはならない」

　二人の男に挟まれ、慎策はしばらく黙っていたが、やがて深い溜息を吐いて顔を上げた。

「分かりました。真垣総理の替え玉を続けます。でも、一つだけ条件を呑んでください」

「何ですか」

「俺が死んだことにするのは、もう少し先延ばしにしてくれませんか」

「……先延ばしにして解決する問題だとは思えませんが」

「誰だって、お前今すぐ死ねって言われたら躊躇しますよ」

それもそうか、と樽見は思い直す。何といっても国家機密事項だ。つい数日前まで市井《しせい》の人間だった慎策を追い詰めても逆効果かも知れない。

「いいでしょう。この遺体の処分方法については、しばらく保留ということにしておきましょう。それでよろしいですか」

慎策が深く頷くと、それに追随するように風間も納得顔になった。とりあえず、自分とのトロイカを維持していくことに覚悟はできたようだ。それだけでも、ここに連れて来た価値はあろうというものだ。

「では、わたしは主治医と話がありますので、お二人は少しクルマで待っていてください」

理由としては至極妥当に聞こえたらしく、二人は何も言わずに集中治療室から出て行った。

後には樽見と真垣の亡骸だけが残された。

近づいて、すっかり色を失った顔を見る。宿主が死ねば寄生した細菌も活動を停止する。闘病中は腫れ上がっていた顔の右半分も、今は若干落ち着きを取り戻し、生前の面影を留めていた。

君は、こんなに安らかな顔を見せたことは、今まで一度もなかったな。

樽見はふと、総務会で真垣と初めて会った時のことを思い出した。あの頃は真垣も新人議員だったが、鼻っ柱の強さと演説上手は今と変わりなかった。派閥は違えど、政治信条や尊敬する先輩に共通点が多く、いつしか二人でこの国を動かそうと誓い合うようになった。刎頸《ふんけい》の友というなら真垣がまさしくそういう存在だった。

ところがその刎頸の友は、総理の座を射止めるや否や病魔に襲われた。あの時はずいぶんと天を呪ったものだが、運命の神はなかなかに粋な計らいを見せて、すぐ加納慎策という男の存在を教えてくれた。

真垣の姿をもった無垢な人間。

当初は自分の操り人形としてさまざまな政治的実験を画策していたが、最近は少し考えが変わってきた。

真垣よ。あの男は君からの贈り物なのかな。

あの男の演説を聞いていると、君があの男の身体を借りて、私に語りかけているような気がする。それも、初登院した頃の青臭くて堪らなかった君が、だ。

情に左右されるようでは政治家は務まらない。だが、情を持たない者にまともな政治ができる訳もない——。

君は、わたしにそれを伝えようと、あの男を寄越したのかな。

しばらく真垣を見ていると、いきなり視界が滲《にじ》んだ。

樽見は慌てて両目を拭うと、真垣に深く一礼してから病室を出た。

2

三月十一日、慎策は宮城県石巻市の被災地に立っていた。

風が尖っていた。見上げれば、鈍色の空から時折風花が舞い落ちる。膝ががくがくと震えているが、しかしそれは寒さのせいではない。

旧北上川右岸から石巻港を望む。

壁の剝落した工場、傾いた倉庫群の間に漁船が突っ込んでいる。壁が剝落しているだけの建物はまだ被害が軽微な方だ。鉄骨が剝き出しになり、その間に流木や乗用車が挟まっている建物、中には基礎部分だけを残し、上物が全壊した建物も珍しくない。

市街地の方に視線を転じると、更に悲惨な光景が目に入ってきた。

木造家屋のほとんどは崩壊し、影も形もない。基礎部分を残し、瓦礫と生活雑貨の骸《むくろ》に埋まっている。スポークのひしゃげた自転車のタイヤ、泥に塗れて元の色が分からなくなったぬいぐるみ、散乱する衣服と毛布、原形を留めないクルマ、粉々に砕かれたブロック塀。

新聞記事やニュース番組で何度も見せつけられた光景だが、現地で目の当たりにすると、認識不足だったことが皮膚感覚で分かる。

画面だけでは単なる絵でしかなかった風景が、ここに立つだけで心の温度を低くしていく。潮と泥の腐った臭い、鉄錆《さび》と木材の朽ちた臭い、そして、死の臭いが辺りに蔓延し、恐怖と虚無が足を竦ませる。

風と臭い、そして空気が実感させる。ここで人が死んだのだと。

石巻市だけで死者約三千五百人、行方不明者約四百三十人。そして一年も経つというのに、被災地は未だ手つかずの場所が目立つばかりだった。

「遺体はともかく、船舶や車両といった大型のものはなかなか撤去作業が進まず……」

随行する復興政策部の牧尾《まきお》という担当者は、最初のうちこそ緊張感を滲ませて応対していたが、港の惨状を説明するうちに声を落としていった。

そのうち牧尾の足が止まった。

何かに足を取られたのかと振り返ると、牧尾は俯き加減で肩を震わせていた。

「どうかしましたか」

「も、申し訳ございません、総理」

牧尾はすぐに元の実直そうな表情に戻った。

「それにしても一年経つというのに、復興がこれほど進んでいないとは」

「一番の問題はやはり瓦礫です。石巻だけならまだしも、三陸全体がこの有様なもので、撤去作業自体も大変ですが、撤去した瓦礫の処分先がままなりません」

そして瓦礫が撤去できない限り、重機や建設機械が入ることもできず、復興が遅々として進まない。

せめてそれまでは、仮設住宅を補充するなり、あるいは、津波の心配がない高台に住宅を移転するなりできればいいのだろうが、牧尾は首を横に振るばかりだった。

「予算が足りません。それも徹底的に」

一瞬、慎策は耳を疑った。

この地が東日本大震災に見舞われた際、日本国内だけではなく、世界各国から支援の手が差し伸べられた。貧しい役者生活を送っていた慎策でさえ募金に協力した。いや、何よりも政府が、今年度の復興予算を九兆七千四百二億円も計上しているはずだ。

九兆七千四百二億円。

震災が起きた年度の国家予算が、一般会計で九十二兆二千九百九十二億円だから、その一割以上を復興予算にあてていることになる。

そんな巨額のカネを注ぎ込んでこの体たらくなのか。

「新しい住まいも仮の住まいもありません。実際は、瓦礫撤去の費用さえ充分ではないのです」

「何ですって。しかし、瓦礫撤去費用はほぼ全額を国庫が負担しているはずじゃあ……」

「国庫の流れについて、わたしは詳しく知る立場にありません。しかし、必要なおカネが必要な場所に振り分けられていないのが現実なんです」

訳が分からなかった。それでは、九兆円以上にも上る復興予算は未だ国庫に眠ったままだというのか。それともどこかに消えてしまったというのか。

情報源となる風間は参与という立場なので視察には同行しておらず、官房長官の樽見は総理の留守中は官邸に籠もりっきりになっているので、疑問を明快に解いてくれる者はいない。

牧尾から話を聞けば聞くほど、気分が消沈していく。東京にいては、そして官邸に籠もっていては知りようのない不条理と不合理が満載だった。

避難先への視察に移ると、随行する担当者が替わった。その際に堪らない話を聞かされた。

石巻港の瓦礫の山で牧尾は一度足を止めた。

その場所は牧尾の自宅跡だったのだ。

震災が起きた時、彼の妻子はその家に残っていたのだと言う。

牧尾の足が止まった理由を知った途端、胸が締めつけられた。たとえそれが職務であるとはいえ、自宅と家族が流された跡を総理に説明して回る心情とは、いったいどんなものなのか。

避難先や仮設住宅では更にやりきれない話を聞いた。当然のことながら、避難所では一人当たりに与えられるスペースは狭小となり、被災者はその中で食事、トイレ、睡眠といった生活を維持しなくてはならない。

慎策と言葉を交わした人々は誰もが明るく振る舞っていたが、不便であることは容易に想像でき、プライバシーなどないも同然なのは分かり切っている。頼みの仮設住宅は建設が遅れ、抽選に外れた者は、更に一年をこの避難場所で過ごさなくてはならない。

しかし、運よく仮設住宅に移り住んだ者にも安泰が待っている訳ではなかった。義援金は既に配分されているものの、家庭一戸の生活を維持するには程遠い金額だ。慎策が訪れた住宅では、燃料費を節約するため、窓ガラス一面に断熱フィルムが貼られていた。加えてコミュニティーの存在を無視したがために、住人同士の結び付きが希薄になり、鬱《うつ》病を発症する例が出始めたと言う。

視察の途中から慎策は憤っていた。

こんなにも多くの人々が、こんなにも長期に亘って苦しみ続けている。それなのに、国が施せたこと、援助できたことはあまりに小さい。先進技術に溢れ、世界で最も豊かな国の一つであるはずなのに、この被災地の困窮ぶりはどういうことなのか。

今まで、他人の不幸を気の毒だと思ったことは何回かある。しかし、その不幸に対して腹を立てたことは初めてだった。

彼らを救済せずして何が政治だ、と思った。

政治というのは富める者よりは貧しき者を、健やかなる者よりは病める者を優先に行われるべきではないのか。被災地で喘《あえ》ぐ人々に安心と安全を保障できなくて、何が先進国だ。

自分が赤坂の高級料亭で蟹尽くしを食べていた最中にも、仮設住宅の住民は、窓ガラスにフィルムを貼って寒さと闘っていた――それを思うと、自分が腹立たしく、恥ずかしく、そして情けなくなった。

視察を終えて官邸に戻ると、慎策は早速樽見と風間に問い質した。

「樽見さん、復興予算はいったいどんな使われ方をしているんだ」

開口一番に訊かれ、いささか面食らった様子の樽見だったが、やがて物憂げに慎策を見た。

「ひどく義憤に駆られた顔をしていますね」

「義憤も何も、被災地はどこもかしこも復興が足踏み状態でした。どうして、せっかくの復興予算が使われていないんですか」

「一つには、各自治体の復興計画にバラつきがあり、執行が遅れているという事情があります」

「バラつき?」

「被災地の場所によって被害の内容も違います。住宅地の移転が急務だとする自治体もあれば、住宅地よりは新しい道路が必要だという自治体もある。その要望の一つ一つを吟味しようとすれば、当然時間もかかります」

「そんなもの、まずカネだけを自治体に渡して後は自由裁量に任せてやればいいじゃないですか」

「そういうことを財務省は許そうとしません。予算配分こそが、かの省の専管事項ですからね」

樽見は、何やら奥歯にモノの挟まったような言い方をする。慎策が不審に思ったのを見て取ったのか、そこに風間が割り込んできた。

「慎策。お前、本当に何も知らないのか」

「何をだ」

「今、官房長官は一つには、と言った。つまりもう一つ大きな理由がある。復興予算の流用だ」

「流用だって」

「具体例を挙げていってやろうか。聞いているうち、段々頭に血が上ってくるぞ」

そう言うなり、風間はスマートフォンを取り出し、人差し指で操作しながら読み上げ始めた。

「反捕鯨団体による妨害活動対策二十三億円、道内を含む刑務所の職業訓練拡大三千万円、沖縄の国道整備事業六千万円、海外の青少年の被災地視察七十二億円、被災地以外も対象の中小企業設備投資補助二千九百五十億円、被災地以外の道路整備や官庁施設、公営住宅の耐震化に使われた『全国防災』四千八百二十七億円、武器車両等整備費六百六十九億円、航空機整備費九十九億円、自殺対策三十七億円」

「ちょ、ちょっと待て」

「『食べて応援しよう！』制作・放映料五千二百五十万円、同CM料八千七百万円、愛知県豊川用水事業費二十六億七千万円、国際交流基金三億六千万円、災害時に有効な衛星通信ネットワークの研究開発費十五億四千八百万円、NHK大河ドラマキャンペーン費用三億四千万円、震災等緊急雇用対応事業費千八十五億円。あとご当地アイドルのイベントやらウミガメの保護観察やらにも計上されているな。結果、訳の分からん事業に総額一兆円以上の予算が計上されている」

「おい、何で復興予算を復興以外の目的に使えるんだ。官庁施設の耐震化って何だよ。武器車両整備って何だよ。自殺対策って、ご当地アイドルって何なんだよ。そんなの絶対おかしいじゃないか」

「前政権時代、元々三党合意で決められた復興基本法の第一章第一条は、『被災地の復興の円滑かつ迅速な推進を図ることを目的とする』だった。それが国会で成立した基本法案では、いつの間にか『被災地の復興』が『東日本大震災からの復興』に書き換えられ、『活力ある日本の再生』が加筆されていた。つまり、日本を活性化させるという名目さえあれば、被災地の事情に関係なく、予算が執行できるようになってしまったんだ」

「いったい誰がそんなことをした」

「法案の中身は三党合意の内容そのままだった。第一章第一条の文章だけが巧みに修正されていた。表向きは三党の意見集約だ」

「それはわたしたちも寝耳に水だったのです」

樽見は弁解口調で言った。

「表題部の修正は、直前になっても知らされていなかった。無論、議員の何人かが省庁から操られていますが、法案作成は文書課長なり各局総務課長や審議官がすることですから、主犯は彼らでしょう」

「俺は今日、被災地の惨状を嫌というほど見てきました。復興予算があるのに、それがまともに使われていません」

たちまち脳裏に、石巻港の光景が浮かんだ。

あんな光景をそのままにしておけるものか。

「そもそも復興予算の財源は、被災地が早く立ち直るように国民が苦しい生活の中から絞り出した税金な訳でしょ？　それをどうして全く関係のない省庁が、全く関係のない目的で使うんですか」

「厳しい一般会計から予算を捻出しようとしても、財務省の主計局はなかなか首を縦に振らない。だが、特別会計なら主計局の査定が避けられるので、簡単にカネを引っ張り出すことができます」

「そんなもの、火事場泥棒と一緒だ！」

「火事場泥棒。ふむ、災難のどさくさに紛れて他人のカネを奪うのですから、火事場泥棒というのはなるほどそのとおりです」

「その流用した予算を返還させなくては」

「無理ですよ」

「何が無理なんですか。盗んだカネは返してもらうのが当然じゃないですか」

「そこが彼らの盗人猛々しいところでしてね。我々も復興金の返還を求めましたが、各省庁は噴飯ものの言い訳に終始して、流用を認めようとしませんでした。しかも流用予算一兆円のほとんどが執行済みや契約済みで、返還を求めること自体が困難な状況になっていました。いったんカネを手にした各自治体も返還要求に応じようとせず、結局返ってきたのは、未執行分千十七億円のうち七割に当たる七百十八億円だけです」

「たったの……七百十八億」

「まあ、予算の獲得に汲々としているのは、どこの自治体も同じですからね。しかし、執行済みの分は返還できない、というのも実はカラクリがあります」

　これ以上、まだ何かあるのか、とうんざりしかけたが、腹立ちの方が大きかった。

「聞かせてくれますか」

「県議会で予算が承認されれば、それは執行済みと認められるため、大急ぎで承認を取っていったんですよ。つまり、実際に使用したカネではなく、使ったように見せかけたのです」

樽見の淡々とした口調が、尚更怒りに油を注いだ。

「樽見さん。結局、これは誰の責任なんだ」

「予算の分捕りを可能にしてしまい、その執行をコントロールできなかった民生党にも、もちろん責任はあるでしょう。しかし、諸悪の根源は、いみじくも加納さん自身が指摘したとおり、火事場泥棒という名の流用に動いた官僚たちです」

「なぜ、そんな泥棒みたいな官僚を放っておくんですか。俺たちは」

つい言い間違えた。

今の自分は仮初《かりそめ》の総理であって、本来は単なる一般庶民なのに、いつの間にか真垣の気分でモノを言っている。

「あなたたちは国民が選んだ国会議員なんでしょ。どうしてその国会議員が、官僚の好き勝手な行動を抑えられないんですか」

「国会議員には任期がありますが、官僚は定年退職になるまで行政を司り続けます。退職した後も関連法人に天下り、およそ貢献度からはかけ離れた給料やら退職金やらを貪り続ける。いや、ことは行政だけに収まりません。先ほど説明したとおり、法案の作成も文書課長や審議官の仕事になっていますから、立法すらも彼らの掌中にあると言っても過言ではありません。法令の制定、予算確保による補助金や施設の発注、行政指導や許認可による民間企業への締めつけ。彼らは、自分たちのカネを吸い上げるために権益を拡大し、天下りの受け皿を多くしようと日々奔走しているのですよ」

「官僚ってエリートなんでしょう。だったら、在職期間中はずっとずっと高給だったはずだ。それをどうして銭ゲバみたいに」

「一度、某省の事務次官と腹蔵《ふくぞう》なく話をしたことがあります。もちろん酒の席でしたがね。彼の弁によれば、官僚の皆さんたちは被害者意識に凝り固まっているらしい」

「被害者意識?」

「復興財源捻出の特別措置として、公務員給与の削減が実施されました。平均で七・八パーセント。薄給の上、これ以上削られて堪るか。どうもそういうことらしい」

「七・八パーセントって金額でどのくらいなんですか」

「手取りで数万円程度です。しかもこの給与削減にしても、わずか二年間の限定処置なんですけどね」

「それっぽっちで何が被害者意識ですか」

「彼ら官僚の認識というのは、民間のそれと怖ろしくかけ離れているんでしょうね。ここ二十年近く、民間企業の給料は下がり続け、逆に公務員給与は一貫して上がり続けている。それでも彼らは自分たちの給料は不当に低いと信じている……きっと比較対象の問題なのでしょう」

「比較対象?」

「いつだったか人事院総裁と話していて分かったのですが、霞が関に勤める官僚たちというのは、自分たちの比較対象をメガバンクの支店長や役員などに設定しているようです。つまり、同じ最高学府を出たのであるならば、国に尽くしている分、彼ら以上の給与と退職金でなければ割に合わないと本気で信じている」

なるほど、メガバンクの役員と比較していては、民間企業との認識がずれる訳だ。

くだらない、と思った。それこそ、学歴というプライドに基づいた私利私欲ではないか。その私利私欲のために、国の根幹である予算配分や行政のシステムが決定されているのだとしたら、これほどふざけた話はない。

「しかし、さすがに最高学府を出ただけあって、日本の官僚は優秀です。それに対して、国会議員はあまりにも幼稚で無能です。知識にしても事務能力にしても、到底歯が立たない。もっとも、知識の多寡や事務能力の程度で国民が選ぶ訳ではないので、それもまた当然なのですが、それにしても官僚を使いこなすどころか、官僚の道具に成り下がっている」

樽見の言葉が不意に自嘲めく。

「それでも官僚が本気で国の未来を憂い、清廉潔白であるならまだしも、現状はただ既得権益にしがみついているだけだから始末に負えない。これは私見ですが、官僚が日本の国益に貢献できたのは、終戦から高度成長期に至るまででした。日本経済がマイナス成長を迎えた頃から、民間企業は縮小を余儀なくされた。ところが、肥大した官僚システムだけは現状維持、あるいは膨張を続けようとしたために、既得権益を手放せず、以来国の寄生虫に堕してしまった感がある」

寄生虫という言い方はずいぶんかもしれなかったが、被災地の現状を目にした憤策に異論はない。未曾有の災禍に襲われ、疲弊し、困窮している人々を尻目に、我欲に溺れているのなら唾棄すべき話だ。本物の寄生虫でも、宿主が衰弱死するほど搾取はしない。

「加納さん。いつかは話そうと思っていましたが、真垣もわたしも官僚政治の打破が政治信条の一つだった。真垣の信条を継承して政権運営を続けようとすれば、早晩官僚と対立することは避けられないでしょう。あなたにその覚悟はありますか」

「その官僚政治を壊さないことには、被災地の人間が救われないんですか」

「少なくとも、救済がひどく遅れることはたしかです。彼らは、被災地の復興よりは自省の権益を優先させますから」

「俺にできることなら何でもします」

自然に言葉が口から出た。

一般庶民という意識はいつしか忘れ去られ、まるで、自分が本物の為政者になったように錯覚する。

その時、とんと脇を小突かれた。

風間が不安げな顔をして肘《ひじ》を曲げていた。調子に乗るなという仕草だ。

だがこの瞬間、真垣総理を演じ続けることの不安よりも、仮初の権力を正しいことに行使したいという気持ちが勝っていた。

「いったい、どうすればいいんですか」

「官僚たちの人事権を掌握してしまえばいいのですよ」

樽見はこともなげに言う。

「官僚のトップである事務次官は各省庁の大臣が任命権を握っていますが、この事務次官以下の人事は、組織内で決定し大臣が了承する形になっているのが実状です」

「形骸化ということですか」

「というよりも、官僚は国家公務員法で身分が保障され、よほどのことがないと免職や降格ができないのですよ。過去には、大臣が事務次官を退任させようとしたところ、官僚の逆襲に遭い、結局は大臣が憂き目を見たことさえある。だが、この官僚人事権の全てを官邸が握ってしまえばどうなるか。天下りを含めて彼らの生殺与奪を手中にすることになり、二度と官僚は権力をふるうことができなくなります」

「でも、その国家公務員法がある限り、官僚の人事権を奪えないんじゃありませんか」

「方法が一つあります。内閣人事局の設置です」

「内閣人事局?」

「平成二十年に可決・成立した、国家公務員制度改革基本法というのがありましてね。その法律に基づいて、幹部公務員人事を一元管理する部局です。ところがその設置法案が、過去三回に亘って廃案になっています。いずれも、官僚の息のかかった議員が反対票に回ったり、与野党対立の煽りを食った結果ですがね」

「つまり、その設置法案を今度こそ通そうってことですか」

「おそらくは、またぞろ官僚は徹底抗戦を仕掛けてくるでしょう。しかしそれは、内閣人事局の設置が致命傷になることを、彼ら自身が一番承知しているからに他ならないからです」

官僚の首根っこを押さえるには人事権を握るしかない——樽見の言う理屈は単純明快だった。

そして政治の世界では、単純明快なものほど、実現が困難であることも分かり始めていた。躊躇もあったが、言葉はそれを無視した。

「分かりました。その設置法案、何としても通しましょう」

3

官邸主導で被災地を復興させるには、まず官僚政治からの脱却――。

慎策は胸を高鳴らせて廊下に出た。最近では官邸の内装にも慣れ、床の赤絨毯の感触にも親しみを覚えるようになった。

ここが前線基地になる。

今まで日本を牛耳ってきた悪弊を駆逐するための闘いが、ここから始まるのだ。

自分にそんな大それたことが実現できるのかという疑問は、被災地住民の生活を取り戻すという大義で消し飛んでいた。

大丈夫だ。自分には樽見と風間がついていてくれる。

だが、次の一歩を大きく踏み出した時、その風間から声をかけられた。

「待てよ、慎策」

慎策は思わず周囲を見回した。幸い背後の風間以外、廊下に人影はない。

「脅かすな。こんな場所でそういうふうに呼ぶなよ。ちゃんと決めていたじゃないか」

「こんな場所に限らず、もう一生本当の名前では呼ばれたくないんじゃないのか」

「……何を言っている」

「このまま真垣統一郎として生きるつもりなんじゃないのか。売れない役者加納慎策を葬り去り、地位も名誉も権力もある総理大臣の座にしがみついていくつもりなんじゃないのか」

「ちょっと来いよ」

廊下の向こうから誰がやってくるとも限らない。慎策は手近な部屋に風間を連れ込んだ。

「秘密事がずいぶん板についてきたな」

「何の皮肉だ」

「皮肉じゃない。素直な感想だ」

風間の口調はいつにも増して不機嫌そうだった。

「お前の口から素直なんて言葉が出てくるとは思わなかったな。おい、さっきのはどういう意味だ。俺がまるで元に戻りたくないみたいな口ぶりだったが」

「戻ったら、今みたいに内閣を動かすことはできなくなるぞ。国会で熱弁を振るうことも、閣僚の前でドヤ顔することも、高級料亭で舌鼓を打つこともできなくなるぞ」

「いい加減にしろ!」

「いい加減にするのはお前の方だ」

「いったい何が気に食わないっていうんだ」

慎策が声を荒らげると、風間はそれを諫《いさ》めるように腕を組んでみせる。

「お前、自分が見えているのか」

「どういう意味だ。もったいぶらずに、言いたいことがあるんならはっきり言え」

「これ以上、政治の世界に深入りするつもりなのか。忘れているのなら思い出させてやるが、お前はただの役者だ。政治に関してはズブの素人、つい最近までは衆議院と参議院の違いも分からなかった、筋金入りのノンポリだったんだぞ」

　不機嫌な口調ながらも、その言葉は沸騰しかけた頭を冷やすには充分だった。

「今、お前は暴走しかけている。燃料は被災地の訪問、スイッチは官房長官の誘惑。ハンドルもブレーキもないのに猪突猛進しようとしている」

「お前がハンドルの役目をしてくれればいいじゃないか」

「いいか。どんな名優だろうと、演じられるのは限定された時間と場所でだけだ。一生、他人を演じ切るなんて真似、できる訳ないだろう」

「今まで上手く乗り切ることができた。議場を埋め尽くす議員たちの誰も、俺が替え玉だとは気づかなかった。これから先も樽見さんとお前が助けてくれれば……」

「施政方針演説や代表質問はピンポイントだったから上手くいったんだ。一日二十四時間三百六十五日、ずっと演技を続けながら、尚且つ本物の総理が語るべきを語り、決断すべきを決断する……演技でそれがどこまで通用すると思う。俺も調子に乗ったきらいがあるが、どだい無茶な話なんだ」

　腕組みを解かないまま慎策を注視する。慎策は射竦められたように萎縮する。

「もう分かっているんだろう。政治の世界は伏魔殿《ふくまでん》だ。与党も野党も関係なく、人間の姿をした妖怪たちの住処だ。そんな世界にお前は定住できるのか。もうこれ以上深入りするな。舞台にだって引き際というものがあるだろう」

「……心配してくれているのか」

「お前をじゃないぞ。この国の将来をだ。お前みたいな男に国家の舵取りを任せていたら、早晩日本は崩壊しちまう」

粗野な物言いが胸に沁みた。

この男なりの友情が嬉しい。

だが、今は慎策も退くことができない。

「確かに俺はど素人だよ。しかし、だからこそ政治家として無茶な振る舞いができる。長い間店《たな》晒《ざら》しだった内閣人事局の設置法案を、何の柵《しがらみ》も打算もなく通すことができる」

「お前は勘違いしている」

「何だと」

「マックス・ウェーバーを憶えているか」

「知らん。映画俳優か?」

風間は溜息を吐いた。

「高校で習ったはずだぞ。まあいい、教科書に出てくるような有名な社会学者だが、彼はこう言っている。政治というのは硬い木にゆっくり穴を開けるようなものだとな。彼の言葉は今や古臭い部分もあるが、本質論には普遍性がある。政治で問題を決着させるには時間が必要だ。拙速に解決させせようとすれば必ず後に禍根を残す。さっきの喩えで言えば、硬い木に無理やり穴を穿《うが》とうとすれば真っ二つに割れてしまいかねん。官僚政治からの脱却は国民党のみならず民生党を含めれば二十年来の政治課題だ。それなのに、お前はものの一か月かそこらで片をつけようとしている」

「お前は被災地の光景を見ていないから、そんなことが言えるんだ。被災地住民の惨状はとてつもなく過酷なものだった。震災が起きた直後、冷静沈着な対応と我慢強さで日本は海外から称賛されたが、冷静沈着で我慢強かったのは日本人じゃなくて東北人だ。ところが中央の政治家と役人どもはその東北人の頑張りに胡坐をかいて、被災地の方向を見ようともしない」

「政治は同情や憐憫でするものじゃない」

風間は静かに、しかし決然と言い放つ。

長らく大学の政治学で教鞭を執ってきた男の言葉には、相応の重みがある。政治が情に左右されるものではないというのも、おそらく正しいのだろう。

「でも、俺は政治家じゃない」

慎策が応えると、風間はおやという顔をした。

「風間。大学時代につるんじゃあ、よく吉野家行ったよな」

「ああ、それがどうかしたか」

「俺はあの味を忘れていないし、忘れたいとも思っていない」

「つまり、庶民感覚を失っていないという言い訳か」

「俺が真垣総理の替え玉を続けるのは、贅沢できる地位が欲しいからじゃない。困っている人たちを少しでも救えるような権力が与えられるからだ」

「政治家じゃないんだろ」

明らかに皮肉っているが、ほのかに友情が香っているので怒る気にはなれなかった。

それで戦法を変えてみることにした。

「頼む、風間」

手を合わせて頭を下げる。

「ど素人だろうが何だろうが、いや、ど素人だからこそやれることだってあるだろう。だから、もう少しだけ力を貸してくれ。それにお前だって、官僚支配には否定的だったはずだ」

喋りながら慎策は学生時代を回想する。

恐る恐る頭を上げてみると、案の定風間は、半分渋面でこちらを睨んでいた。

「お前、学生時分もそうやって、代返やらノート写しやら頼んでいたよな」

やはり、憶えていたか。

「政治と代返を一緒くたにするつもりか」

「利用できるものは何でも利用する。それは一緒だ。ただし、今回は自分のためじゃない」

ここだ。

慎策は風間の息継ぎを見計らって、ぐいと顔を寄せる。

「国のためだ」

息継ぎの途中で迫られると、人間は即座に対応できない。新米の役者イジメによく使う手だが、まさかこんな願い事のために使うとは想像もしなかった。

風間という男は冷血漢ではないが、行動するにも理屈を必要とする。それなら、理屈さえ封じ込めてしまえば、ある程度の融通が利く——それが大学時代に会得した風間の操縦法だった。

風間は口の中で何やら呟いていたが、やがて忌々しそうに舌打ちをした。ここが往来であれば唾でも吐きかねない勢いだった。

「何て狡《ずる》い野郎だ」

「政治家の演技をしていたら身についた」

「嘘つけ。昔っからじゃないか」

そう吐き捨てて、風間は背を向けた。慎策はその背中に声をかけるのを忘れない。

「頼りにしてるんだ」

やはり我ながら狡いと思ったが、手段を選んでいる余裕はなかった。

風間は黙って部屋を出て行った。

沈黙は承諾の証しと受け取っておく。慎策は安堵して悪友の立ち去った後を眺めていた。これでまだしばらくは、慎策・風間・樽見のトロイカ体制を維持できる。

政治の何たるかを知らない慎策でも、優れた演劇とそうでない演劇の違いは分かる。演劇理論に精通した脚本家と老練な演出家、そして、才能のある役者。つまるところ、優れた演劇とはその三つに集約される。自分にとっては、風間が脚本家で、樽見が演出家だ。この三人が手を組んでいる限り、慎策たちの舞台は失敗しないという予感がある。

だが、その結束も鉄壁とは言えないらしい。風間がいつ慎策に愛想を尽かして戦線離脱するのか、予想は全くつかない。

安堵したのも束の間、慎策はすぐさま不安に駆られた。


政府から内閣人事局設置法案が提出されると、政界はちょっとした騒ぎになった。

国民党政下、提出法案は政務調査会と総務会の了承を得なければならないことになっている。

そして、法案提出自体は過去に何度もされていることなので今更の感があり、当初は国民向けのパフォーマンス程度にしか受け止められていなかった。

ところが、法案提出が真垣総理と樽見官房長官の肝入りであるとの噂が流れるや否や、族議員たちがにわかに慌て出した。

真垣政権発足後、二人の立ち居振る舞いは政界の常識破りであることが多く、その言動も確信犯的と評された。その前提に立った時、与党のみならず野党議員までもが同じ感触を得たのだ。決してパフォーマンスなのではない。

内閣のトップとナンバー2が、本気になって内閣人事局を設置しようと画策している。

今年度、常会における法案提出数は内閣提出分が八十五、議員立法が八十の、合わせて百六十五だ。マスコミの話題となっていた目玉の法案に紛れていたことと、期限直前になって滑り込みで提出されたことが相俟って、族議員の対応は完全に後手に回った。

後手に回れば回るほど対応の仕方は悲壮で、しかし滑稽なものになっていく。族議員たちが事務所と霞が関、そして議員会館を何度も往復するのを、慎策は興味深く観察していた。

国民のためにあれだけ奔走すれば、もっと実のある政治活動ができるだろうに——しみじみそう思った。

今日も総理応接室には、政務調査会長の国松が乗り込んで来た。政調会長という立場はさておき、族議員を多く抱える芝崎派の代表としては、直接慎策たちの真意を確かめておく必要があるのだろう。

それにしても国松の怒りようは大変なものだった。ただでさえ頰がこけたやぶにらみの凶相なのに、こちらを親の仇のような目で睨むので、殺気すら感じられる。真横に樽見がいてくれて、これほど心強く思ったことはない。

「今日は事の真偽を確かめに参上しました」

国松の第一声はいきなり喧嘩腰だった。

「内閣人事局の設置法の提出は、総理と官房長官の指示だという噂が流れているようだが、それは本当なのですか」

慎策がちらと横を見ると、樽見が視線を送ってきた。ここは自分が応える、という合図だ。

「あなたが聞いた噂は全部本当ですよ、政調会長」

事実上の宣戦布告だった。国松の顔はより凶悪になる。

「本気でキャリア人事を奪取するつもりか」

「奪取とは人聞きの悪い。内閣人事局の設置については先の国会で承認されている。今回の設置法はディテールを重ねるだけの話でしょう」

「それにしても、いささか唐突な感が否めない」

「はて。政調会長ともあろう方が妙なことを言われる。そもそも政務調査会が、設置法の提出を承認したのではありませんか。それを今頃になって」

「まさか本気だとは」

「戯《ざ》れ事《ごと》で法案提出をするとでも?」

「政治的パフォーマンスは必要悪だ。それに、法案提出は政務調査会と総務会でダブルチェックするはずが、何故か今回は総務会がスルーさせている」

これにはもちろん総務会長である須郷への根回しがあった。久我山議員の処分問題で慎策に借りのあった須郷は、樽見の根回しに対して強硬な態度を取れなかったのだ。

「第一、今までも設置法案を通過させようとした内閣など存在しなかったではないですか」

「それはあなたを含め、民生党代表ならびに当時の国民党総裁が、揃いも揃って財務省や経産省出身だったから腰が引けたまでのこと。放火魔が消防署に勤務しているようなものだから、まあ厳重な見回りはしないでしょう」

「いくら何でも、それはあまりに失礼な言い方だ」

「では言い方を変えましょう。内閣としては各省庁の人事に関与することで、国家公務員の忠誠心を省益から国益に転換させたいだけですよ」

「官房長官、議場ではないのだから腹を割って話したい。あなたは法案を政争の具にしようとしているのか。官僚人事を官邸が握るとなれば、省庁に影響力のある議員たちはたちまち信頼を失う。立法を派閥の伸張に利用するのはいかがなものと思いますな」

「省庁に影響力がある？　それは逆でしょう。族議員というのは各省庁の御用聞きみたいなものです。省庁に都合のよい具申、反論、懐柔。議員の方々は公益と思って活動しているのかも知れないが、傍から見れば、省益の走狗《そうく》になっているようにしか見えません。被災地復興や景気対策など重要課題が山積している今、省益のみに奔走する議員など、およそ国賊と申し上げても過言ではありますまい」

樽見は眉一つ動かさずに言ってのける。さすがにそこまで露骨に断罪されるとは思っていなかったらしく、国松は口を半開きにした。

「政治主導のためには、官僚たちの首根っこを押さえるしかない。これはわたしと真垣総理の共通課題でもあります。特に総理は、先日の被災地訪問でその意を強くされた。早急に被災地復興を実行するためには、まず行政改革に鉈《なた》を振るわねばならないと」

「それは復興予算流用のことを言っておられるのか？　だとすれば短絡的も甚だしい。官僚の人事権を掌握したら復興に弾みがつくなどと、屁理屈に過ぎる」

そこで慎策が割って入った。

「それでも各省が説明した流用の根拠よりは、ずっとまともな屁理屈だ。少なくとも国民の理解が得られる」

慎策も樽見に倣って平静を装う。感情を殺した仕草は、数ある演技の中でも簡単な部類に入る。

「人事権の掌握によって意味のない天下りも抑制できる。キャリア十人分でも大した人件費だが、それをそっくり復興予算に回せる。決して報復の意味はありませんが、復興予算流用の金額に応じて、指定職を減らしていくという案も考えています」

「何ですって」

「退職年齢を引き上げるというのも有効な手段だし、思い切って幹部クラスの給与体系について見直しを諮《はか》るのもいい」

国松は顔色を変えた。

「あなたたちは官僚に何か恨みでもあるのか。そんなことをすれば、各省庁とも若手と中堅職員の士気が低下する。それに伴って組織力も低下する」

物言いがいかにも官僚の代弁者だったので、慎策は呆れ半分に国松を見ていた。そんな慎策の思いも知らず、国松は愚痴を続ける。

「早期勧奨退職は天下りとワンセットだったが、国民の非難の高まりで年齢が引き上げられたばかりだ。四十八歳以上五十二歳未満の指定職も二割に激減している」

泣き言の根拠は慎策にも理解できる。退職の年齢が引き上げられれば各省に居座る幹部が増えるから、当然下の昇任も遅くなる。年齢が上がっても給料が据え置きになれば生活は苦しくなる。

「わたしも元は役人だから言わせてもらう。各省庁で働いている職員たちは、狭き門を潜り抜けてきた精鋭たちだ。選ばれたエリートたちと言ってもいいだろう。そんな彼らが、どうして定年後の生活に怯えなければならない。国に尽くしているのだから、国が身分と生活を保障してやるのは至極当然の義務ではないか。彼らが国に失望し省を離れるようなことがあったら、早晩この国は沈没する。いや、それ以前に、自身の権利を護るために政府に反旗を翻すだろう。これは脅しではない。彼らが本気になった時の抵抗力はあなたたちだって承知しているはずだ。冗談でも何でもなく倒閣運動が起きるぞ。それでもいいのか」

何が、脅しではない、だ。これほどあからさまな脅迫など今まで聞いたこともない。

だが、逆に言えばそれだけ危機感を募らせているということだ。

形勢有利と見たのか、今度は樽見が後を継いだ。

「政調会長。あなたは政治家なのですか、それとも官僚なのですか」

「無論、政治家だ。だからこそ、行政システムの根幹を担う役人たちは存分に能力を発揮してほしいと願っている」

「しかしわたしたちと同様、官僚政治の弊害も具に見てきたはずです。あなたは腐敗するに任せよと仰るのですか」

「彼らにはちゃんと自浄能力が備わっている」

「いいえ、そんな能力は彼らにはありません。法律で身分が保障されているのなら、要らぬ衝突や気苦労は避けようとする。それには現状維持が一番ですからね。現状維持では自浄作用など望むべくもない」

「では、本当に彼らと闘うつもりなのか。向こうも徹底抗戦を仕掛けてくる。熟考すべきかと思うがね。官僚とは敵対するのではなく、上手に使役するべきだ」

「それはわたしも同じ意見です」

「それにだ。仮に内閣人事局が設立されたとしても、各省庁の局長級以上の幹部四百五十名、これに部長・審議官を加えれば、総勢六百名の人事を一元管理することになる。その六百名の勤務評価をいったい、誰が行うと？　結局は彼らをよく知る省の上位者が、その任に当たることとなる。現状と何ら変わるところはない」

「たとえそうなったとしても、首根っこは押さえているという状態が重要なのですよ。役人さんたちを上手に使う。そのために生殺与奪の権を握るというのは、とても合理的な手法だと思いませんか。官僚政治の弊害については我々よりも既に国民が倦《う》んでいる。あなたたちは不本意でしょうが、国民の間には官僚嫌いが蔓延しているのですよ」

「くだらないポピュリズムだ、官房長官。国民に迎合ばかりしていてまともな政治ができるものか」

「そう嘯《うそぶ》き続けて、我々は政権をいっとき手放さざるを得なかった」

「もういい！」

国松はそう叫んで席を立った。

「わたしは内閣のためを思って足を運んできた。いたずらに官僚を刺激して不必要な軋轢《あつれき》が生じるのを回避したかったからだ。だが、その好意もあなたたちには通じなかったようだ」

「わたしたちも党内での不必要な対立は避けたいのですがね」

「まあ、やってみることだ。いかに総理の人気が高いとはいえ、行政システムを混乱させるような法案に、心ある議員たちは党を越えてＮＯを突きつけるだろう」

捨て台詞にしても陳腐だと思った。

とっさに口が開いた。

「お待ちください、政調会長」

「うん？」

「政調会長はポピュリズムが大層お嫌いなようだが、国が国民で成り立っている以上、国民の感覚を知ることも重要です」

慎策は穏やかな顔をしたまま言葉を続ける。

「先ほど、官僚の皆さんは狭き門を潜り抜けてきたエリートだから、生活の不安を抱えるべきではないとあなたは言った。国に尽くしているのだから、国がその身分と生活を保障するのは当たり前の義務と言った。だが、それらを国民の言葉で何と言うのかご存じですか」

「いや……」

「思い上がりというのですよ」

4

いくら陳腐でも、さすがに政調会長の捨て台詞には相応の実現性があり、会談の翌日には早速動きがあった。

午前八時、慎策が総理執務室で風間から国会答弁のレクチャーを受けていると、ドアを開けて樽見が入ってきた。

「テレビをご覧になりましたか」

「いえ」

その顰め面で何かしらの凶報であることは察知できた。樽見は黙って備えつけのテレビのスイッチを入れる。いきなり画面に映し出されたテロップと写真を見て、慎策は思わず腰を浮かせた。

〈真垣総理に不倫疑惑浮上?〉

画面いっぱいに映っているのは、自分と同じ顔をした男が妙齢の美人と肩を組んでいるショットだ。無論、慎策には全く身に覚えのない光景だった。

『本日発売の週刊誌がスクープしたこの総理の不倫疑惑なんですが、今まで女性の噂が全くなかったので本当にびっくりしましたね』

『そうですね、真垣総理はまだ四十歳であのとおりのイケメンですから、今までこういう噂が立たなかったのが、逆に不思議といえば不思議だったんですよ』

『お相手とされる女性、この方も政治家なんですね』

『ええ。この写真は昨年の衆院選直前に行われたパーティー会場での写真なんですが、お相手の橘《たちばな》令子《れいこ》さんは、千葉四区の候補だった人です。衆院選で敗れてしまいましたが、この時点で既婚者だったんですね』

『つまり、既婚者であるにもかかわらず、当時の真垣総理と……』

「何ですか、これは」

慎策が尋ねると、樽見は不機嫌そうに言った。

「芝崎派の誰かが週刊誌にリークしたのですよ。女性スキャンダルに火を点けて、我々の動きを封じようという肚でしょう」

「呆れたな。法案通過を止めたいためにこんな話まででっち上げるんですか」

「いや、それが……」

不意に樽見は口籠る。いつもとは違う歯切れの悪さに慎策は嫌な予感がした。

「樽見さん、もしかしてこの不倫って」

「ええ、でっち上げではありません。一時期、真垣はこの女性と特別な関係にありました」

何てことだ。

慎策はテレビに映った真垣に毒づく。

いい齢して身を固めないから腰が軽くなるんだ。

「まあ、すぐにこういうスキャンダルのリークを考えつくのは、さすがに国民党といったところだな」

風間は皮肉っぽく言う。

「そういえば、何代か前の総理も女性スキャンダルで苦境に立たされ、わずか六十九日間でその座を追われたんだっけな」

その話は慎策も記憶していたので、急に危機感を覚え始めた。

「樽見さん、二人の関係はずっと続いていたんですか」

「いいや、衆院選で彼女が落選すると、関係は自然消滅しました。片や一国の総理ですからね。総理の指名を受ける前に身辺整理をするようにと、派閥の相沢さんから厳重に言い含められていましたから」

つまり、過去のスキャンダルということか。それならまだ傷は浅い。だが女性スキャンダルに縁のなかった真垣総理だから、逆に大きなイメージダウンとなり、それが国会運営に影響するのではないか。

「ま、誉められた話じゃないが、それほど気に病むことじゃないから安心しろ」

風間は、まるで不倫した当人が慎策であるかのように言う。

「女性人気は下がるかもしれんが、現在の真垣人気を支えているのは別の要因だ。内閣支持率は、政治的発言と株式市場の堅調に下支えされている。カビの生えたような女性スキャンダルで大勢が変わるようなことはあるまい。現職総理が実は替え玉だったなんて話に比べたらスキャンダルでさえない」

「こんな時に皮肉るな」

「おそらく、リークした側もこれが致命傷になるとは思っていないはずだ。言ってみればジャブみたいなものだな」

「ということは、これよりえげつないのが後からやって来るってのか」

「政治なんてえげつないもんだろ。今頃何言ってるんだ」

言葉に棘《とげ》があるように感じられるのは、先日の一件があるからだろう。

「先生の仰るとおりです。実は既にその兆候が顕われていまして」

「何かあったんですか」

「今朝、国交大臣からちらと聞いたのですが、事務方の仕事が急に遅れ始めたと」

事務方というのは各省庁の局長・課長クラスのキャリア官僚で、国会質問の際、答弁の内容や過去の経過について説明と助言を行っている。もし大臣が答えられない場合は答弁を代行するほどなので、各大臣にとってはなくてはならない存在だ。

「大臣から求められた資料をなかなか提出しない。質問をはぐらかす。国会で大臣が答弁に窮しても助け舟を出さない……予想されるのはその辺りでしょうね」

「……何ていうか、まるで中学生のイジメみたいなレベルですね」

「否定はしません。しかもそのレベルで実際に大臣が立ち往生してしまうのですから、中学生というのはお互い様なのですがね」

「事務方の協力なしに各大臣が国会答弁できないものですか？　想定問答集だってあるじゃないですか」

「無理でしょうね」

樽見は自虐の笑みを見せた。

「閣僚人事というのは、その多くが適材適所ではなく、派閥の論理による配置です。選挙で汗を流したから云々といった恩賞人事もあります。もちろん大臣だって全くの無能ではありませんから、日々の業務に揉まれていくうちに、各省の知識や官僚たちの顔やら思惑を学習していく。しかし一端の事情通になった頃には、内閣改造で首がすげ替えられてしまいます」

「だから官僚たちからはいいように扱われるのさ。事務方なんてのになれば三十年近くも省の仕事をしている。一年や二年勉強しただけの議員とはどだい経験値が違う」

「何とかならないのか、風間。このままだと閣僚たちの仕事が進まなくなる」

期待を込めて見つめると、風間は露骨に迷惑そうな顔を見せた。

「そういう目で俺を見るな。いったい何を期待している」

それでもしばらく見続けていると、やがて風間は根負けしたように溜息を吐いた。

「畜生、やりゃあいいんだろ、やりゃあ。官房長官、答弁に予定されている想定問答集、全部集められますか」

「お安い御用ですが、どうするんですか」

「想定外の質問が飛んできた時の用意をしておきます。ああ、それからここ二年分で結構ですから、衆参の議事録も取り寄せておいてください」

「衆参合わせて二年分の議事録。結構な分量になると思いますよ」

「普段、出来の悪い学生たちのレポートを山というほど読まされていますからね。それよりはよっぽどマシだ」

礼を言っておこうかと思ったが、もう一つ思いついた。

「樽見さん、こいつは優秀だから想定問答もソツなくまとめると思いますが、肝心の答弁する方たちはどうなんですか」

「と、仰いますと？」

「こいつさえ想定していなかった、あさっての方向からの質問とか、突発的なアクシデントとかに対処できますか」

「ふむ。手慣れた古参議員もいれば、答弁下手な中堅議員もいますからね。一概にはちょっと……」

「だったら、事務方さんみたいに議場内に待機してもらった方がよくはないですか。参与という立場ならそれも可能ですよね」

問いかけると、樽見もこちらの意図を理解して大きく頷いた。

「それはもちろん。何なら、大臣指名で代理答弁していただいてもよろしいですよ」

「おい、ちょっと待て」

風間が慌てたように口を挟む。この男がそんな様子を見せるのは珍しいので、慎策は少し痛快だった。

「何だそれは。議場に待機してろだと。いったいそれは何の罰ゲームだ」

「想定外の質問が飛んできた時の用意をしておくんだろ。だったら、想定問答集を作るのとその場に待機しておくのはワンセットだ」

「それは……」

「准教授、または内閣官房参与が総理の前で断言したんだ。今更発言を翻すなよ。ああ、そうだ。国会中継で撮られるかも知れんから、その無精髭は剃っとけ。髪にも櫛入れとけ」

「その野暮ったい背広もテレビ映えしませんね。ああ、先生ご安心を。官邸付きのスタイリストを呼んで来させましょう」

スタイリストと聞いて風間は絶句し、そして歯を剝き出しにしたまま総理執務室を出て行った。

「やれやれ、これで国会答弁に関してはひと安心といったところですか」

「に関しては？　まだ何かあるんですか」

「設置法案を通過させるための票読みをしているのですが、これがなかなか思わしくありません」

樽見の説明によればこうだ。

現在、衆議院の議席数は四百八十。単純に過半数で可決されることを考えれば必要な賛成票は二百四十一となる。国民党議員は二百九十四人もいるので、彼らが全員賛成票を投じれば法案は容易に可決する計算だが、そうは問屋が卸さない。

「というのは、国民党第二派閥の芝崎派がこのうち七十五人を占めます。この芝崎派の中で族議員とされているのは六十三人。芝崎派以外の族議員が二十七人。それから、野党第一党の民生党は五十六人ですが、このうちの二十二人は族議員です。単純計算ですが、族議員が全て反対票を投じるとしたらそれだけで百十二票」

慎策は携帯電話の電卓機能で最悪の場合を計算してみる。与党国民党だけで賛成票を期待できるのは百九十二人。過半数に四十九票も足りない。

「でも樽見さん。芝崎派や野党の中にも官僚政治を快く思っていない議員はいるはずですよ。それに、今は野党になってしまった民生党も、確か官僚政治打破がキャッチフレーズだったじゃないですか」

「お忘れですか。大隈元代表がいみじくも指摘したとおり、民生党というのは所詮役立たずの理屈屋揃いだった。内閣発足当初こそ威勢がよかったものの、官僚たちに底の浅さを見抜かれるのはあっという間でした。後は官僚の掌の上で踊らされるだけ。先の選挙で惨敗して大幅に議席数を減らしましたが、皮肉なことに生き残った連中はほとんど官僚の操り人形となっています。芝崎派の面々ですが、あの派閥は一枚岩です。国松政調会長が右を向けと命令すれば皆が右を向きます。彼らに期待してはいけません」

「だったら他の野党はどうなんですか。野党議員全員が反対票に回る訳でもないでしょう」

「それはもちろんそうです。一時、官僚政治からの脱却というのが国会議員共通のテーマになったこともありましたから。ただ、彼らも民生党の失敗を目の当たりにして恐怖心を抱いたのですよ。結局、官僚を敵に回したらやっていけないと。国民党の族議員以外の議員もその恐怖心を抱いていますしね。前に国民党政権が倒れた原因はご存じですか。内閣の脆弱さや景気対策の失敗もありましたが、引き金になったのは年金記録問題です」

慎策は思い出した。当時の社会保険庁のオンラインデータにミスや不備が多く見つかり、年金管理の杜撰《ずさん》さが発覚した事件だった。

「あれは衆議院厚生労働委員長に提出された報告書が騒ぎの発端でしたが、データミスを自ら明らかにしたのは自爆テロのようなものでした。当時、国民党が進めていた公務員改革の意趣返しだったのですよ。官僚は省の利益を護るとなったら自爆テロも辞さない……そういう恐怖心を植え付けられてしまったのです」

慎策は押し黙る。敵に尻尾を摑まれたら、尻尾を切り離してでも逃げるトカゲと一緒だ。執念深さと腰の強さは長い歴史の中で培われたものであり、スキャンダル一発で失職してしまうような議員が太刀打ちできる相手ではない。

「しかも、内閣人事局設置法案は過去に何度も否決されている法案です。今更感もあるので、票読みはかなり厳しい。それに」

まだあるのか。

「他の法案はともかく、総理と官房長官肝いりの法案を潰すことができたら、野党側の大きなポイントになります。国民生活に直結しない法案なら、廃案にしてもそれほど国民の怒りは買わないという計算も働く。真垣内閣の基盤を揺るがす一手として、野党が反対票に回る確率は決して低くない」

「じゃあ、どうするんですか」

「それこそ工作と呼ばれるものを行うしかありませんでしょうね。説得、懐柔、恫喝、懇願。ありとあらゆる交渉術を駆使して根回しするしかない。この仕事は風間先生には不向きですから、もっぱらわたしの専管事項になってしまいますがね」

風間は理屈でしか人を説得できない。確かに寝技のような交渉には一番不向きな人材だろう。

「何か俺にできることはありませんか」

「あなたは執務室でじっとしていてください」

「えっ」

「わたしが根回しの過程であなたを必要とした時、その存在で相手を圧倒できるよう、真垣統一郎になりきってください。目下のところ、それこそがあなたの最大の仕事です」

樽見から動くなと言われたものの、慎策は気が気ではなかった。何しろ耳に入ってくるのは、いずれも状況を不利にしていく話ばかりだったからだ。

まず樽見は一番反対票の多そうな芝崎派の懐柔を試みた。分母の多いグループから切り崩していくのはなるほど効率的と思えたが、芝崎派の中の非族議員十二人の説得は困難を極めたという。

元々派閥という集団は、中選挙区で選挙を勝ち抜くために構成されたものに準拠している。だが、現在のような小選挙区制に移行するとその機能が働き難くなったので、以前ほどの結束力は失われつつあった。

しかし一方、派閥は政策集団であり、党の中の党という性格を持っている。資金力と党全体への影響力が強ければ、カネのない若手議員の目にはやはり魅力的な存在に映る。特に芝崎派は選挙に強いという側面を持っているため、脱退する議員も少なく、その団結力は一枚岩と称されることが多い。その代表格である国松政調会長が反対票に回る以上、若手・中堅議員が反旗を翻す可能性は皆無に等しかった。しかも芝崎派には総裁選で真垣に惜敗したという恨みつらみがある。族議員の擁護に回るという目的を度外視したとしても、真垣への遺恨から対決姿勢を露わにしていた。

次に樽見は他派閥への根回しに移行した。久我山議員の件で恩を売った須郷派と同じく、橋爪議員の一件で貸しのある牧村派、そして、真垣を擁する相沢派は賛成票が見込まれるが、その他の弱小派閥の票を早急に固めておく必要があったからだ。

ところが思わぬ邪魔が入った。弱小派閥に属する議員全員に、芝崎派から誘惑の手が伸びたのだ。しかも、樽見の武器といえば説得と依頼に留まっていたのだが、芝崎派は実弾攻撃を仕掛けてきた。

たかが多数派工作にカネとメシで饗応するなど時代錯誤だと樽見は愚痴っていたが、豊富な資金力を誇る芝崎派ならではの、そして法案通過の阻止にはなりふり構わない官僚たちの焦燥が窺える手法だった。そのうえ、同じ党内にいながら閣僚人事の報奨にありつけなかった彼らは、真垣総理や樽見官房長官に従属しなければならないいわれはない。

日に日に目つきが険しくなる樽見からの報告を聞きながら、慎策は失望感に打ちのめされていた。

おそらくは、族議員を除いた国会議員の大多数が、官僚主導の現状を快くは思っていないはずだ。それなのに官僚からの協力拒否と派閥の論理に絡め取られて、自縄自縛に陥っている。

自分の意思の命じるままに行動できなくて、何が国会議員かと思う。本来は役者である慎策にでも、それくらいのことは分かる。自身の演技プランを何一つ生かせず、ただ演出家の言いなりになっているような舞台など、立っていても苦痛なだけだ。

国民のために良かれと提出された法案が、党内闘争や与野党対立の道具に堕し、そして廃案にされていく。国民が自分たちの幸福を実現させるために選んだ議員たちが、別の目的のためにその大前提を覆していく。自分たちの選んだ代表が、希望とは全く異なる言動をしているのを見聞きし続ければ、国民が政治に失望するのはむしろ当然だろう。

慎策は執務室でニュース番組を見ていた。

内閣人事局の設置に向けて真垣総理が本腰を入れている——その事実は既にニュースとなっていた。もちろん、本会議の採決で真垣総理と樽見官房長官が辛酸を舐める様を天下に知らしめようとする芝崎派からのリークだ。

当初は話題にすら上らなかった設置法案が、ここにきてにわかにクローズアップされたのはよかったが、マスコミの捉え方は相も変わらず政局絡みでしかなかった。ネタ元が党幹部だから報道内容は概ね正確であり、反対派が賛成派を上回っていることも明るみにされていた。

『以上のことからも、設置法案は本会議で否決される確率が高いということなんですね』

『ええ。国民の強い支持を基盤に政策を進めてきた真垣総理も、党内のパワーバランスの前には手も足も出ないといった状況ですね』

『それでは次のニュースです。被災地石巻市では今日、シラウオの水揚げが始まりました。シラウオは春告げ魚とも呼ばれ……』

一瞬で目が釘付けになった。

ついこの間、慎策が訪れた石巻港が大映しになった。

『まだ石巻港は復旧しておらず、水揚げは隣接する港で行われましたが、獲れ高は震災前の水準に比べ約半分に留まりました』

港は依然として無残な姿を晒している。岸壁は接岸不能なほどに崩壊し、海岸際の瓦礫は一向に減った様子がない。

あの場所で涙を堪えている人々がいる。

慎策たちが手をこまねいている間にも、どんどん困窮していく人々がいる。

　そう思うと、居ても立ってもいられなくなった。

　慎策は携帯電話ですぐに樽見を呼び出した。

『すみません、俺です。至急、大隈さんと会わせてもらえませんか。ええ、あの民生党の大隈さんです』


　国民党本部のある平河町《ひらかわちょう》から麹町《こうじまち》方向に徒歩で十五分、オフィス街の外れに構えの小さな居酒屋があった。

　慎策と樽見は二階の座敷で大隈の到着を待っていた。樽見は何故か尻の辺りをもぞもぞさせている。

「こういう場所は初めてですか、樽見さん」

「いえ、ずいぶんと久しぶりではありますけど……」

　そこに階下から大隈の濁声が聞こえてきた。

「こういう場所は久しぶりだな。やあ、お二方。お待たせしたようで大変申し訳ない」

　大隈は二人の対面に座るなり破顔した。

「まずは祝いの言葉を言っておかなくてはな。総理が大勝負といった景気対策、今のところは功を奏しているようで何より。国民の一人としては素直に喜ばしい」

「ありがとうございます」

　それにしても、と言いながら大隈は壁に貼られた品書きを見回す。

「ホッケにニシン漬け……おっ、ニンニク揚げもあるのか。これも好きなんだよな。それにしてもどういう風の吹き回しだい。赤坂の料亭からえらく趣向を変えてきたじゃないか」

「この店を指定されたのは総理ですよ」

「うん？」

「いや、実は学生の時分に通っていた店でしてね」

慎策は〈八海山〉を大隈の盃に注ぐ。

「赤坂ほどじゃありませんが、ここだって秘密は守れます。第一、ここは政治記者もノーマークですから」

「確かに。時の総理と官房長官が、居酒屋で秘密会合を持つなんて誰も想像せんだろうな。では、まず乾杯……それで話というのは？」

「単刀直入ですね」

「前回と同じだ。酒の不味くなりそうな話なら、そうなる前に帰る。じゃなきゃ酒が気の毒だ」

この男に下手な小細工は通用しない。

慎策は腹を括《くく》った。

「大隈先生に今一度お願いしたいことがあります」

「ははあ、やっぱりかい」

「やっぱり？」

「現状、総理の懸案事項といえば内閣人事局の設置法案だ。かなりの劣勢と聞くが、わたしの握る三十二票で協力しろということかな」

さすがに全部お見通しという訳か。

「仰るとおりです」

「敵方の古株を懐柔するのに居酒屋で一杯か。この大隈もずいぶん安く見られたものだな。いや、これは冗談だが」

冗談と言いながら、その目は少しも笑っていない。

「総理、それから官房長官。お二人とも法案通過に対して、民生党がどのようなスタンスを取っているか承知の上で、それを申し入れているのか。だとすれば軽挙妄動の謗《そし》りを免れん。総選挙以来、黒星続きの民生党がやっと真垣内閣に土をつけるチャンスが巡ってきたのだ。それをまたぞろ大同団結とかの大義名分を持ち出して回避しようと言うのなら、姑息と言われても仕方ない。それから先の法案が通ったのもわたしが尽力した訳ではなく、総理の熱弁が票を動かしたに過ぎん。それをどうして今更わたしなんぞに」

「今回ばかりは理屈でどうにかなるものではないからです。わたしたちは確実に読める票が欲しい。そのために下げる頭ならいくらでも下げる」

実際に慎策が頭を下げてみせると、大隈はわずかにたじろいだようだった。

「……総理、本当にあなたという人は衒《てら》いというものを持たんのだな。こう言っては何だが、宰相たる者が敵対する者にそうそう頭を垂れるものではない」

「大隈先生は官僚主導の政治をどう思われますか」

「必要悪、だろうな」

大隈は舌の上に不味いものを載せたような顔で言う。

「官僚と呼ばれる者は皆優秀だ。目線が上にしかいっておらんがな。彼らとて自分たちが国を支えているという自負があり矜持がある。天下り先の確保にしても彼らなりの理由がある。要は政治家の器量だ。官僚を上手く使えば国益にもなる。下手に使えば省益のみに与してしまう。官邸主導でないのはいささか業腹だが、それを目論んだ民生党があんな体たらくを見せたのでは何の言い訳もできんよ」

「官僚主導で、この国難を乗り越えられますか」

「官僚は国難だとは毛先ほども思っておらんだろうな。だから復興予算を何の迷いもなく流用できる」

「わたしは先月、石巻の被災地を視察して参りました」

「ほう、それで義憤心に火が点いたとでも言われるのか。失礼だが、為政者としてはあまりにロマンチストに過ぎるような気がする」

「政治にロマンを求めてはいけませんか」

「本当に青いことを口になさる。では仮にわたしが派閥の三十二票を賛成に投じたとしたら、民生党における三十二人の立場はどうなると思われる。先に言っておくが、まだまだわたしは民生党からケツを割るつもりなどない。国民党に戻るつもりもない」

「閣僚ポストではいかがですか」

これには大隈のみならず、横にいた樽見までが目を剝いた。

「まさか……党籍をそのままで民生党議員を閣僚入りさせるというのか」

「法律違反ではないはずです」

「総理！　そんな話、わたしには一度も」

慎策は心中で樽見に手を合わせる。事前にこんなことを提案すれば、樽見が反対するのは分かり切っていた。

「もちろん閣議で了承を受ける手続きが必要ですが、こちらにはそれだけの覚悟があることを知っていただきたかった」

一語一語に力を込めて大隈に投げつける。

「党利党略を越えてほしいとお願いする限りは、こちらも党利を捨てなければテーブルにも着いてもらえない。さあ、わたしのカードは全て開きました。次は大隈先生がカードを開く番です」

大隈は唇を真一文字に締め、慎策を品定めするかのように凝視する。

しばらく睨み合いが続き、やがて大隈の方が先に視線を逸らせた。

「少し考える時間をくれないか」

5

衆議院本会議場に向かう途中で、慎策は樽見に話しかけた。

「大隈さんからは、まだ何も?」

樽見は面目なさそうにゆるゆると首を振る。

「申し訳ない。何度か連絡をとってはいるんですが、なしのつぶてで……あの場で、わたしがもう少し情理に訴えるべきでした」

「あなたが気に病む必要なんてないですよ。会合は俺の発案だったし、そもそもは真垣統一郎の

〈本気〉を見せるのが目論見《もくろみ》の全てでした。それが失敗したというのなら、それは俺だけの責任です」

「有難い言葉ですが、それは間違いです」

「なぜですか」

「総理を支えるのがわたしの役目だからです。あなたが何かに失敗したのなら、やはりそれはわたしの責任だ」

慎策は思わず樽見を見た。

顔つきから冗談や皮肉を言ったのではないことが分かる。替え玉・加納慎策に告げた言葉ではないことも分かる。

咄嗟に握手を交わしたい気分になったが、取り巻きのSPたちがいる前ではそれもできない。

敗色濃厚の試合だが、直前でいい気持ちにさせてもらった――慎策は心中で樽見に礼を言う。

それでも本会議場に向かう足は重かった。足の重さは樽見も同様だろう。

樽見からは既に票読みの結果を知らされている。

話の要諦《ようてい》は、とにかく衆院本会議で過半数の二百四十一票を取ることだった。参院には芝崎派や族議員が少ないこともあり、法案成立に前向きな議員が多い。つまり衆院で可決しさえすれば、そのまま法案が成立する可能性が高い。

問題は衆院での採決にあった。

樽見の執念深い根回しにもかかわらず、賛成票の獲得は思わしくなかった。予想どおり芝崎派は、七十五人全員が反対票を投じることが決定している。そして芝崎派が実弾攻撃で自陣に取り込んだ他派閥の議員が三十九人。結局、賛成には最大派閥須郷派と牧村派、そして相沢派の議員を掻き集めても百八十票しか確保できなかった。

次に野党議員の方だが、第一党民生党の五十六人も全員が反対票に回る。先に惨敗した選挙の生き残りの多くが族議員であるのに加え、反国民党を党是としている今、かつて官僚政治に異を唱えたことなど記憶から消去したようだった。

その他の野党も反国民党への結束が固く、総勢百三十人のうち樽見が協力を確認したのはわずかに二十人しかなかった。

百八十票プラス二十票イコール二百票。

これが現時点で見込める賛成票だった。棄権票もあるだろうが、ほとんど誤差の範囲でしかなく、過半数には四十一票も足りない。そして棄権なしと仮定すれば、反対票は二百八十票もある。その差は実に八十票。万が一、土壇場で大隈派の三十二人が賛成に回ってくれたとしても、二百三十二対二百四十八で否決されてしまう。

慎策たちに残された手段は、本会議の討論で反対票を取り崩すことしかなかった。慎策の弁論で反対派から四十票以上をもぎ取って大逆転――だが、それが到底不可能であることくらいは、慎策本人が自覚していた。

真垣総理の名を借りた自分の弁舌に人を惹きつける力があるのは知っている。しかし、それはおそらく利害関係を持たない人間のみに通用する限定的な力だ。省益や党益で動いている議員に対しては何ら効力を発揮しない。慎策がどれだけ紅潮し、どれだけ口角泡を飛ばしても鼻で嗤われるのがオチだろう。

それでも慎策は語らなければならない。慎策を支えるために奔走してくれた樽見のために、復興の日を一日千秋の思いで待ちわびている被災地の人々のために、そして、この国の将来のために。

やがて慎策と樽見は本会議場の中に足を踏み入れた。

めいめいの席に近づくと、会議場の視線が二人に集まる。数時間後、この視線が侮蔑になるのかそれとも称賛になるのか。何度かこの場に立って度胸が据わったはずなのに、かつてないほど胸が苦しくなった。

衆院議長が開会のベルを鳴らす。これこそ試合開始のゴングだ。

まず議案について運営委員長からの報告がなされた後、直ちに討論に移った。

「内閣総理大臣、真垣統一郎くん」

呼ばれて慎策は立ち上がる。従来であれば、法案説明は国務大臣に任せるところだが、これは発案者である自分が受けるべきと、慎策が買って出たのだ。

「今回政府が提出した内閣人事局設置法は、ご存じのとおり既に成立している『国家公務員法等の一部を改正する法律案』の実施に伴う法案であります。本来であれば公務員制度改革の本丸であったはずが、政権交代や与野党駆け引きの道具にされた経緯で、すっかり店晒しになっていました。従って今回の法案提出は、過去の政権がやり残した仕事に最終決着をつけるものでもあります」

慎策は、民生党議員の座る位置を一瞥する。一時は官僚政治からの脱却に邁進《まいしん》していた彼らへの牽制でもあった。しかし彼らは一様に無表情で、公務員改革に尽力した過去などすっかり忘れたふうだった。ただ一人、奥に座る大隈だけは、ばつの悪そうな顔をして眉の辺りを掻いている。

「法案の骨子は、一、級別定数の移管。二、内閣人事局長ポストの位置づけ。三、勤務実績によらない幹部職員の降任。四、各大臣の任命権。以上であります。これらはいずれも従来の縦割り行政を排し、社会や国際情勢の変化に機敏に対応し、省益よりも国益を優先させる制度を構築するためのものです」

次に慎策は国民党芝崎派の面々に視線を移す。国松をはじめとした一派は党の総裁が壇上にいるというのに、ひどく白けた顔をしている。中には冷笑を浮かべている者さえいる。

芝崎派、いや、法案に反対している者たち全員が、樽見と同様の票読みをしている。既に勝ちが決まった戦《いくさ》だから、余裕でこちらを見下しているのだ。

役者なら、冷笑を浮かべる観客に対して敵愾心《てきがいしん》を抱く。自分の演技で、冷笑を驚愕に変えてやろうと目論む。

では、政治家・真垣統一郎は何を目論むのかと、慎策は考える。冷笑を無視するのか、それとも挑発して徹底抗戦を挑むのか――。

その時、役者脳とも総理の替え玉となってからの経験値とも異なる声が聞こえた。

違う。

無視するのではない。闘うのでもない。

票を増やすのだ。

慎策は我に返った。

忘れていた。今日の自分は説得に終始するのが務めだった。情理を尽くし、相手の信念を崩し、人心を得る。そして採決で勝つ。

「わたしは、公務員の方々の働きを評価しています。国民性もあるのでしょうが、この国の公務に携わっている方々は、皆勤勉で、真面目で、優秀な人ばかりです」

反対派たちの表情が少し変化する。こいつは何を言い出した――そういう目をしていた。

「しかし、真面目で優秀であるがゆえに、自身の組織の利益に固執してしまう傾向があります。これは利己主義云々の話ではなく、肥大化と自己防衛が組織というものの本質だからです。この組織防衛の論理が、今日の縦割り行政を作ってしまったきらいが否めません。しかし国の借金が千兆円を超えてしまった今、縦割り行政は予算の無駄遣いでしかありません。これ以上わたしたちの子孫に負債を押しつけないためにも、どうかこの法案を成立させていただきたい」

賛成派からは盛大な拍手。一方、反対派の面々は、腕組みをしたまま慎策を睨みつけている。

質問に立ったのは与党国民党の勝《かつ》見《み》義久《よしひさ》議員。芝崎派の中堅議員で経産省出身。

身内からの質疑応答は応援なり援護射撃になるのがセオリーだが、今回は全く情勢が違う。おそらく野党と同等、もしくはそれ以上の攻勢をかけてくることが予想される。

果たして演壇に立った勝見は、慎策をまるで無視して議場を睥睨《へいげい》する。

「ただ今、いみじくも総理が言われましたとおり、我が国の官僚は皆優秀な人材であります。拡大と自己防衛が組織の本質というのもそのとおりでしょう。しかし、真に優秀な人材さえ揃っていれば無意味な拡大はしないはずですし、そもそも国体の維持に不可欠な組織であれば、自己防衛の必要などありません。まあ、それはともかくとしまして」

何がそれはともかく、だ。無駄話のふりをして、精一杯官僚の提灯持ちをしただけではないか。

「まず一の級別定数の移管ですが、これはかねてから問題とされている、労働基本権の代償措置である人事院勧告制度の機能低下を招く惧れがあります」

早速そこからきたか――予測していたことではあったが、慎策は気を引き締めた。昨夜、風間から受けた想定問答を記憶から引っ張り出す。

級別定数というのは、公務員の職務を級別に分類し、級ごとの職員数を定めたものだ。一級の係員から十級の課長まであり、級が上がれば人数の少なくなるピラミッド型を構成している。当然、級が上がれば号俸も上がる仕組みだ。

級別定数を決めるというのは、民間で言えば労使交渉事項に相当する内容であり、これが人事権把握の第一段階になる。元々、課長級ポストの数を査定して決めるのは総務省行政管理局で、一般ポストの数を決めるのが人事院とされている。内閣人事局は、この両者を一括して管理するという構想だった。両者を一元管理することにより、初めて社会情勢、経済情勢に俊敏に反応できる組織・人員の再配置が可能になる。

それに対して反対派からは、勝見が述べたとおり、人事院勧告制度の機能低下を恐れる声が上がった。つまり公務員の労働条件が、時の政権の都合だけで憲法で保護されている枠内から逸脱するのではないかという不安だ。

「次に二の内閣人事局長ポストの位置づけですが、これは、先に行われた国家公務員制度改革推進本部顧問会議の報告で、局長は特別職とし、各省の事務次官に対して指導力を発揮できるハイレベルなポストとされています。また報告では重ねて、継続的・中立的に仕事を行うため、政権と去就を共にしないともされています。以上二つを考え併せるに、内閣人事局長ポストとなるのは各省の事務次官に匹敵する能力を持ち、かつその時々の政権に左右されない人物が適材かと思われますが、総理のご意見はいかがでしょうか」

いかがでしょうも何もない。政府案では内閣官房の副長官を充てる内容になっているのだが、反対派とすれば、万が一法案が可決された場合のセーフティネットとして、局長ポストにはどこかの事務次官レベルを充てたいのだ。つまりは容れ物だけを新設し、中身は従来どおりという、官僚の得意技をここでも披露しようとしている。

「三つ目の勤務実績によらない幹部職員の降任に関する問題です。先に成立した法案では、勤務実績不良に当たらない場合であっても、その意に反して降任を行うことができるとされています。内閣人事局にはこの降任の人事権も与えられる訳ですが、仮にも部長級以上のポストでありながら、同格の他の幹部職員よりも著しく勤務実績が劣っていたり、逆に他の幹部職員が並外れて優れた実績を挙げる可能性はほぼ皆無なのではないでしょうか。つまり、実際問題として降任という人事自体が困難な状況であり、内閣人事局に降任の機能を持たせることは無意味と思われます」

これは聞いているだけで片腹が痛くなる。よくもまあ、そこまで官僚を崇拝できるものだと思う。いや勝見が読んでいるのは官僚の用意した原稿だから、さしずめ自画自賛といったところか。

要は、各省の部長級以上にはいずれ劣らぬ優秀な人材が揃っており、そもそも降任させる必要がないという理屈だ。これは人気俳優や看板女優さえプログラムに載せておけば安泰だとする、将来展望のまずい劇団によく似ている。

どんな美人だろうがどんな名優だろうが、そのパフォーマンスを長年維持していくのは至難の業だ。肉体的な衰えは必ずやって来るし、若い才能が次から次へと現れる。そうした新しい才能を登用しようとせず、看板俳優の人気だけにおんぶしている劇団は、早晩衰退してしまう。

新しい酒を古い革袋に、という故事ではないが、組織を活気あるまま維持しようとするのであれば、中身の入れ替えは必然になる。それを反対派の面々は旧態依然で進めろと主張している。逆ではないか。

「最後に各大臣の任命権についてですが、これは今更言うまでもなく、現在においても事務次官以下、各省の職員の任命権は全て各大臣に属しています。従って、これを改めて内閣人事局に移管せずともよいのではないかとの意見があります。仮にその任命権を内閣人事局に丸投げした場合、時の政府が各省を恫喝するという構図を醸成しかねません。敢えて現体制をいじる必要はないと思われますが、総理の見解をお伺いしたい」

今更というのはこちらの言い分だ。制度上は確かに勝見の説明したとおりだが、その実態は各省の行政職員が決めた人事を大臣が追認するだけの仲間内人事だ。仲間内だからこそ組織防衛と省益に過敏となり、治外法権の意識も生まれる。組織は閉鎖的となり、省庁の垣根を越えた政策が徹底されなくなる。

「内閣総理大臣、真垣統一郎くん」

慎策は立ち上がり、もう一度自分を戒める。

闘いではなく交渉。

論破よりも説得。

「今、勝見先生がご指摘された疑問点については、先の法案成立の際も一部から懸念されていたことです。せっかくの設置法討論という場なので、これを機に慎重派である方々の疑念を払拭したいと思います」

慎策はちらりと勝見を見るが、すぐ視線を議場全体に移す。勝見はスピーカーでしかない。彼に言葉を発せさせているのは、議場に居座る族議員たちと、更にその後方に控える各省の官僚たちだ。

だから慎策は彼らに向けて話す。

「まず級別定数を内閣人事局に移管することが、人事院勧告制度の機能を低下させるのではないかという危惧ですが、移管目的の根幹は、社会情勢の変化に対応した再配置をするという経営判断の部分が重要なのであって、付随する職員の勤務条件については、人事院による意見の申し出や改善勧告で充分に対応できます。また労働基本権制約の上で、移管は憲法に抵触するのではないかという意見もありますが、これは内閣法制局の判断では、憲法上許容範囲であると判断しています」

慎策の答弁内容を予想していたのか、反対派の面々は大して驚きもしない。

では、こういう答弁ならどうだ。

「しかし、ことはゼニカネの問題ではありません。今は組織というものに対する考え方が問われているのです。自分の給料や格付けを各省に握られていれば、当然組織に忠誠を誓わざるを得なくなる。その結果、国益よりも省益を優先する風潮になる。しかし、この国が求めているのは、省ではなく国のために汗を流す人材です。東北復興のためなら、進んで省の予算を削減できる官僚です。公務員の方には言わずもがな、ここにお集まりの議員の皆さんにはとっくに承知と思われていることを敢えて申し上げる。公務員は役所のためにあるのではない。国民の利益を守るためにあるのです。公務員に対する待遇と給料はそのためだけに支給される。それを見失った公務員など公務員ではない。ただの給料泥棒に過ぎません」

議場がにわかにざわめき出した。

「議員の皆さん、初登院された時のことを憶えていますか。初めて議員バッジを付けた時の感動を覚えていますか。あの時、皆さんは思ったはずです。この国の将来に寄与しようと。次の世代へ希望に満ちた未来を渡すために、その身を捧げようと。それは公務員の方々も同様でしょう。入省した時には日本のために働こうと考えたはずです。誰も、そう誰一人として、安定した職業に就けた、天下り先まで自分の人生は安泰だ、などと思った人はいない。省の垣根を取り払うというのは、そうした青臭い心をずっと胸に抱き続けてもらうための一助なのです」

自分の語っていることが理想論に過ぎないのは自覚している。鼻白む思いで聞いている者も多いだろう。だが、慎策は構わずに言葉を継ぐ。

「二番目の内閣人事局長ポストにふさわしい人材ということですが、これは先の閣議決定で内閣官房副長官を充てることと規定し、今国会に提出しています。各省の事務次官に対して指導できる能力があるのか。また政権と去就を共にしないという条件に合致するのかどうか。それはやはり事務次官が適当ではないかという声が聞こえてきそうですが、それでは改革の意味がない。閣議決定の責任者としては、各省の事務次官レベルに拮抗《きっこう》する人材を登用する所存であるとしか申し上げられません。また政権の去就云々の話になれば、少なくとも国民党が政権を担当している限り、局長の首をすげ替えるつもりは毛頭ありません。第一、内閣人事局長というのは途方もない激務が予測されます。何しろ約六百ポストの候補者を選抜し、協議し、決定しなければならないのですからね。わたし個人は政権が交代する以前に、本人が交代を申し出る確率の方が高いと考えます」

これについては慎策にアイデアがあった。人事権を移管したとしても、局長を孤立させるような真似はしない。どの道、局長を下で支える知恵者が必要だ。慎策はその役に風間を抜擢してはどうかと密かに画策している。人情には疎いが、個人の能力を量るのに風間以上の適任は思いつかない。風間は顔を真っ赤にして怒り出すだろうが、法案が成立した暁《あかつき》には無理にでも押しつけてやる。

「三つ目の幹部職員の降任についてですが、勝見先生は上級職であれば、おいそれと他の幹部職員が飛び抜けた業績を上げる可能性は少ないと言われた。しかし、それこそが組織を弱体化させる元凶ではないでしょうか。ベテランに頼っていれば確かにミスは少ないでしょうが、その代わり血の入れ替えがなく、保守的になりがちです。国際情勢は激変しており、この国の情勢も刻一刻と変わりつつあるのに、国の中枢となる行政機関が旧態依然のままでいい訳がない。重要である組織であればあるほど若い才能、外部からの登用は必須になります。幹部職員の降任というのは、言わば年に一度のオーディションのようなものです。ベテランも新人も、そして全くの素人も入り乱れてのバトルロワイヤル。そして勝者が各省を動かすとなれば、自然に組織は刷新し活気づきます。現に勝見先生」

いきなり振られて、勝見は目を白黒させる。

「今や芝崎派で辣腕《らつわん》を振るっている勝見先生だが、そうなるためには、長老格の先輩議員が引退しなければ椅子も道も譲られなかったはずです。前々回の選挙で、老害と陰口をたたかれた先輩たちが多数落選しなければ得られなかった地位です。その事実だけでも、人事には流動性が必要なことはお分かりでしょう」

まさか本会議場討論の場で、自派閥の話、ましてや自党にとってネガティブな意見を持ち出されるとは想像もしていなかったのだろう。勝見は痛いところを突かれたように顔を顰めている。それは芝崎派の他の面々も同じで、逆に野党議員たちはにやにやと笑っている。派閥と老害の問題はどこの党でも抱えている。官僚人事の問題を我が身に照らし合わせてみれば、実感も湧くというものだ。

「さて、最後の各大臣の任命権の問題ですが、実際問題として、各大臣が省内の全ての人事を把握している訳ではなく、任命権が大臣に属しているとはいっても、各省の行政職員に丸投げしているのが実態です。大臣を弁護するつもりはありませんが、何しろ大臣職は激務です。毎日が調整と決定の連続、それに加えて地方や関係団体の陳情を受け付けなくてはならず、地元に戻って活動報告もしなければならない。ところが更にこの上、省の人事を担当しろというのはもはや無理難題に近い。勢い、行政職員に丸投げするような羽目にもなってしまう。だからこそ、的確な人事を効率よく行うために、内閣人事局を設置する必要があるのです」

見れば与党野党とも、大臣経験者の何人かが我が意を得たりとばかりに深く頷いている。彼らにへつらうつもりは毛頭ないが、大臣職の苛酷さに言及するだけでも、法案に対する風当たりはずいぶん緩和されるだろう。

「そしてこれは全ての不安に答えるものですが、もし内閣人事局の人事が実施されたことで、著しく公正・中立性が損なわれたと指摘された場合は、人事院に是正を勧告してもらえればいい。

また、その中立性を確保するための第三者委員会を設立するのも、当然のことと考えます」

これで風間の想定問答にはひととおり対応したことになる。一番苛烈と思われた芝崎派の追及もかわした。言葉がどこまで相手の胸に届いたかは定かでないが、自分なりに情理を尽くした自負はある。

しばらく勝見は自席から慎策を睨み続けていたが、やがて拗《す》ねたような顔をして視線を逸らせた。

次は野党民生党代表如月からの質問だ。

「如月継夫くん」

ところが、意に反して如月の質問は、人事院から内閣人事局に移管されるタイミングの確認と、二重業務が発生しないかという内容に留まった。

議席を減らして青息吐息であっても、国民党憎しの民生党ならもっと激烈な攻撃があると予想していただけに、その淡白さは逆に不気味だった。

そして思い当たった。

本会議直前に新たな票の動きがあったのだ。しかも、それは反対派にとってより有利な数に変わったに違いない。

既に勝敗が決しているのなら、あとは国民への見せ方の問題だ。総理と反対派が舌戦を繰り返した挙げ句の否決よりも、総理の無駄な足掻《あが》きをクローズアップさせた方が、野党の国民受けがよくなる。経済政策の成功とカリスマ性で白星を更新し続けた真垣統一郎の初黒星を、この上なく印象づけることができる。

他の野党党首からの質疑も、勝見のそれに比べれば全て生温《なまぬる》かった。弁論でカウンターパンチを得意とした真垣流では、それを十分に発揮できず、応答にも精彩を欠く有様だった。まずい。

過去に設置法がことごとく流されてしまった原因の一つは、関心の薄さだった。舌戦もなく、盛り上がりもなければ、反対派議員を転向させることは困難だった。

慎策が焦燥に駆られるうち、討論に許された時間はあっという間に過ぎていった。くそ。どうせ醜態を晒すのなら、最後まで悪足掻きしてやる。

慎策は手を挙げた。

「内閣総理大臣、真垣統一郎くん」

「これで設置法についての討論は終わります。しかし最後に、これだけは言っておきたい」

演壇に立った慎策は宙空の一点を睨みつける。真垣が熱弁を振るう直前に見せる仕草だった。

「この国を希望ある国に変える。それが先の選挙で国民党が掲げた公約であり、首相となったわたしの使命でもあります。しかしそれは同時に、国民の願いでもあったはずです。誰も停滞していいとは思っていない。暗く澱んだままでいいとは思っていない。この国に変革を望んでいるのは国民の総意です。中には、今のままでいてほしいと願う人もいるでしょう。既得権益に恋々とする者もいるでしょう。しかし、現状も権益も時間の経過とともに磨り減っていく。安寧や平穏ですら、努力なしでは盤石でいられない。今はそういう時代なのです。わたしは今の子供たち、そして将来生まれるであろう子供たちに、申し訳ない気持ちでいっぱいになる。我々大人たちが残せる未来が、到底バラ色とは言えないからです。子供たちが未来に希望を持てない国。そんな国にしてしまった我々は、揃いも揃ってろくでなしばかりなのです」

議場がしん、と静まり返る。

「だが今なら、今ならまだ間に合う。党利党略も私利私欲も組織防衛も既得権益も残らずゴミ箱に叩き込めば、この国は変わることができる。縦割り行政の悪弊を駆逐し、弱体化した組織に新しい血を入れることができる。国民の願いと政府の動きを直結できる。もちろん変革には痛みが伴う。しかし、我々の子供たちが痛みを味わうことに比べれば物の数ではない。よろしいですか、皆さん。あなたの一票は単なる一票ではない。あなたの子供に希望を与える一票なのです」

6

議事進行の都合で、設置法の採決は三十分後に行われることとなった。

控室で樽見と二人きりになった慎策は疲労を全身に感じていた。決して心地よい種類の疲労ではない。努力が徒労に終わった時の、虚しい疲労感だった。

「ご苦労様でした」と、樽見が労《ねぎら》いの言葉をかけてくれるが、今はそれさえも心苦しい。

「いくら苦労しても失敗したら何の役にも立ちません」

「だが立派でした」

「いいえ、本物だったらもっと上手くやれた」

「いいえ、本物だったらそもそも法案提出もしなかったでしょう」

「え?」

「真垣統一郎という政治家は理想主義者ではあったが、同時に現実主義者でもあった。設置法案を提出するとしても、自分の支持基盤を盤石にし、芝崎派を黙らせるくらいの権力を手にしてから実行したでしょうね。彼は長期政権を睨んでいましたから、内閣発足当初に黒星を喫するのを避けたはずです」

「じゃあ、どうして樽見さんは俺と行動をともにしてくれたんですか。法案提出から今日まで、ずっと不利だってことは承知していたのに」

「それがわたしにもよく分からないのですよ」

樽見は困ったような顔をした。

「真垣の性格を知るわたしなら、時期を待てと忠告しなければならなかった。いや、内閣官房長官という立場なら、決して敗色濃厚な審議にあなたを担ぎ出すべきではなかった」

「だったら、どうして」

「きっとあなたのせいでしょう」

「お、俺の？」

「被災地訪問から戻り、復興費がかくも野放図に流用されているのを知ったあなたは、ひどく憤慨した。あの時のあなたは、まるで子供の目をしていた。理不尽に対して無条件で怒る子供の目でした。政治の世界に足を踏み入れて数十年、あれほど混じりっ気なしの怒りに触れたのは久しぶりでした。だから、きっと調子を狂わされたのだと思います」

「……俺が勝手に突っ走ったせいで、樽見さんにえらい迷惑をかけちゃったんですね。ホントに、あの……すいませんでした」

「あなたが気に病む必要はありませんよ……ああ、そうだ。先ほど言ったとおり真垣は負け戦を避ける男でしたが、仮に負けたとしても彼ならこう言ったでしょうね。一つ負けたのなら次に二つ勝てばいい、と」

樽見は力なく笑ってみせた。今までに見せたことのない表情だったので、慎策は戸惑った。

そして採決の刻がやってきた。


本会議場に入ると、小波《さざなみ》のようなざわめきが二人を包んだ。静謐《せいひつ》な昂奮と言ってもいい。採決の直前はいつもそんな雰囲気になる。

衆議院における採決の方法は三つある。

一つが満場一致。議院運営委員会が議事日程を作成する際、全会派が議案に賛成する旨を表明すると、異議なし採決が採られる。議長が「ご異議ありませんか」と問い、議員たちが「異議なし！」と叫ぶ。すると議長が「ご異議なしと認めます」と宣言し、可決となる。

二つ目が起立採決。議事主催者が賛成者の起立を求め、議場を一望して起立と着席のどちらが多いかを判断する。採決以前に賛否の会派が判明しており、座席が会派単位で区画されているので、わざわざ両者の数を確認することなく、議事を迅速に進められるという訳だ。そのため衆議院での採決の多くは、この起立採決による。ただし、今回の設置法案のように賛否の多寡を判別し難い場合は、第三の方法、即ち記名投票が実施されることになる。

記名投票は各議席に備えつけられた白と青二枚の木札を使って行われる。この木札には議員の氏名が記されており、賛成なら白、反対なら青を投じる。どちらかを示さなくてはいけないので、無効票や棄権票は存在しない。

おそらく賛成票は二百を切っているだろう。虚しさと無力感が肩にのしかかるが、真垣統一郎を演じている今、消沈している顔は見せられない。慎策は真垣特有の快活さを顔に貼りつけ、樽見に話しかける。

「二百対二百八十の予想から、いったいどう変わっているんですかね」

「国民党内の百八十票に野党の十票は鉄板だと思いますが……ただ、これはリトマス試験紙になります。記名投票ですから誰と誰が我々に反旗を翻しているかが明らかになる。このデータは後々、必ず役に立ちますよ」

転んでもただでは起きない――やはりこの男は老獪《ろうかい》なのだと慎策は思う。

やがて議長が採決の開始を告げると、議場が閉鎖された。この段階で出席議員の数が確定される。慎策は胃の辺りが重たくなるのを堪え、議員たちが並ぶのを眺めていた。

投票は国民党議員から始められた。議長に名前を呼ばれた議員が白か青、いずれかの札を持って演壇まで上がり参事に手渡す。二人の参事は受け取った札を、それぞれ白と青に分けて計量器に積み重ねていく。

計量器はアクリル製の透明な箱で、五票毎に赤い線と数字が明記されており、何票入っているかがひと目で分かる。ひと箱には二百六十票が収まるので、開票内容と賛否の趨勢《すうせい》も一目瞭然という訳だ。

国民党議員の投票が粛々と続く。樽見は誰が白票を投じ誰が青票を投じたのか、その確認に余念がない。きっと頭の中では、報復対象のリストを大急ぎで作成しているのだろう。

そして勝見が演壇に上がった。勝見は札を参事に手渡す寸前、居並ぶ議員たちに向けて青の札を誇らしげに掲げてみせる。

「いいぞ！」

「独裁を許すな！」

反対派の議員たちから激励の声と拍手が沸き起こった。

独裁を許すな、か。では、全労働者のわずか十パーセント未満の官僚たちが、日本を牛耳っているのは独裁ではないのか？

慎策は得意げに青札を投じていく国民党議員を眺めながら、自分が演説で言ったことを反芻《はんすう》する。子供たちが将来に希望を持てない国など、想像するだに虚しい。全ての分野が頭打ちとなり、衰退と死を待つだけの生活にどんな意味があるというのか。

思わず口をついて出たが、そうしてしまった大人たちこそが一番のろくでなしだ。だがろくでなしなりにできることもある。自分たちが生きている間に負債を圧縮し、この国に澱んでいる泥濘を少しでも掻き出すことだ。

それにはどうしても、行政の在り方と仕組みを変えなければならない。そして大半の大人、ほとんど全ての議員がそのことを承知している。

しかし、こうして総理大臣と内閣官房長官が声を上げても、システムは変わらない。誰かが変えようとしない。誰かが変わることに断固として反対している。

彼らには守るべき子供がいないのだろうか。それとも、自分の子供だけには希望が与えられるとでもいうのだろうか。もし本気でそんなことを考えているとすれば、その者は政治家でも公務員でも国民でもない。ただの利己主義者だ。

党利党略もしくは既得権益維持のため、今までいくつもの法案が流れたと聞いた。慎策はつくづく不思議に思う。

何故、国民によって選ばれた議員たちが国民のために働けないのだろう？

無論、そこには主義主張の違いがあり、政治だけでは解決しない柵があり、利益の対立がある。しかし、少なくとも彼らの頭に国民の利益を最優先にするという一文さえあれば、こんなにも古いシステムが温存されるはずはない。

声を上げろ、と慎策は心の中で叫ぶ。

まず声に出すこと。どんな演技もそこから始まる。声を出し、声を出した自分を理解し、そして知り得た自分のままに行動する。

あんたたちだって同じだ。外から無理強いされたこと、既に貼られたレッテル、ボスの意向、周囲の情勢。そういう雑音をいったん遮断して、自分の声を上げてみろ――。

慎策がそう念じた時、隣に座っていた樽見があっと声を上げた。

いや、あなたはいいんだ、と思っていると、樽見が驚愕した顔で議場の一点を指差した。

その方向を目で追った慎策も短く叫んだ。

議長席から見た右側、つまり民生党の区画だけがぽっかりと穴を開けていた。

議場内のどこを見回しても彼らの姿は見当たらない。

もちろん他の議員たちも異変に気づいていた。隣の者と顔を合わせ、口々に囁き合っている。

「やってくれましたね」

「樽見さん、これは」

「……あの古狸ですよ」

「大隈さんが？」

「議場が閉鎖される直前に民生党全員が退席したのですよ。こんな真似をするのは、あの御仁しかいないでしょう」

「じゃあ出席議員の数は、民生党の五十六人を差し引いて四百二十四人。過半数は二百十三票になる！」

「ええ。見なさい、芝崎派の面々が顔色を変えています」

樽見の言うとおりだった。勝見は慌てふためいた様子で国松に駆け寄り、国松は国松で顔を真っ赤にして何事か怒鳴っている。

「これで逆転の目が出てきました。野党からあと二十三票がくれば、こちらの勝ちです」

樽見は珍しく興奮しているようだった。両手を握り締め、計量器の中身を注視している。

投票は社会連合党の順番になった。社会連合党は鈴村代表を含め全員が青票。続く野党議員たちの票も圧倒的に青が多かった。

賛成を示す白は百八十九票から動きを止めている。その間に青票だけがどんどん積み重ねられていく。慎策は歯ぎしりする思いで、その青票の重なりと数字を睨み続ける。

一六〇。

一七〇。

そして白に二票。

一八〇。

一九〇。

また白に一票。

遂に青が一九二票で白に並んだ。

一九五。

二〇〇。

だが、次に白が続けて二票。これで白一九四対青二〇〇。

真横でこつこつという音がした。見れば樽見の指が忙しなく机を叩いている。

白に二票。一九六対二〇〇。

青に四票。一九六対二〇四。

白に二票。一九八対二〇四。

演壇の下で順番を待っている議員の数は二十二人。全員が無所属だった。このうち十五人が白票を投じてくれれば勝てる。

衆人環視の中でなければ、跪《ひざまず》いて祈りたい気分だった。樽見の方は唇を一文字に締め、瞬きすらしていない。

二〇〇対二〇五。

二〇二対二〇七。

気がつけば、脇の下が嫌な汗を搔いている。

投票を終えた者たちも、意外な接戦に固唾《かたず》を吞んで見守っている。

二〇五対二〇八。残り十一人。

頼む。

ここまできて否決は勘弁してくれ——。

二〇九対二一〇。残り五人。

そして誰も予想しなかったことが起きた。

二一〇対二一〇。

二一一対二一〇。

二一二対二一〇。

二一三対二一〇。

そして最後の一票も——白。

二一四対二一〇。

やった！

「賛成二百十四、反対二百十。よって本案は可決とし……」

議長の声は、歓喜と怒号の声で最後まで聞き取れなかった。

「やりましたね」

樽見が差し伸べた手を、慎策は力いっぱい握り締めた。お互いの手汗が尋常ではなく、二人は顔を見合わせて笑う。

「ありがとうございました！」

「礼などとんでもない。最後はひやひやしましたが、蓋を開けてみれば、あなたの演説が反対派の心を動かした計算になる。全てあなたのお手柄ですよ」

肩がすっと軽くなった。

感無量だった。内閣人事局の誕生で官僚政治に風穴が開く。もちろん一朝一夕という訳にはいかないだろうが、これで変革の足掛かりができた。

真垣の姿を借りていなければ、自分はただの売れない役者だ。人に誇るものもカネも地位もない。そんなとるに足らない人間でも、言葉の力で社会の在り方を変えることができる。

その事実が堪らなく嬉しくて、慎策は泣き出しそうになった。

採決が終わり、議場の扉が開放された。議場を出て行く人波の中で、慎策はこちらを遠巻きに睨む国松の姿を捉えた。

ほぼ同時に樽見もその視線に気づき、いつものように忍び笑いを洩らした。

「このままで済むと思うな、といったところですかね。相も変わらず顔に出る人だ」

「……きっと済まないんでしょうねえ」

「間違いなく済みませんね。内閣人事局ができたらできたで、有形無形の妨害があるでしょうし、これしきのことで尻尾を垂れるような連中じゃない。必ず人事局の組織そのものを骨抜きにしようと画策してくる」

晴れやかな気分は瞬く間に吹き飛んだ。

勝った訳ではない。ただ第一ラウンドでポイントを獲得しただけのことなのだ。

「しかし、現状で彼らの首根っこを押さえたことは事実ですよ。これから立ち技で真っ向勝負を挑むか、それとも寝技に持ち込むか。それは明日から考えましょう……おっと」

突然、樽見の胸から着信音が鳴り出した。

「失礼します。……はい、樽見ですが……ああ、あなたでしたか。先ほどはどうも。え、……はい、近くに。ちょっと待ってください」

樽見は携帯電話を慎策に差し出した。

「あなたに替わってくれと」

「誰ですか」

「大隈元代表です」

慌てて電話を取る。

「もしもし。替わりました」

『全く、あなたはどうしようもない理想主義者だな。今日び新人議員でもあんなに青臭いことは言わんぞ』

すっかり耳に馴染んだ声は、さも迷惑そうだった。

「ご協力、ありがとうございました」

『協力したつもりはない』

「いったい、どうやって党を説得したんですか。まさか全員が退席するとは」

『設置法は何もあなたや樽見の専売特許じゃない』

「えっ」

『政権を担当していた時代は、民生党の多くの議員が法案通過に奔走した。かく言うわたしもその一人だ。まあ、知ってのとおり政争の道具にされて廃案にされちまったが。だから反対票を投じることはできん。だが、かと言って賛成票を投じれば、党内でまたぞろ確執が生まれかねん。大隈は国民党に舞い戻るつもりなのかと早合点するヤツも出てくる』

それで退席し、どちらにも与しない態度をとった訳か。

『わたしの派閥三十二人だけが退席しても、しこりが残る。そこで、五十六人全員が仲良く退席することにした。ぐずるヤツも中にはいたが、同調しなければわたしがケツを割るとでも思ったんだろう。渋々ながら同意したよ。もっともそんな思惑より、あなたの青臭さがあまりにも鼻についたので退散した、というのが本音なんだが』

迷惑そうな物言いはせめてもの照れ隠しなのだろう。慎策は思わず噴き出しそうになった。

「本音はどうあれ、お願いした以上のことをしていただきました。約束です。誰をどのポストにお望みですか」

『馬鹿にするな』

「……はい？」

『さっきも言ったとおり、あなたに協力した訳じゃない。わたしはわたしの勝手で動いただけだ。それに、妙な取引でポストを得ようとも思わん。欲しけりゃ選挙で勝ってぶん獲るまでだ』

語気の荒さから、これは本気で怒っているのが分かる。

それでも不思議に悪い気はしない。

『最前、あれだけ青臭いことを喚き立てた人間が裏取引をしようなどと、言行不一致も甚だしい。同じ党内であれば、猛省を促したいところだ』

叱られれば叱られるほど、胸がすく。

大隈が怒る理由は薄々分かっていた。大隈自身に青臭さがあるからに違いなかった。きっと、自分の幼稚さを見せつけられるようで恥ずかしいのだろう。

「耳に痛いお言葉ですね。これからも大隈先生には是非ともご指導賜りたいと思います」

『せいぜい、寝首をかかれんよう用心することだ』

「これは物騒なことを仰いますね」

『わたしがじゃない。外にいる敵より身内にいる敵の方が恐ろしいぞ。逃げ足と落とし穴の掘り方は天下一品だからな』

電話はそこで切れた。

「何か言っていましたか」

「外の敵より身内に気をつけろと」

すると樽見は感心したように言った。

「あなたもずいぶんと彼に気に入られたものですね。普段、敵方にそういう忠告はしない男なのですが」

「身内の敵は、逃げ足と落とし穴の掘り方が天下一品だそうです」

「そのとおりですよ。逃げることと画策することにかけて、彼らの右に出る者はいません。正直言って、彼らに比べたら野党の連中なんて喧嘩友達のようなものですから」

「今から気が滅入ります」

「何を弱気な。まだ戦端《せんたん》が開いたばかりだというのに」

議事堂の外は雨だった。激しい降り方ではないが、小糠雨《こぬかあめ》が夕方の風景を煙らせている。

これは族議員たちの涙雨か。

そんなふうに考えながら、慎策は公用車に身を滑らせた。

総理専用車の後部座席は結構な座り心地だ。高級ソファとまではいかないにしろ、クルマに乗っていることを忘れさせる程度には上等だった。

それでも身体は悲鳴を上げていた。頭がやけに重く、つい前傾姿勢になってしまう。討論から採決まで、まるで精神の休まる時がなかった。議場にいた時は気が張って自覚がなかったが、実際は相当に心身が疲労していたのだろう。

予想していた以上に総理大臣は激務だった。しかもワンポイント・リリーフのつもりが、いつの間にか先発と中継ぎをやらされている。こんな重労働を何年にも亘ってこなしている総理経験者たちは化け物かと思う。

だからこそ、樽見の最後の言葉が頭に引っ掛かっていた。

まだ戦端は開いたばかりだ――。

確かにそのとおりだろう。自分たちの人事権を奪われた官僚と、それに連なる族議員たちが、これからどんな謀略を仕掛けてくるか。風間の言い分ではないが、二十年来の政治課題を一年や二年で解決できるはずもない。真垣内閣が長期政権になったとしても尚、官僚たちとの鍔迫《つばぜ》り合いが終結することはない。

そこまで考えて、はっとした。

そんなに長くお前は替え玉を続けるつもりなのか？　馬鹿な。たかだか一つの法案を通すだけで、こんなにも疲労困憊《こんぱい》しているというのに。

だが、本物の真垣統一郎は既にこの世にはいない。頃合いを見計らって本物と入れ替わるという当初の計画は水泡に帰した。

これから自分はどうしたらいいのか。そして、樽見は自分をどうするつもりなのか。

やがて官邸が見えてきた。

惑いながら睡魔と闘っていると、クルマが急停車した。慎策の身体は勢い余って前に倒れる。

「どうかしましたか」

「申し訳ありません、総理。いきなり前方に人が飛び出してきて……」

さすがにＳＰの動きは機敏だった。先導のクルマから飛び降りるなり公用車を取り囲み、不審者の身柄を確保していた。

やれやれ本会議で揉まれた後は襲撃か——難儀な話だと思ったその時、不審者の声が聞こえた。

「放してください！」

その声で半眠していた意識が叩き起こされた。

「総理！」

運転手の制止の声を振り切って、慎策は外に出る。

車道では女が二人のＳＰに捕まっていた。

紛れもなく珠緒だった。

思わず名前が口から出そうになったが、すんでのところで押し留めた。

見覚えのある傘が路上に落ちていた。珠緒がデパートのセールで自分に買ってくれた物だった。

いったい何だってこんな場所にいるんだ。

珠緒は雨に濡れ始めている。慎策は落ちていた傘を拾う。

他人の顔を縫って珠緒の方に近づくと、SPの一人が頭を振った。

「総理、それ以上近づいては……」

「大丈夫ですよ、かよわそうな女性じゃないですか。お怪我はありませんでしたか」

傘を渡す瞬間、珠緒と目が合った。頭の後ろまで射抜くような目に、慎策は後ずさりしそうになる。

驚いている目ではない。

疑っている目だ。

この場は逃げるしかない――そう思った。

「雨で足元が滑りましたか。とにかく無事なようでよかった。気をつけてお帰りください」

それだけ言って踵《きびす》を返した時だった。

「慎ちゃん！」

思わず足が止まった。

「官邸の近くにいれば会えると思って待ってた」

「やっぱり総理をつけ狙っていたのか」

「事情を聴取して」

「あなた、加納慎策なんでしょ！」

背中に悲痛な声が刺さった。

「演じることが大好きで、他人の笑顔を見るのが何よりも幸せだった加納慎策なんでしょ?」

慎策はいったん目を閉じた。

演じろ。

そしてゆっくりと向き直った。

珠緒は傘を下げ、濡れるに任せていた。濡れて解《ほっ》れた髪が額に張りついている。

「どなたかと間違われているようだ。わたしは真垣統一郎です」

真垣の口調で言い放つと、珠緒の顔にみるみる失望の色が広がった。

「そんなふうにしていたら風邪をひいてしまいます。誰か彼女を自宅まで送り届けてください」

珠緒に再び背を向ける。

もう声はかけられなかったが、刺さった言葉は背中から胸にまで届いていた。

慎策を乗せた公用車が走り出す。珠緒は顔を強張らせたまま、車内の慎策をじっと見送っていた。

四　VS　テロ

1

戸塚署の一階フロアで珠緒が待っていると、ようやく富樫が姿を現した。

「あぁ、安峰さん、お待たせして申し訳なかったですね」

富樫の手にはビニール袋に包まれた傘がある。一昨日の夜、官邸から戻った際、戸塚署に直行して富樫に渡しておいたのだ。

「じゃあ、これはお返ししておきます」

「お手間をかけて本当にすみません」

「いやあ、鑑識に知ったヤツがいたんでね。本来、捜査対象でない物件を鑑識にかけるのはご法度なのですごく渋られましたが、まあこれも失踪事件の捜査だからね。人の命がかかっていると半ば脅したら最終的には協力してくれました」

「それで鑑識の結果はどうだったんですか」

「指紋は二種類しか検出されなかったそうですよ。あなたのもの、そして部屋に残っていた加納慎策さんのもの。それ以外の人物のものは一つも検出されませんでした」

「やっぱり……」

「本当に真垣総理がこの傘に触ったんですか？」

「間違いありません。落ちていた傘を拾ってわたしに手渡してくれました。手袋も何もしていませんでした」

「仮にそれが事実だとしたら、当然傘には第三の指紋が付着しているはずだ。しかし実際にはあなたと加納さんの指紋しか残っていない。すると導き出される結論は、真垣総理イコール加納慎策、ということになるが……」

「そうです、そうに決まっています」

「だがその時、本人は否定したのでしょう。自分は真垣総理だと」

「でも、指紋が」

「わたしの言いたいのはね、安峰さん。万一、今の真垣総理が加納さんであったとしても、本人がそう言い張る以上、少なくとも加納さんは何らかの理由で総理の替え玉を演じているということです。本人がそれで納得しているのなら、それは陰謀でも何でもない。おそらく内閣中枢にも事情が知れている。いや、ひょっとしたら元々政府が目論んだことかも知れない」

　富樫は声を潜めて言う。

「最初、あなたは加納さんの行方が分からないということで捜索願を出してきた。だが、どんな形であっても、加納さんがちゃんと存命していると分かったのなら安心でしょう。しかも、政府が関与しているのなら当然護衛もついている。まかり間違っても、謀殺されるようなことはない」

「でも、どうして替え玉なんて」

「これは与太話に近いんだが、海の向こうでは新しく大統領が選出されると必ず本人によく似たダブル（替え玉）が用意されるらしい」

何故、替え玉が用意されるのか。

さほど勘の鋭くない珠緒にもそれくらいは察しがつく。要は、暗殺された時の対応だ。公衆の面前、そして移動時に襲撃されても本物が無事でいられるための囮《おとり》。

咄嗟に過去のニュース映像が脳裏に甦り、慎策が銃撃される場面がそれに重なる。

「そんな。だったらとても危険な仕事ってことじゃないですか」

「しかし、さっき言ったように加納さん自身が納得してやっているのだとしたら、それは政府とある意味で雇用関係にあるということです。それこそ警察の出る幕じゃなくなる」

「脅迫されているとしたらどうですか。慎ちゃんがわたしに黙ってそんな仕事に加担するなんて思えません。脅迫されているのなら、それは犯罪ですよね」

我ながら見苦しいと思ったが、ここで富樫に手を引かれたら警察の力を当てにできなくなる。そしてまた我ながら狡いと思ったが、富樫なら自分の切実さを理解してくれそうな気がする。

珠緒の思いを知ってか知らずか、富樫は困ったように頭を掻く。

「安峰さん。あなたがどれだけ買い被ってくれているのか分からないけど、わたしは一介のヒラ刑事であってね、国家権力に立ち向かうとかそういうアクション映画のキャラクターじゃないんだから」

「慎ちゃんだって売れない役者です」

「……とんでもない理屈を振りかざしてくるんだな」

「だって、もう富樫さんしか頼る人がいないんです。警察って弱い者の味方じゃないんですか」

するを富樫は呆れた顔で珠緒を見た。

「あなたかわいい顔して、割と策士だな。そう言えばわたしが無理してでも捜査をすると思っているのか」

「駄目ですか?」

顔を近づけてそう問いかけると、富樫は露骨に迷惑そうに立ち上がった。

「出世できない理由が、こういう時に理解できるなあ」

「それじゃあ」

「かといって、わたし自身が政府に探りを入れる訳じゃありません。東京地検に知り合いがいるんで問い合わせてみましょう。政界に踏み込んでいけるとしたら、あそこくらいしか可能性がありませんしね」

東京地検と聞いて急に心強く感じた。富樫とその人物の結びつきがどんな種類のものかは与り知らないが、少なくとも、〈一介の刑事〉が官邸に単身乗り込むよりは見込みがありそうだった。

ありがとうございますと頭を下げたが、富樫はまた困ったように言葉を続ける。

「でも、あまり期待はせんでくださいよ。いくら何でも話がぶっ飛び過ぎているんだから。現内閣が北に向かってミサイル飛ばす準備をしてるという話の方が、まだ信憑《しんぴょう》性があるくらいだ。ましてや、現役の総理大臣に疑惑の矛先を向けるなんて正気の沙汰じゃない」

わずかでも期待が持てるのならいい。珠緒は何度も頭を下げて戸塚署を辞去した。

珠緒が吉報を待ち続けて三日目に電話が入った。

携帯電話の表示が〈富樫〉であるのを確認し、慌てて通話ボタンを押すと、あの困ったような声が聞こえてきた。

『安峰さん？』

「はい！　あの、慎ちゃんの件、どうなりましたか」

『それが……申し訳ない。わたしはもうお役に立てなくなりました』

「えっ」

『つい今し方、転勤の辞令が下ったんですよ。異動の時期でもないっていうのに』

「転勤？　どこにですか」

『八丈島署《はちじょうじま》ですよ』

富樫の声はわずかに尖っていた。

『同じ東京都ですけどね。安峰さんと気軽に会えるような場所でもない。従って例の話も立ち消えということになります』

「あ、あの、それってわたしがあんなことをお願いしたせいなんでしょうか」

『名目上は階級が上がりますから栄転なんでしょうが……何せ内示もなく、いきなりですからね。ついでに言うと、懇意にしていた東京地検の知り合いも昇格の上、地方に飛ばされました』

「そんな……」

『恐ろしいのはね、安峰さん。これが傍目には懲罰人事に見えないということなんです。真垣統一郎の正体を探ろうとした人間が片っ端から排除される、そういう疑いすらも持たれないような周到なやり方なんですよ』

冷静な物言いが余計に胸に沁みた。

『だから、安峰さんも気をつけた方がいい』

「えっ、わたしが?」

『我々公務員に対する一番の粛清は人事です。だが、あなたのような一般人に対しては何が粛清に当たるのか。考えただけで空恐ろしくなる。いいですか、もう金輪際、加納さんに接触しようなんて考えちゃいけませんよ』

「で、でも」

『警察官の、しかも年上の人間の忠告は聞くものだ』

その言葉を最後に電話は切れた。

珠緒はしばらくスマートフォンを握ったまま立ち尽くすしかなかった。

＊

内閣人事局設置法案が参院で多数決を獲得した瞬間、慎策は壇上で深々と頭を下げた。

「おめでとうございます」

拍手の音に掻き消されそうになるが、横に座っていた樽見がかけてくれた言葉は着実に届いた。

「ありがとうございます」

慎策が反射的に片手を差し出すと、樽見は一瞬躊躇《ため》ったようだが、すぐ握手に応じた。細いが柔らかな感触。そういえば、ずいぶん長い間一緒にいるというのに、樽見と握手を交わしたのはこれが初めてのような気がする。

二人は本会議場を出て、中央広間から控え室に向かう。

「ただ、これで安心という訳にはいきませんよ。法案の参院通過は、官僚たちには折り込み済みでしょう。今頃はあれこれと逆襲を考えています」

「いや、それについては、俺の方から提案があるんですよ」

「ほう。どんな案です」

「内閣人事局に風間を送り込むっていうのはどうですか」

樽見の困惑顔を見たのと控え室のドアを開けたのが、ほぼ同時だった。

部屋の中では風間が待ち構えていた。

「俺をどこに送り込むって?」

畜生、聞こえてしまったか。

だが、いずれ本人には話すことだ。それが予定より早くなっただけだ。

「ああ、今言ったとおりだ。内閣人事局が発足したらお前には」

「断る」

風間は言下に答えた。

「まだ全部言ってないぞ」

「そんなもの、全部聞こうが一部聞こうが一緒だ。誰がそんな話に乗るものか、この単細胞」

「単細胞とは何だ、単細胞とは」

「頼めば皆が従ってくれると思い込んでるヤツが、単細胞でなくて何だというんだ。それとも、総理大臣の任命権とやらを発動させるつもりか、ええ？　この野郎」

風間の罵声は留まるところを知らない。

「大体だな、俺は真っ赤なカーペットの上なんかより、埃の積もった研究室の方がずっと居心地がいいんだ。それを、お前の頼みを聞いたがために、ずいぶんストレスが溜まった。その上、内閣人事局だと？　馬鹿も休み休み言え。そりゃあ大学の教授連中だってろくでなし揃いだが、手前《てめえ》かわいさに凝り固まった役人どもよりは数段マシだ。これ以上、ストレスを増やして俺を殺す気かあっ」

「そんなに怒らなくてもいいだろ。ちゃんと参与って肩書もつけたんだし……」

口に出してしまってから失言だと気がついた。案の定、風間は唇を歪めて迫ってくる。

「お、れ、が、そ、ん、な、も、の、を、ほ、し、い、と、お、も、う、か」

そんなことは分かり切っている。肩書を欲しているのなら、この男はとっくに教授くらいにはなっているはずだ。

「しかしだな、これから官僚たちによる巻き返しが予想される。お前が内閣人事局で目を光らせてくれれば」

「断ると言った。二言はない」

風間は怒りが収まらない様子でドアに向かう。

そして擦れ違いざま、慎策の方を向いた。

「聞け、慎策。ここまで来たからにはもうお前は逃げられん。舞台を途中退場することは、そこにいる官房長官が許しちゃくれない」

「それは前にも聞いた」

「だから操り人形を続けるのは仕方がない。だが、今回の設置法案は誰かに操られた訳じゃなく、自分で意思決定した」

「またぞろ暴走云々の話を蒸し返すつもりか」

「お前は確かに上手くやったさ。大金星だ。しかしあれだって、大隈泰治の気紛れがあったこその勝ちじゃなかったのか？　本来なら野党連合と族議員たちの反発に押されて設置法案は廃案、真垣内閣には少なからず打撃になったはずだ」

「そりゃあ……そうかも知れんが」

「いいか。設置法案を通し、官僚主導の政治に楔《くさび》を打ったその後は、何が控えていると思う。最高裁から違憲判決を突きつけられた選挙制度の改革、医療費保障と年金制度改革。難題はまだまだあるぞ。憲法九条を軸にした安全保障問題、周辺諸国との外交、領土問題。山積されたそういう政治課題に、お前は自分に持ち得たわずかばかりの知識と、向こう見ずなクソ度胸だけで対処していくつもりなのか。そんなことは本来、一般人であるお前が決断する話じゃない」

そこに樽見が口を差し挟んだ。

「しかし先生。結果として設置法案が衆議院を通過した時点で、内閣支持率は前月比で更に五ポイントも上昇したのですよ。政策に対する支持率もすこぶる堅調です」

「俺に言わせりゃ砂上の楼閣ですね、官房長官。それだって、真垣統一郎が存命だという前提があるからこその高評価だ。もし本物の総理が既に死んでいると公表されたら」

「先生」

樽見は低い声でたしなめる。

「あまり大声は出さないでいただきたい」

「ああ、分かっていますよ」

「まさかマスコミにリークするおつもりですか」

「俺たち三人だけの秘密でしたよね。その紳士協定くらいは守りますよ。ただ、物事には全て限界があるということは言わせてもらいます」

そして、もう一度慎策を睨んだ。

「ここから先は、もう一般人のお前には無理だ。その鈍感力と悪運だけでしのげるものじゃない。しばらく操り人形を続けながらフェイド・アウトの仕方を考えろ。まあ、もっとも、官房長官はそこまで見切っているかも知れんがな」

風間はそう言い残すと、肩を怒らせて部屋を出て行った。

その後ろ姿を見ているうち既視感に襲われた。

「何やら最後通牒のような言い方をされていましたね」

「そのとおりですよ。今のは、あいつが絶交を宣言する時の仕草です」

樽見の眉が不安に歪む。

「あなた方は過去に絶交したことがあるんですか」

「ええ、そりゃあもう数えきれないくらい」

「それなら、また先生は戻ってくる訳ですか」

「ある程度の冷却期間は必要ですけどね。それでも俺が窮地に陥ったら、その時は不平たらたら言いながら帰ってきますよ」

強がりを言った後で、慎策は風間の言葉を反芻してみる。

ここから先は無理だ。

フェイド・アウトの仕方を考えろ。

風間は学生の頃から優秀で、それゆえに愚鈍な者を見下す癖があった。その上、婉曲表現とか社交辞令とかは自分の辞書に載せていなかったので、愚鈍な人間を愚鈍としか呼ばなかった。学生などというのは九割が愚鈍だから、近づこうとする者は自然と少なくなる。

それでも風間の言うことは大抵正しかった。予測したことの多くは実現し、その理由も正鵠を射ていた。しかしその正しさを評価できる人間の少なさが、一層風間を孤立させた。

だから、きっと今回も風間の言うことは正しいのだろう。それでも法案を通した自分には、内閣人事局の発足を見守る責務がある。総理の替え玉だからといって、逃げていい理由にはならない。

「操り人形に徹しろ、とは先生らしい発言でしたね」

樽見は倒れ込むようにして椅子に腰を落とした。

「どうかしましたか？　樽見さん」

「いくぶんヒヤリとしたものですから。あのまま風間先生がへそを曲げて、どこかの新聞社に暴露するかと思ったら肝が冷えました」

「そういうことをする男じゃありません。昔から、新聞報道やニュース番組には懐疑的でしたから」

「それで加納さんはどうするおつもりですか。先生の進言どおり、わたしの操り人形に徹するつもりですか」

皮肉を滲ませているが、樽見なりに慎策の覚悟を確かめていることくらいは分かる。

「俺はあいつの言ったとおり、一般人で政治には素人だし、利口でも人格者でもありません」

慎策は樽見に正面から向き合った。

「それでも、俺の力で困っている人間を一人でも救えるものなら救いたい。その気持ちに嘘はありません」

「だから、その気持ちを政権運営に反映させたい、操り人形になるつもりはない。と、そういう主旨ですか」

樽見は疲れた様子ながら薄く笑ってみせる。

「まあ、いいでしょう。一国の首相としては青臭い感がなきにしもあらずですが、やたらに大言壮語する輩よりはまだ信用が置けますね」

つまり、風間の提言を自分も樽見も拒否したということだ。この出来事がトロイカ体制に亀裂を生じさせなければいいのだが——慎策はふと不安を覚えた。

それから二日後のことだった。官邸の総理執務室にいた慎策の携帯電話に着信があった。表示は〈風間〉となっている。

今回の絶交は二日間で済んだか——。ほっとして通話ボタンを押す。

「何だよ、直接会うのが照れ臭く……」

『そこに誰かいるか』

予想に反して切迫した声が返ってきた。

「いや、俺一人だけど」

『もうフライトまで時間がない。手短に話すぞ』

「フライト？　どこかに出張か」

『イギリスだ。おそらく当分帰れん』

「イギリスだって」

『今朝になって大学からいきなり辞令が出た。ケンブリッジ大学の客員教授として招聘《しょうへい》された。任期はとりあえず三年。学長によれば拒否権はないらしい。強引に荷造りさせられて、空港に直行させられた』

「拒否権がないって、そんな」

『知らなかったか。国公立大の職員はみなし公務員とされ、法的な扱いは公務員と同じだ。上司の命令に逆らえば辞めさせられる。拒否権がないってのはそういうことだ』

「し、しかし三年間なんて」

『お前に進言したことを気に食わない人間がいたのさ。その人間なら外務省や文科省を通じて、准教授一人海外に飛ばすなんて造作もないからな』

樽見の仕業か。

『イギリスに飛ばされたら、もうお前を支えてやることができん。監視つきだから、長距離電話も簡単にはさせてもらえんだろう』

「何で監視がついてんだよ」

『そのくらい察せ、馬鹿。これは栄転という名の島流しだ。当然、監視役はいるさ』

「待ってろ、今すぐ撤回させてやる」

『無駄だ。向こうの大学まで巻き込んで、正規の手続きを踏んだ招聘だ。いくら総理でも、個人の思惑でひっくり返せるような人事じゃない』

「……駄目なのか。まだお前が必要なんだ」

『そんなに距離が離れたら傍観者でしかいられない』

「じゃあ、俺はどうしたらいいんだ！」

『ガキみたいなこと言うな。判断に迷ったら、たった一つのことを思い出すだけでいい』

「何を思い出せっていうんだ」

『加納慎策は普通の人間だってことをだ』

「それ、どういう意味だよ」

『お目付け役が来た。もう切るぞ』

「おい、待てったら！」

そう怒鳴ったが、それきり電話は切れてしまった。

慎策はすぐ官房長官室に向かう。ドアを開けると、お誂《あつら》え向きに樽見一人だった。

樽見は机上の書類に目を通していたが、慎策が入ってくると視線を上げた。

「風間のイギリス行きはあなたの差し金か」

「おや、もうご存じでしたか」

「どうして、俺に断りもなくそんなことを」

「先生が秘密を暴露してしまわないかと危ぶんだもので」

「今すぐ戻してください」

「もう無理ですよ。今頃は飛行機が飛び立つ頃でしょう。それに、正式な手続きを撤回するには、相応の理由が要ります」

「あいつがいなかったら、内閣人事局を誰が管理するっていうんですか」

「副大臣の中から官僚人事に強い人間をピックアップしています。どの道、風間先生に役人の相手は向きません。お互いにストレスをこさえるだけです。ご本人もそう言っていたでしょう」

「樽見さん、あなたを見損なっていた」

慎策が迫ると、樽見はそれに応じるようにゆっくりと立ち上がる。

「見損なっていた？　どんなふうに？　わたしが信義に厚く、決して他人を裏切らない篤実《とくじつ》な人間だとでも思っていたのですか。だとしたら、それは見損なうというよりは単なるあなたの勘違いです。わたしは篤実でもなければ公明でもない。ただの薄汚れた政治家です。だが汚れているのは、たった一つのものを汚泥から護っているからだ」

樽見は慎策を真正面から見据える。慎策と知り合ってから初めて見せる、凜とした男の目だった。

「どんなにろくでなしで、低俗で、下劣であっても、政治家と呼ばれる人間はそれぞれの理念を抱いています。わたしは真垣統一郎の政治理念に共感した。彼が死んでも尚、その理念は受け継がれている。他でもない加納慎策、あなたにだ。だから、わたしは全力であなたを支える。その障壁になるものなら、たとえ風間先生であっても躊躇なく排除する」

慎策は射竦められたように身動き一つできなかった。

「風間先生には申し訳ない真似をしましたが、かの地への赴任は、彼の経歴には決してマイナスにはなりませんよ」

「あいつは経歴には無頓着な男ですよ」

「だが場所を与えられたのであれば、そこで全力を尽くす。そういうお方なのでしょう？　あなたと同様にね」

「何ですって。俺が？」

「ははあ、やはり自分では気づいていなかったみたいですね。一見、真逆のような性格のお二人ですが、その点は共通しているのですよ。案外、それがお二人を結びつけている要因かも知れませんね」

樽見は指でドアを指し示す。

「自分の執務室に戻りなさい、総理」

「そうやって、なし崩しにしていくつもりですか」

「なし崩し？　ふざけないでいただきたい。総理の執務は、物事をなし崩しにできるような軽々なものではありません。それはあなたも重々承知していることでしょう」

それは事実なので反論できない。

「今回のことで、あなたがわたしに不信感を抱くのならそれでも構いません。しかし、総理としての業務を怠ることは許されません。わたしが許さないのではない。この国が許さない。さあ、早く戻ってください」

言いたいことは山ほどある。それでも言葉にすることができず、慎策は悔しさを隠すようにして背を向けた。

2

しばらくは風間の不在がひどく堪《こた》えた。殊にAPEC（アジア太平洋経済協力）首脳会議が目前に迫っているというのに、具体的な指南をしてくれる者がいない。もちろん、外務大臣や事務次官は要点を説明してくれるし、会談には通訳がいるので意思疎通の問題はないのだが、では、真垣総理の立場ならどう振る舞い、何を発信すべきなのか。その方針を定めるための材料を嚙み砕いてくれる人間がいない。事務次官作成による資料は、まるで暗号文にしか見えない。樽見は樽見で官房長官としての任務に忙殺されている上に、全幅の信頼が置けなくなった。

さて、どうしたものか――うず高く積まれた書類を前に頭を抱えていると、何の前触れもなく樽見が勢い込んで執務室に入ってきた。

「樽見さん。急にどうしました。ちょうど今、APEC関連の資料を」

「大変なことが起こりました」

樽見は顔色を変えていた。そして狼狽《ろうばい》した口調。この男にしては珍しい振る舞いというだけで、よほどの非常事態が勃発したのだと分かる。

「在アルジェリアの日本大使館が、テロリストたちによって占拠されました」

あまりのことに声が出なかった。

アルジェリア。テロリスト。大使館占拠。

まるで実感のない単語だけがぐるぐると頭の中を巡る。今までテレビのニュースだけで見聞きしていたファンタジーが、いきなり現実化したような違和感を覚える。

そして、やっと合点した。

自分は国内政治に奔走するばかりで、国外には全くと言っていいほど無頓着だった。一国の総理ならば当然向き合わなければならない課題のはずなのに、意識的にそれを避けていた。

理由は明白だ。

とても自分の手には負えないと、最初から放棄していたからだ。それが首脳会議参加への拒否反応に直結している。

「総理？　大丈夫ですか」

「いや、ちょっと驚いてしまって……その、大使館にはいったい何人の日本人がいるんですか」

「常駐していたのは大使を含めて十八人。ただし市内で発生したテロから避難してきた邦人や亡命を求める現地人を匿《かくま》っているので、現在何人いるのかは確認中です。ただ……」

「ただ？」

「占拠された際、既に何人かの職員が犠牲になったという未確認情報も伝わってきています」

もうそんな事態にまで発展しているのか。

慎策は急速に視界が狭まるのを体感した。

まずいと思った。極度の衝撃と緊張で神経が正常に働かなくなりつつある。

「総理。いや、加納さん！」

肩を揺さぶられて我に返った。

「ああ、すみません。だ、大丈夫ですから……それにしても、どうして日本大使館が占拠されなきゃいけないんですか」

「基本的には大使館ならどこでもよかったのでしょうが、警備が一番手薄と思われたのかも知れませんね」

次いで、樽見はアルジェリア国内でのテロについて説明を始めた。

そもそもアルジェリアにおけるテロの火種は二十年以上前に遡る。一九九二年に行われた選挙でイスラム原理主義政党のイスラム救国戦線が勝利した際、時の軍部がクーデターを起こして選挙結果を無効にしてしまった。これに反発したイスラム救国戦線の一部がテロを頻発し、そのテロ組織がＡＱＩＭ（イスラム・マグレブ諸国のアルカイダ）に継承されてから、北アフリカはアルカイダの後方基地となった。

一方、アルジェリア南に位置するマリでは、独立を目指すトゥアレグ族の反乱が起きていた。彼らは、マリで軍によるクーデターが発生したのを機にＡＱＩＭと協力して反乱を起こし、マリ北部の独立を宣言した。だが反乱軍はやがて二分し、結果的にマリ北部はイスラム過激派の手に落ちることとなった。

アルジェリアを含むアフリカ諸国はこの事態を懸念し、間接的にマリ政府を支援してきたのだが、今年になってマリ大統領の要請によってフランス軍が介入し、マリ北部に攻撃を開始した。すると、アルカイダをはじめとするイスラム過激派は報復のため、アルジェリア市街地で大掛かりなテロ行為を展開し始めたのだ。

「彼らの目的は、おそらくマリ北部に駐留するフランス軍の撤退です。だからといってフランス人だけを標的にする必要はない。どこかの大使館を占拠して、アルジェリア政府と交渉すればいいだけの話です。いや、外圧を考慮すれば、自国民を人質にされるよりも政府は腰が引けますからね」

そこに別の男が飛び込んで来た。内閣情報官の設楽《したら》だった。

情報官の設楽は内閣情報調査室のトップに立つ男だ。警察庁から出向してきており、週一回は内外の情報分析報告をしてくれるので、すっかり顔馴染みになった。定例報告の際、端整な面立ちをわずかに崩すこともなく、直立不動で話す姿が実に美しい。

その設楽さえもが若干髪を乱れさせ、眉の辺りに緊張を走らせている。

「総理、官房長官。現時点での犠牲者は四名と判明しました。いずれも大使館職員です」

もう四人も――。慎策は思わず樽見と顔を見合わせた。

「これで大使館関係者は残り十四名。それからこれは占拠される寸前に大使館から報告が入っておりましたが、保護を求めてきた邦人が十四名、亡命を希望して駆け込んだ現地人が八名。つまり、現在合計三十六名が捕われていることになります」

「テロリスト側からの要求はありましたか」

樽見の質問に設楽は深刻な顔を向ける。

「まだです。ただ状況から鑑みて、テロリスト側はアルジェリア政府と直接交渉する可能性が濃厚です」

「日本政府は蚊帳の外という訳ですか」

樽見は自嘲気味に呟いた後、慎策に向き直る。

慎策が舌を巻いたのは、樽見の自制心だった。先刻までの狼狽が嘘のように落ち着き払っている。これは、設楽の前では醜態を晒すなという合図だ。慎策はその意を汲み、素早く沈着な態度を装ってみせる。ここからは樽見との二人芝居だ。

「総理、早急に政府対策本部の設置を」

「分かりました。関係閣僚を至急召集してください。それから設楽さん」

呼び掛けると、設楽は直立不動の姿勢を取った。非常事態の勃発と、二人の緊迫したやりとりに呑まれた様子だ。

「一刻を争います。調査室の全機能を発揮して、新しい情報が入り次第、対策本部に上げてください」

「了解しましたっ」

一礼して、設楽は部屋から飛び出て行く。その姿を見送った後、慎策は沈着の仮面を脱ぎ捨てて樽見に駆け寄った。

「樽見さん、どうしたらいいんですか」

「落ち着いてください」

樽見はそう言って慎策を制するが、眉間に刻まれたままの皺が、樽見自身判断に迷っていることを窺わせた。

「まず、テロや国際紛争における従来の日本政府の対応について説明します。同盟国アメリカと歩調を合わせる意味もあり、国是は〈テロに対しては断固たる姿勢を貫く〉ことになっています。しかし、一方では人命を最優先にしており、対策は全て非軍事的なものに限定しています」

まだ混乱の収まり切らない頭でも、樽見の言に矛盾があるのが分かる。真垣の替え玉になる前にニュースで見聞きしていた時分にはさほど感じなかった不可解さが、当事者の立場になった途端に顕在化した。

「樽見さん……それってよく考えたら変じゃないですか。テロに対して断固たる態度を取るってことは、向こうの交渉にも応じないってことですよね。それなのに、一方で軍事的な手段はとらないというのなら、いったい政府は具体的に何をすればいいんですか」

「具体的には何もしないのが一番いいのですよ」

「はあ?」

思わず声が跳ね上がった。

「話を単純にしますとね、政府の方針はヤクザ相手に一歩も退かないし、交渉もしないということなんです。ヤクザに手を上げようものなら報復が怖いし、それを暴力主義だと謗《そし》る身内がいる。交渉すればしたで、裏切者だとか腰抜けなどとやはり謗る身内とギャラリーがいる。ヤクザと闘わず、身内やギャラリーからも責められない方法はただ一つ、通りすがりの屈強な他人か、日頃頼りにしている友人が駆けつけてくれるのをひたすら待ち続けることです」

「つまりこの場合は、アルジェリア政府に交渉を任せるか、アメリカ軍の出動を期待するということですか」

「大筋はそうなるでしょう。もちろん我々政府が、テロリスト集団と秘密裡に交渉する選択肢もない訳じゃありません。しかし現実問題として、それは不可能でしょう」

「どうしてですか。秘密裡であれば問題はないじゃないですか」

「そういうことではなく、彼らと直接交渉できるようなチャンネルが存在しないのですよ」

樽見は身内の不甲斐なさを恥じるような口調で言う。

「日本はこれまで中東やアラブ地域で植民地支配をしたこともなければ、軍事行動に加担したこともありません。むしろ、度重なる援助活動や資本投資で多くの親日家を獲得しているくらいです。しかしそれにもかかわらず、イスラム諸国や反政府勢力に対して何らパイプを持っていない。従って秘密裡であろうと水面下であろうと、直接交渉などできようはずもありません」

つまり、せっかく経済的な関係を構築しても、それを政治的に転用する術を持てなかったという意味だ。

「ひと昔前、日本は経済一流、政治は三流と揶揄されていました。それにはこうした事情もあったのですよ」

「でも、どうしてそんなことに。ＯＤＡ（政府開発援助）だって政府が関与しているじゃないですか」

「一つには、日本人の戦争アレルギーが原因でしょうね。双方の経済発展には働く頭も、軍事方面には全くといっていいほど働かない。平和ボケと言われればそれまでですが、とにかく血生臭い話や硝煙の臭いがする話は避けて通ろうとする。自分や祖国はそんな話とは無関係だから、敵えてそんな話題に乗る必要はないと思い込んでいる。いや、思いたがっている」

「それで……いいんですか」

慎策は素直に訊いてみた。

今この場所で、樽見になら訊くことができると思った。

「理屈の通じないヤクザ相手に、ただ助っ人を待つだけで本当にいいんですか？」

「それでいいとは、多分誰も思っていないでしょう。自衛隊などという世界有数の軍事力を擁しながら軍隊ではないと言い張り、憲法九条を遵守すると言いながらその時々で解釈を変更する。姑息で場当たり的な対処であるのは、日本人全員が承知しています。しかし、それがこの国のかたちなのですよ」

「この国の……かたち」

「信条よりは心情を、論理よりは倫理を優先させる国民性とでも言えばいいのでしょうかね。現状、湯船の外には極寒の風が吹いている。外に出れば瞬間的には間違いなく寒い思いをする。だから、湯船の中が微温湯《ぬるまゆ》で放っておけば風邪を引くのが分かり切っているのに、ぎりぎりまで粘っている」

自嘲的な物言いがまたぞろ顔を覗かせる。樽見自身が、助っ人を待つだけでいいとは思っていない証拠だった。

「ただし、真垣総理が先陣を切って湯船から出て行く必要はないのですよ」

樽見は念を押すように言う。

「あなたの性格くらいは見通しています。あなただったらヤクザに抵抗したくなるでしょう。しかし、今それをやれば、ギャラリー、つまりアメリカ辺りはやんやの喝采をするでしょうが、身内、つまり政府与党内および野党の護憲派たちは一斉に攻撃を開始する。憲法九条とそれにまつわる安全保障の問題は、非常にセンシティヴです。下手をすれば、パンドラの箱を開けてしまって内閣が倒れる羽目にもなりかねない。せっかく高い支持率を得ているのに、無理して火中の栗を拾わなくてもいい」

樽見は強い視線を慎策に向けた。視線が実体化するものなら、間違いなく慎策の身体を射抜いていただろう。事実、慎策はしばらくの間、微動だにできなかった。

政府対策本部はその日すぐに設置された。本部の設置については、既に平成十年四月十日、〈重大テロ等発生時の政府の初動措置について〉として閣議決定がされている。その第一項から第五項にはこう記されてある。

『一．発生時の措置

重大テロと思料される事案が発生した時には、別紙に掲げる関係省庁（以下「関係省庁」という。）は、あらかじめ整備した情報連絡体制により、内閣情報調査室を通じて内閣総理大臣、内閣官房長官、内閣官房副長官及び内閣危機管理監（以下「内閣総理大臣等」という。）への報告連絡を迅速に行うとともに、対処体制を確立する。

なお、上記報告ルートに加え、関係省庁による内閣総理大臣等への報告がそれぞれのルートで行われることを妨げない。

二．対策本部の設置等

当該重大テロに対して、政府としての対処を強力に推進するため、内閣総理大臣の判断により、内閣に、内閣総理大臣又は内閣官房長官を本部長とし、内閣官房長官その他必要により本部員のうち国務大臣である者の中から本部長が指定する者を副本部長とする対策本部を速やかに設置し、関係機関の具体的な対応措置が円滑かつ効果的なものとなるよう基本的対処方針その他の対処に係る重要事項について協議決定する。

対策本部の本部員は、関係省庁の長たる国務大臣（国家公安委員会委員長を含む。）、内閣官房副長官、内閣危機管理監、警察庁長官その他本部長が必要と認める者とするが、対策本部の協議が緊急に必要とされる場合には、全本部員が参集せずとも、本部長及び副本部長と参集した本部員（代理出席も可能）により、対策本部会議を速やかに開催する。

三．初動措置の推進

関係省庁は、一致協力して、対策本部の基本的対処方針等に立脚し、人命の尊重に配慮しつつ、法秩序の維持のため、断固たる態度を持って重大テロに臨むこととし、対策本部に対して緊密な報告連絡を行うとともに、次のような初動措置を迅速・的確に推進する。

四．迅速な閣議手続

当該重大テロへの初動対処に係る重要事項で閣議に付議する必要があるもののうち政府としての判断が緊急に必要であり、かつ国務大臣全員が参集しての速やかな臨時閣議の開催が困難な場合には、内閣総理大臣の主宰により、電話等により各国務大臣の了解を得て閣議決定を行う。この場合、連絡を取ることができなかった国務大臣に対しては、事後速やかに連絡を行う。

五．他の重大事案への準用

重大テロに類するその他の重大事案への初動対処についても、上記措置を準用するものとする』

この手順に沿って召集されたメンバーは次のとおりだった。

内閣総理大臣　　真垣統一郎
内閣官房長官　　樽見政純
内閣官房副長官　円谷《つぶらや》敬三《けいぞう》
内閣危機管理監　志村《しむら》文隆《ふみたか》
警察庁長官　　　香山《かやま》健吉《けんきち》
法務大臣　　　　平田《ひらた》緑郎《ろくろう》
外務大臣　　　　芹澤《せりざわ》孝彦《たかひこ》
防衛大臣　　　　本多《ほんだ》真樹夫《まきお》

今回の場合、慎策と樽見が同席しているので、本部長が慎策、副本部長が樽見ということになる。

非常事態を意識しているのか、全員が張り詰めた顔をしている。八人の緊張感で対策本部室の中の空気は異様に尖っている。惜しむらくは、部屋の隅に設えられた大型テレビと数台のパソコンだ。それぞれ担当者が海外発のニュース番組やネットからの情報を集めているのだが、言い換えれば、誰にでも入手できるような情報しか収集できないという体たらくを如実に示している。

一同を前に樽見が対策本部の概要を説明していると、早速パソコンの前に陣取っていた担当者が声を上げた。

「犯人グループが要求を発表しました。それもサイトを開いて全世界に発信しています!」

モニターに精悍な顔つきのアラブ人が大映しになる。どうやらこの男がテロリストのリーダーらしい。

「ふざけおって」

志村が毒づいた。彼の出自は元警察官僚だからか、犯罪者に対する嫌悪感は人一倍に見える。

それを受けて香山が質す。

「同時通訳できるか」

「ソフトで対処します。多少のタイムラグをお許しください……いきます」

『我々、血盟団の要求は、マリ北部に駐留しているフランス軍の即時撤退である。アルジェリア政府は、今から四日以内に全てのフランス軍を撤退させろ。回答の期限は三日後の現地時間正午きっかりとする。ただし期限というのは最長という意味合いであり、我々は早急の回答を望むものである。よって今から三時間経過する毎に人質を一人ずつ処刑していく』

「何だと」

円谷が電気に打たれたように立ち上がった。

反応したのは円谷だけではない。その場に居合わせた者全員が目を見開き、頬を引きつらせている。

『尚、金銭による交渉は認めない。期限の延長、人質交換も一切これを認めない。我々の要求はただ一つだ。また、人質処刑の瞬間はその都度ライブで中継してやる。それでは、アルジェリア政府の真摯な対応を期待する』

張り詰めていた空気が、今度は一瞬にして凍りついた。

全員が反射的に壁時計や腕時計で時間を確認する。現在午後五時、現地とは時差が八時間あるから朝の九時になっているはずだ。

「芹澤さん！」

樽見が外務大臣の方に向き直る。

「至急、アルジェリア政府要人と連絡をとり、情報提供と人命最優先を要請してください。外務事務次官は動けますね」

「待機しています。おそらく大丈夫ですよ、官房長官。テロリストとの交渉を拒み続けていますが、海外からの投資を渇望しているアルジェリア政府が、我が国の意向を無下にするはずはありません」

芹澤は殊更楽観的な口調で言う。しかし、それが楽観的としか受け取れないのも皮肉だった。

「志村さん。アメリカに何か動きはありませんか」

志村に視線が集中する。テロリストはアルジェリア政府を交渉相手にしているが、テロ撲滅を目標に掲げるアメリカがこれを見過ごすはずはない。しかも、人質になっているのは同盟国の国民だ。必ずや軍隊を出動させてくれるに違いない――そういう期待に満ちた視線だった。

しかし志村は申し訳なさそうに、「いえ……まだ特には」と答えるだけだ。

「本多さん、アメリカ国防省、もしくは駐留米軍からの情報提供も要請してください。もしも現地に軍隊を派遣する計画があるのなら、日本は輸送に関する便宜供与と、資機材を提供する準備があることを伝えてください」

「承知しました」

「香山さん。国民への情報提供ですが、これは国民の不安を徒に煽らないように行わなければなりません。それでフェーズを二段階に設定して……」

樽見は今でき得ることと全てを網羅しようとしている。指示系統も間違ってはいないだろうし、指示された大臣たちも的確に動く。

だが、それを横で見ている慎策はどこか虚しさを覚えていた。アルジェリア政府、アメリカ政府と網を拡げているが、所詮は頼みごとをしているだけで、決して自分たちが動こうとはしていない。憲法九条では海外での武力行使を禁じている——そんな事実は承知の上で、なお歯がゆさが付きまとう。

自国の国民が一人ずつ殺され、その映像が世界に流れる。そんな状況に置かれてもなお、他国に手を合わせ平身低頭し、自らはこの島から一歩も外に出ようとしない。

それが本当に独立した国家の姿なのだろうか。

その後、対策本部は外務省筋ならびに防衛省筋からの情報を待ち続けたが、これといって有用な情報は一つも入ってこなかった。話し合うことがないため、会議は二十分でいったん途絶し、七時半に再開する運びとなった。

最前樽見が愚痴ったように、経済一辺倒で外国と接してきたツケが回ってきたようだった。有事の際の情報収集能力は脆弱に過ぎ、占拠したテロリストたちの正確な人数もリーダーのプロフィールも未だ不明のままときている。事態の深刻さに比べ、危機管理能力のあまりの浅薄さを見せつけられ、慎策は失望と恐怖に絡め取られた。

非常時の気分は伝播するものだ。情報収集に躍起になっている樽見も口には出さないものの、言葉に希望が感じられない。目は焦燥に沈むばかりだった。

午後七時半、対策会議再開。

居並ぶ本部員たちは一様に疲れた顔を見せていた。この二時間余り、関係省庁を走り回ったと見えて疲弊している。辛いのは、その表情で状況が一向に好転していないのが一目瞭然なことだった。一人一人が報告するが、話す内容がわずかであるため、すぐに終わってしまう。

そして八時になった。

「現場の映像、出ました！」

視線が一斉にモニターへ注がれる。まずリーダーの顔が映った。

『三時間経過したが、期待していたアルジェリア政府からの回答はまだない。わたしは時間に正確な人間なので、今回もそれに倣《なら》うことにする。今から処刑される者は、猶予という希望を提供したわたしではなく、遅刻という絶望を与えた政府を恨み、罵るがいい』

カメラが水平方向に移動すると、ロビー中央に座らされた男の姿が入った。その後頭部には小銃が向けられている。

最新式の撮影機材ではないせいか、四：三のアスペクト比で画質も粗い。そのざらざらとした質感が、光景の不気味さを一層煽っている。

真っ先に声を上げたのは芹澤だった。

「飯島《いいじま》くん！　あ、あれは職員の飯島書記官です」

画面の中の飯島はもう口も利けないような有様で、身体中を瘧《おこり》のように震わせている。

まさか、全世界注視の中で処刑が行われるなどという馬鹿なことが起きるはずはない。これは脅しに過ぎない。きっとリーダーの男は何かの理由をつけて処刑の刻を延ばすに違いない——慎策はそう信じていた。そう信じていなければとても平常心を保っていられなかった。

だが、その幻想は一瞬で打ち砕かれた。

暴力的な銃声とともに飯島の頭部が破裂した。

至近距離だったのでその破壊力も最大だった。二個の眼球がカメラの方向に吹き飛び、大量の血飛沫《しぶき》が宙に四散した。画面の隅からは数人の叫び声も聞こえる。

モニターに見入っていた本部員たちは、彫像のように固まっていた。

慎策もまた動けずにいた。無意識に息を止め、瞬きすらしなかった。

モニター越しの映像。だが作り物ではなく、今まさにリアルタイムで執行された現実だった。

やがて何の口上もなく、映像はぷつりと寸断した。

口の中がからからに乾いていた。

3

対策本部の面々は一様に顔色を失っていた。

世界中に発信された公開処刑。

モニターいっぱいに飛散した人間の頭部。

未だ夢醒めやらぬ気分を残しながら、それでも事態の深刻さは全員が感知しているはずだった。

最初に静寂をやぶったのは樽見だ。

「芹澤さん。一刻も早くアルジェリア政府要人と交渉を開始してください」

「はい！」

「志村さんはアメリカからの情報提供を急がせてください。それから、大使館員と人質になっている邦人のリストを作成してください」

「早急に」

「すぐに内閣官房長官の会見を行います。マスコミ各社に連絡をお願いします」

樽見の指示が、麻痺状態に陥っていた対策本部を覚醒させた。もう休憩などとっていられる状況ではない。樽見の指示を受けた者もそうでない者も慌てて席を立ち、部屋を飛び出して行った。

その中で唯一人、慎策だけは椅子に深く沈んだまま動かなかった。

いや、動けなかったのだ。

大した希望があった訳でも、期待があった訳でもない。焦燥と緊張は相変わらずで、危機感は最大だった。

それでも実際に人一人が抹殺される光景を目の当たりにすると、ナイフを喉元に突きつけられたような生々しい恐怖を覚えた。机の下で隠れて他の者には見られなかったが、両足の震えが止まらなかった。

今もまだ二十七人の邦人がテロの脅威に晒されており、その生死が己の政治手腕にかかっている。総理と同じ顔をしているだけの、名もなき男にだ。

いったい、何の冗談かと思う。

すぐさまこの場から逃げ出したくなる。大声で叫びたくなる。その衝動をなけなしの使命感が辛うじて押さえ込んでいる。

「樽見さ……」

自分でも驚くほどかさついた声だった。慎策は二、三度咳《しわぶ》いてから再び口を開く。

「樽見さん。会見ではどこまで発表するつもりなんですか」

「どこまでも何も、まだ人質のリストが未作成ですからね。もちろん、大使館職員の家族には安否確認を含めて連絡しますが、大した内容は話せません。こうして対策本部を設置し、各国に事情を説明するとともに、アルジェリア政府との連絡を密に行っている。尚、犠牲となった飯島書記官とそのご遺族に対しては慎んで哀悼の意を申し上げる……そのくらいですよ」

つまりは、現状をそのまま発表するということだ。隠し立てがないのはいいとしても、裏を返せば隠し立てするような秘策もない。

「アルジェリア政府は、日本政府の要望をどこまで聞き届けてくれますかね」

「おそらくほとんど無視されるでしょうね」

樽見は恐ろしいことを事もなげに言う。

「芹澤さんは楽観的なことを言いましたが、あれは彼独特の希望的観測に過ぎません。アルジェリア政府が顔を向けているのは、もっぱらフランスもしくはアメリカです。かの国が抱えているのは、国防並びに領土問題なのですよ。たかが投資への期待だけでこちらへの便宜など図るものですか。もちろん芹澤さんもそんなことは先刻ご承知でしょう」

「じゃあ、どうしてあんなことを」

「それが彼独特という意味です。彼は各国要人とテーブルを囲むことはできても、相手に刃を突きつけるような交渉はできない。そういう人間は、必ず自分のためだけの逃げ道を作っておく。希望的観測というのがその一つです」

「しかし、今からでもアルジェリア政府と交渉することもできるでしょう」

「できません」

その言葉には、わずかばかりの無念さが聞き取れた。

「現状、外務事務次官クラスに、アルジェリア政府と渡り合えるようなネゴシエーターは存在しません。彼らにできるのはワインソムリエの真似事だけです」

「どうして、そんなことになっているんですか！」

思わず語尾が跳ね上がった。

「機密費だとか何とか、外務省が年間莫大な額の予算を執行しているのは俺も知ってます。それだけの税金を湯水のように使って養成できたのは、ワインソムリエだけだったんですか」

「先ほど言ったとおり、血生臭い話と硝煙の臭いがする話を忌避し続けてきたツケが回ってきたのですよ。我々が安穏と浸ってきた微温湯が抜かれたんです」

「俺は、いったい俺は何をすればいいんですか」

「とりあえずは、この対策本部から一歩も外に出ないでください。この非常時に内閣総理大臣が官邸の中をうろついていたのでは、後で何を言われるか分かったものではありません。対策本部に雪隠詰《せっちんづ》めになっていた方が、どんな結果になるにしろ体面が保てます」

体面だと。

自国民が公開処刑されているという時に何が体面なのか。一瞬気色ばんだが、樽見は慎策の直情を受け流すように言う。

「あなたは非難するかも知れないが、わたしにとっては二十七人の人質よりもあなたの方が気掛かりなんです」


樽見の緊急会見は、公開処刑の映像が配信された一時間後に行われた。慎策はその模様を、一人対策本部室のモニターで見ていた。

記者会見場に姿を現した樽見はいつものように表情を殺していた。普段と様子が違っていたのはむしろ報道陣の方で、慎策が見る限り、報道各社の長官番以外の顔も目立つ。それだけ今回の事案が異例中の異例であることを示している。

『まず初めに、テロリストの銃弾に斃れた大使館職員とそのご遺族に深く哀悼の意を表します』

会見席に着くなり、樽見は深々と頭を垂れた。それに追随するように報道各社の記者たちも次々と頭を下げる。

上手い演出だと思った。人として最初に表明するべきことをする。それによって質問する側は一度居住まいを正すことになり、感情的な質問を一旦封殺できる。

『本日午後五時、在アルジェリア日本大使館においてアルカイダ系のテロリストが銃撃戦のうえ侵入、大使館を占拠しました。侵入の際大使館職員四人が犠牲となり、更にテロリストは大使館員と館内に保護を求めた邦人と現地人合計三十六名を人質に立て籠もりました。先に飯島書記官も犠牲になられたので、生存者は現在三十五人です。テロリストの要求は、マリ北部に駐留するフランス軍の即時撤退であり、回答期限は三日後の現地時間正午。しかしただ回答を待つだけではなく、三時間毎に一人ずつ人質を殺害していくという要求であります。現在、日本政府としましては特別対策本部を設置し、アルジェリア政府と連携を取りながら、フランス政府及び国連に事態の収拾について協議する所存であります』

ここまではテロリスト側がネットに流した声明をなぞっただけの説明だ。早速報道陣から手が挙がる。

『日本政府としての基本スタンスは何ですか。テロリストとの徹底抗戦ですか、それとも人質の安全確保が最優先ですか』

『かねてより我が国は同盟国アメリカとともに、テロの撲滅を謳っております。今回もその方針にいささかの揺るぎもありません』

『官房長官。それは、日本政府が独自にテロリストと交渉することはないという意味ですか』

『そのとおりです。日本政府自体がテロリストと交渉することは一切ありません』

『それでは人質の身の安全はどうなるんですか』

『人質の安全確保につきましてはアルジェリア政府に協力を要請しつつ、これ以上の犠牲者が出ないよう慎重な対応を心掛けていきます』

報道陣がにわかにざわめき出す。当然だ。樽見の弁には明らかな矛盾がある。テロリストと交渉はしないが、これ以上人質を殺させないように配慮する——まるで手を使わずに積木を組み立てると言っているようなものだ。

年嵩《としかさ》の男性記者が挙手する。

『官房長官。現在、人質になっている日本人は何人ですか』

『大使館員が十三人、邦人十四人の計二十七人です』

『その方々のリストはありますか』

『保護を申し入れてきた邦人については、現在身元を照会中です。確認がとれ次第お知らせする予定です』

これは半分が真実で半分は嘘だ。

大使館が避難邦人を受け入れた際、パスポートなどで身分は明らかになっており、それは外務省に報告がなされている。だから現在、身元を照合中というのは実状どおりだ。

しかし身元が全て確認できたとしても、それを即刻発表することはない。死者が出ればその都度情報を小出しにしていくことになるが、全てを明らかにするのは事件が終結してからとなる。そうでなければ人質の家族が過敏になるであろうし、マスコミ報道が徒に過熱する惧れがある。彼らは国民に知る権利がある、などとまたぞろ例の大義名分を振りかざすだろうが、国民の不安を煽るだけ煽っておきながらその責任を一切取ろうとしない者たちに、どんな情報を提供しろというのか。

年嵩の男性記者の質問が続く。

『日本政府が独自にテロリストと交渉することはない。しかし、人質の生命を護るように慎重に対応する、というのは矛盾ではありませんか。対応というからには何らかの行動を起こしている訳ですから』

『各国政府と国連に協力を要請しています』

『それはつまり、自分の手を汚すことなく、外国政府なり軍隊に丸投げするという意味ですか』

男性記者の物言いが鼻についた。「邦人救出を外国に委ねるのは無責任」とでも言いたげな口ぶりだからだ。

仮に自衛隊を現地に派遣するとでも言えば、この記者は納得するのか。おそらくそうはなるまい。逆に自衛隊の海外派遣は憲法違反ではないかと、舌鋒鋭く断罪しようとするに決まっている。そんな方法を採れないから、各国に協力を要請するとしか言及できない政府の立場を分かっていながら揚げ足をとろうとしているのだ。

男性記者の思惑など百も承知しているのか、樽見は平然とこの質問を受け流す。

『丸投げではありません。憲法の許される範囲内で対応するということです』

外国政府が現地に軍隊を派遣するなら、日本政府は輸送に関する便宜を供与し、資機材を提供する。それならば憲法の許容範囲というのが政府見解だが、それをこの場で表明しても護憲を旗印にする勢力から突き上げを食らうのは火を見るよりも明らかなので、樽見は口を閉ざすしかない。もちろん、政府がそこまで踏み込むことは報道陣も察しているので、このやりとりは国民に向けてのパフォーマンスのようなものだ。

『失礼ですが、今のお話を聞く限り、日本政府は口ではテロリストと交渉しないと言っておきながら、実際は関係各国に人質の救援を要請するしかない。そのように受け取れるのですが』

樽見は男性記者をぎろりと睨みつけた。元々、大きな目玉なので睨むと迫力が倍増する。

『本当に失礼ですね。仮にも国民の生命が危機に晒されているのだから、我々が尽力するのはもちろん、のみならず各国にも協力を仰ぐのは道理でしょう』

慎策はおや、と思った。歯切れがいいのはいつもどおりだが、いつもの樽見であれば、この程度の挑発には決して乗らないはずだ。それに気のせいか、いつになく表情が険しくなっている。

今度は女性記者が手を挙げた。彼女の顔は慎策にも見覚えがある。何かにつけ憲法遵守を金科玉条とする大手新聞社の政治部記者だ。

『平和的に解決する手段は講じているのですか』

さすがに報道陣の中からも失笑が洩れた。樽見はもう相手の顔を見もしなかった。

『それはテロリストに言ってください。では終わります』

樽見はそれだけ言うと会見席を離れた。未練がましく何人かの記者が呼び止めようとするが歯《し》牙《が》にもかけない。

悪役は全てこの人に背負わせている——報道陣に背を向ける樽見を見ながら、慎策はそう実感する。政府の矛盾する対応、情報の全てを公表しない態度は自分の指示だと言わんばかりの仕草で、世間の批判を自分にあえて集中させている。

画面は記者会見場からスタジオの風景に切り替わる。ニュースキャスターの横に座っているのは、局の親会社である新聞社の論説委員だ。

『さて、ただ今樽見官房長官の緊急会見をご覧いただいた訳ですが、安藤《あんどう》さん、この政府対応が国民の目にはいったいどう映るのでしょうか』

『相手は三時間毎に人質を処刑すると断言し、しかも実行に移しています。今の会見のように、まるで傍観者のような発言をしていたのではリスクマネジメントに欠けますし、到底国民の信頼を得ることはできないと思いますね。大使館がテロリストに易々と占拠されたのも日頃の危機管理が機能していなかった証拠ではないでしょうか』

『人質となった方々のご親族の心痛たるや、想像するに余りあるものがあります』

『アルジェリアには日本から単身赴任されている方も多いと聞きます。ここで政府が人質に関する情報を秘匿することは、そうした方々の家族全員を不安に陥れることですからね。政府は早急に情報を公開するべきです』

人質の家族については、その身元が確定次第、政府が随時連絡をしている。家族のケアに職員を派遣してもいる。だからこそ国民の不安は最低限に留まっている。

だが、もし人質のリストを公表しようものなら、どんな事態が発生するのか。考えるだに鬱陶《うっとう》しい話だが、そうした家族に心ない仕打ちをする卑劣極まりない輩が多数存在する。匿名の下劣な野次馬、家族の悲劇を商品化しようとするマスコミ。情報統制はそうした配慮による苦渋の選択だった。

論説委員の話は続く。解説とは名ばかりの政府批判に興が乗ったのか、その舌鋒は留まることを知らない。

『こうした大事件が発生しているにもかかわらず、政府は情報をひた隠しにし、それが国益だと信じているフシがありますがとんでもない話です。情報の多寡が事態を収拾する要になるのですから、直ちに官邸内、また対策本部でのやりとりを公開し、その方策について国民の是非を問うべきでしょう』

そして誰かが失言したりフライングを起こしたりでもしたら、また批判するというのか。

かねてよりこの論説委員は、批判こそがジャーナリズムの本質であり、唯一の使命だと標榜していた。それならせめて今だけは沈黙していてくれと思う。今必要なのは批判ではない。人質救出のための算段と能力、そして祈りだ。

慎策は孤立感に襲われる。

遠く離れた異国の地で、同胞たちが生命の危険に晒されている。三時間毎に一人ずつが公開処刑されていく。

それなのにこの国は何も手出しができない。しようとしない。官房長官は政府の体面を護持するのに懸命だし、本来パイプ役となるべき外務大臣は、楽観論に呆けて事態を直視しようとしていない。頼りとする事務次官クラスは烏合の衆で、マスコミは政府批判に終始している。

そして総理である自分はいったい何をしているのか。こうして本部室の捕囚となり、モニターの画面に見入っているだけではないか。政府を動かし、命令する立場であるはずの人間が、ただ指を咥えて事態の推移を眺めているしかない。囚われの身となった同胞の中には、自分の決断と行動に期待を寄せている者もいるだろうに、自分はすっかり蚊帳の外に置き去りにされている。

絶望と申し訳なさで手先が冷たくなっていた。

俺にはどうすることもできないのか。

思いつくことは何もないのか。

その時、不意に風間の顔が浮かんだ。

あいつなら、あの頭脳なら突破口を見つけてくれるかも知れない。

急いで携帯電話を取り出し風間を呼び出してみる。しかし耳に入ってきたのは期待外れの音声だった。

『おかけになった電話番号は、電波の届かない場所にあるか、電源が入っていないため、かかりません』

事情はともかく、風間は海外赴任の名目で渡航している。そんな人間が海外携帯電話のサービスを使わないはずがなく、通話不能なのはおそらく樽見の差し金なのだろう。

通話ボタンを切ると、虚しさと無力感に苛まれた。

それでも考えてみる。もし電話が通じたとしたら、風間は自分にどんなアドバイスをしただろうか。

しばらく思案して到達した答えは、「お前はそんな判断をするな」だった。

事は人質の安否だけではない。交渉にまつわる外交姿勢に加えて、同盟国アメリカとどう歩調を合わせるかという繊細な問題を孕んでいる。人命尊重を推進すれば、どう転んでも日米安保や憲法九条が絡んでくる。そうかといって人命よりも国是を優先させれば、間違いなく世論は政府批判に向かう。どちらにしても茨の道だ。

お前のような一般市民が軽々に判断するような問題じゃない――風間の冷めた声が耳元で聞こえてきそうだった。

こんなに役立たずの宰相は歴史上稀《まれ》だな。

自己嫌悪に塗れていると、ドアをノックする者がいる。

「どうぞ」

入ってきたのは防衛大臣の本多だった。本多は部屋の中に慎策しかいないことを確認すると、硬い表情で歩み寄ってくる。

「総理、今、よろしいでしょうか」

「何ですか、大臣」

「お耳に入れておきたいことがあります。しかし、これは決して具申などではありません」

「具申では、ない?」

「あくまでも総理には、一つの情報として知っていただきたいのです」

何やら物々しい雰囲気だった。世界に誇る陸海空三隊を統《す》べる男が、追い詰められたような顔をして慎策を直視している。

慎策はつられて頷く。

「総理は陸上自衛隊所属の特殊作戦群の存在をご存じですか」

「それほど詳しくは知りません」

「かく言うわたしも大臣就任時に陸上幕僚長から説明を受け、その詳細を知った次第なのですが……」

本多の説明によればこうだ。

陸上自衛隊特殊作戦群は対テロをはじめとする特殊任務遂行のために編成された部隊で、二〇〇四年に設立された。その構成員はレンジャー資格を有する優秀な三等陸曹以上で、厳しい選抜試験と長期の課程教育が行われるため、戦闘要員として入隊できるのはごく少数となる。文字どおり十三万人以上を擁する陸上自衛隊内の精鋭中の精鋭であり、戦闘のプロフェッショナルと言える。

「元よりアメリカ陸軍のグリーンベレーやデルタフォースをモデルにしていることもあり、隊員一人で歩兵二百人分の戦闘能力を誇ると言われています。二〇〇六年にはイラク復興支援にも遠征しており、危険地帯における要人警護と警備に結果を残しています。わたしも習志野で彼らの訓練を視察しましたが、いや、あれほど凄まじいものだとは想像もしていませんでした」

「……なかなかに興味深い話ですが、何故今ここで？」

「彼らの戦闘技術はアルジェリア軍のそれをはるかに凌駕していると思われます」

本多は上目遣いで慎策を見る。それで意図していることは十二分に伝わった。

慎策の心拍がにわかに高まった。テロリストと交渉はしない。そして各国の政府にも軍隊にも頼らない。これは第三の選択だ。

誰もが頭の隅で一度は考え、そして即座に実現不能と捨て去った案。戦力的には不可能ではなくとも、日本国憲法が許さない。

それを試してみろと、本多は提案しているのだ。

「大臣。あなたはその特殊作戦群を現地に派遣しろと……」

「繰り返すようですが、これは具申ではありません」

頑なな口調だった。

なるほど、そういうことか。事態がどう展開しようが、決して自身から提案したという体裁はとりたくないものと見える。

それでも慎策に部隊の有効性を伝えたのは、防衛族の気概と矜持からだろう。世論に怯え、大臣の椅子に汲々とする一方で、この男はこの男なりに二十七人の同胞を救いたいのだ。

慎策はごくりと生唾を飲み込んだ。

本多が提示した可能性は悪魔の囁きに似て魅力的だが、誘いに乗れば地獄の門を開くことになる。そしてそれを知っていても尚、目を離すことができない。

「では大臣。わたしはその方面の知識に疎いので、一つの情報としてお訊きします」

「何でしょうか」

「仮にそうした部隊が、たとえばアルジェリアに向かうとして、何時間で到達するものですか。また現地に到着して、どれくらいの時間で敵を制圧できるものですか」

「さあ、それは部隊長に確認してみないことには……」

「では早急に確認してください」

慎策は真垣の口調で命令する。

「次に予定されている午後十一時は無理としても、何時間後なら間に合うのか。あなたの報告の速さが犠牲者の数を決めるかも知れません」

本多の顔が硬直した。

4

本多が退出した後、対策本部室にはまた慎策だけが残された。時折、設楽が現状報告にやって来るものの事態に目ぼしい進展はなく、結局は、内閣情報調査室の能力の限界を思い知らされる羽目になった。

慎策は、先刻思いついたことを頭の中で何度も検討してみた。陸上自衛隊特殊作戦群の海外派遣、そしてテロリストの制圧。本多の話を聞く限りでは、制圧自体は困難ではないらしい。短時間に救出作戦を遂行すれば、それだけ犠牲者も少なくなるだろう。

するとと、目下の敵はテロリストではない。憲法九条だ。

憲法九条くらいは慎策も知っている。

一、日本国民は、正義と秩序を基調とする国際平和を誠実に希求し、国権の発動たる戦争と、武力による威嚇又は武力の行使は、国際紛争を解決する手段としては、永久にこれを放棄する。

二、前項の目的を達するため、陸海空軍その他の戦力は、これを保持しない。国の交戦権は、これを認めない。

条文を眺めれば眺めるほど、自衛隊の存在との齟齬《そご》が明確になってくる。そしてＰＫＯ（国連平和維持活動）では拡大解釈ですり抜けられても、今回のようにテロ制圧と人質救出を目的とした海外派遣は完全に違憲となる。

平和憲法が素晴らしいものだとは思う。だが、この憲法では海外の邦人を護ることが許されない。日本人が海外で活躍することも、テロリストが世界中で暗躍することもなかった時代に作られたという事情もあるが、根底には武力の徹底的な拒否と、紛争解決は武力を行使せずとも可能だという祈りにも似た理想がある。そして、その無邪気なまでの理想論が、戦争への誘いをことごとく断ち切ってきたのも事実だった。

だが残念ながら、この世界には武力行使でしか紛争を解決しようとしない者が存在するのだ。改めてとんでもない選択に迫られていることに気づく。人質の命を取るのか、それとも戦後日本の平和を保障し続けてきた憲法を取るのか。

憲法九条は、侵略される者と侵略する者双方の生命を護る条文だ。だがその崇高な精神が、今や人質救出の足枷《あしかせ》になってしまっているのは皮肉としか言いようがなかった。

憲法を遵守しようとすれば、二十七人の人質を自力で救助するのを放棄することになる。人質の命を救おうとすれば、平和憲法を破り日本の方針転換を表明することになる。政権運営どころか、国際的にも大バッシングを受けるのは必至だ。しかも、どちらを選択するにしても、最終的な責任は自分にかかってくる。

畜生、と思わず言葉が洩れた。

どうしてよりにもよって俺なんだ？

下手をすれば一国の将来さえ左右しかねない局面で、何故こんな馬の骨に決定権を委ねる？

理不尽さに毒づいていると、再びドアをノックする者がいた。落ち着いて考えたい時に限って千客万来か。

「どうぞ」

ドアを開けたのは意外な人物だった。

「失礼します、総理」

是枝幹事長は軽く一礼してから部屋に入ってくる。

「この緊急時に申し訳ありません。今はお一人だと設楽さんから伺ったもので」

つまり一対一でしか話せない内容だということだ。

「対策本部では今回の事案、どう結論が出ていますか」

「さきほど官房長官の緊急会見をご覧になられましたか。結論と言えるほどのものかはともかく、現状はあれ以上でもあれ以下でもありません。ひたすら各国の対応頼りですよ」

つい皮肉な口調になってしまったが、是枝がそれを気にした様子はなかった。他のことに心を奪われて、それどころではないというふうだ。

「アルジェリア政府の動きはどう分析されていますか」

「日本からの投資を考慮してくれるのではないかという楽観論もありますが、大勢は悲観的な観測でした」

「それは党内でも同様でした。アルジェリアの情勢に詳しい者ほど悲観的な見方でしたからね。この状況下で楽観的にものを見られる人が本当に羨ましい」

是枝も負けず劣らず皮肉な物言いをする。皮肉な物言いになるのは、自分たちの外交手腕が圧倒的に不足しているのを自覚している証拠だった。

「アルジェリア政府にとってテロ撲滅は喫緊の課題であり、国是です。そのためには、自国民が多少犠牲になってもやむを得ないと考えている。そんな国が、他国の、しかも国際的にほとんど発言権のない小国の都合に合わせてくれるはずがない。党の外交筋が到達した結論は、アルジェリア軍の強行突入です」

軍による強行突入は、内閣情報調査室のシミュレーションでも弾き出されていた可能性なので、今更驚きはしなかった。それによれば、テロリストたちを完全に制圧できたとしても、よくて人質の三分の一は犠牲になり、最悪の場合は全員死亡というケースも有り得るという。

「人質の安全よりもテロリスト制圧を優先させれば当然そうなるでしょう。強行作戦によって犠牲者が出たら、テロの脅威を象徴するものとしてプロパガンダにも利用できる。従って、人質となっている大使館職員と邦人については絶望的と言わざるを得ません」

「内調も同じシミュレーションを出してきましたよ。どうやら最悪のパターンというものは、誰が試みても結局一つのところに落ち着くものらしい」

「総理。さきほど三役を含め、主流派は政府の意向に沿うことを決定しました。即ちテロには屈せず、交渉は一切しない」

「それをわざわざ幹事長自ら?」

「今こそ党が政府と一枚岩であることを内外に知らしめる時です」

敬礼したくなるようなご立派な口説だが、その意味するところは、同盟国の国是に従い、人質の生命は諦めろということだ。

民生党政権時代に冷え切っていたアメリカとの関係が修復されてまだ間がない。政府にしろ国民党にしろ、邦人二十七人の生命よりは、関係各国との関係を変化させないことの方が重要だった。是枝の言葉はそれを端的に表している。

だが、それがまた慎策から皮肉な言葉を引き出した。

「大使館職員を含めた二十七人を犠牲にしても、ですか?」

口に出してからすぐに後悔した。これは真垣の対応としてはふさわしくない。慎策は慌てて訂正する。

「いや、失礼。つい口が滑りました。今のは忘れてください」

するると、是枝は意外そうな顔を見せた。

「総理は政府方針に何かご不満が？」

「今も異国の地で自国民が恐怖の淵に立たされていることを想像すると、正直党略やら国策なるものがひどく空しく思えてくる一瞬があります。一国の宰相としては感傷的に過ぎるのでしょうが……幹事長は、そういうことはありませんか」

「親の地盤を引き継いだ時から、政治信条の前に個人的な感情は禁物だと叩き込まれてきました」

この世襲議員ならおそらくそうなのだろう、と慎策は合点する。その発言の全てが公的に捉えられる立場では、個人的感情の吐露が失脚に繋がる場合がままあるからだ。普段から本音を覗かせないのも、周囲の教育の賜物だったということか。

「わたしを含め、党の主だった者たちは談話を求められたら、テロに屈せずというスタンスを繰り返し説明することになります。それをご報告しに参りました」

「それは重ね重ねご苦労様でした」

そしてくるりと踵を返した途端、是枝は足を止めた。

「総理……今からわたしが口にするのは独り言です。ですからすぐに忘れていただいて結構です」

その言葉がひどく湿っぽいのが気になった。

「人質になっている二十七人。その中にはわたしの秘書が含まれています」

「何ですって」

「八重樫優衣《やえがしゆい》という女性で、もう十年近く働いてもらっています。わたしの右腕と言ってもいい存在です」

「どうして幹事長の秘書がいまアルジェリアにいるんですか」

「わたしが理事を務めるNPO法人があります。このNPO法人はアルジェリアに支部があり、彼女はこの支部を視察中にアルジェ市内のテロに巻き込まれ、大使館に保護を求めた模様です」

「……それを党内で知っている者は？」

「今、総理にお伝えしたのが初めてです。これから後、どこにも誰にも洩らすつもりはありません」

「あなたはその上で党の決定に従い、インタビューではテロとの交渉を拒絶すると言うのですか」

「わたしは政治家ですから」

政治信条の前に個人的感情は禁物——さっきの言葉はここに掛かってくるのか。

「しつこいようですが、これは独り言としてお聞きください。その八重樫優衣という女性は十五歳の時、実家が阪神淡路大震災に見舞われ肉親全員を失いました。その後は親戚の伝手《つて》を頼り、東京に出てきてから大学のサークルでNPO法人を知ったとのことです」

「それで抜擢して秘書に？」

「優秀で、そして慈悲深い心を持った人間でした。両方ともわたしの持ち合わせていない資質だったので、余計近くに置いておきたくなったんでしょう。そう、本当に優しい女性なんです……」

その言葉は今にも消え入りそうだった。慇懃さと鉄面皮で隠し続けていたこの男の本心が覗いた瞬間だった。

「同盟国と足並みを揃えなくてはいけない。政治家が私情を挟んではいけない……しかし、先ほど総理から感傷的なお言葉を聞いた時、闇の中で一筋の光明を見た思いでした。もしも、もしもまだ人質救助に可能性が見出せるのであれば、人質の中にそういう人間が含まれていることを知っていただきたくて……」

言葉が不意に途切れた。

後ろ姿からでも頭が垂れているのが分かった。

「……失礼しました」

そう残して是枝は部屋から出て行った。

意外な人間からの意外な告白だった。しかも、現状ではほぼ聞き入れるのが不可能な内容だ。本多といい、是枝といい、他に人がいない時を見計らって告げに来るのだからタチが悪い。

それでも、気分は不思議に軽くなった。主義主張、党利党略で反対の立場をとる多くの議員たちが、根幹の部分では同じ思いを抱いているのを確認できたからだ。

気分は軽くなったが、煩悶《はんもん》はますます濃くなった。彼らが本音を覗かせてくれた真意を無にしてはいけない。こんな自分に預けてくれた期待を無にしてはいけない。

樽見はいったい何をしている。

慎策は急に慌て出した。風間に相談できない今、頼りになるのは樽見以外になかった。それなのに樽見は、緊急会見を終えてからまだ一度も顔を見せていない。記者会見場から対策本部室までは数分の距離だというのに、どうしてこんなに時間がかかるのか——。

その時不意にドアの向こう側で人の気配がした。やっと樽見の到着か。そう思った瞬間、部屋に飛び込んで来たのは設楽だった。

「大変です、総理」

「何か事態に急変でも？」

「いいえ、官房長官が……」

「樽見さんがどうしました」

「こちらに移動中、急に倒れられました」

一瞬、何の冗談かと思った。

だが設楽の顔は真剣そのものだった。

まさか、こんな時に限って。

「傍にいたＳＰが介抱しましたが意識が戻らないそうで、直ちに病院へ搬送されました」

意識が戻らないだと？

突然の凶報に胸が苦しくなる。ただでさえ人質問題で政府が右往左往している時に、実質的な舵を取る樽見が倒れるなど悪夢以外の何物でもなかった。

腕時計を見る。午後九時三十分。次のタイムリミットとされる十一時まではまだ少し時間がある。

「ご家族への連絡は」

「既に病院に向かわれたそうです」

「わたしも行きます。搬送先を教えてください」

樽見の搬送された病院は、本物の真垣が息を引き取った東西病院だった。縁起でもないと思ったが、名の知れた議員たちには馴染みの病院だ。過去の診療記録も残っているから都合がいいのだろう。

部屋は七階の集中治療室。これもまた真垣の場合と符合するので、嫌な予感を呼び起こす。

集中治療室の前には樽見の家族らしき姿があった。うなだれている年配の女性は妻、その女性を左右から支えている若い男女は息子と娘か。

「真垣総理」

妻らしき女性がこちらを見て驚いた。どうやら真垣本人と面識があるようだが、生憎替え玉の慎策にとっては初対面だ。ここは勢いで突破するしかない。

「樽見さんの容態は？」

「お医者様の話では……心筋梗塞の症状だと……」

総理の前だからか気丈に振る舞っているが、言葉の抑揚が不安定だった。

「以前からよく息切れしていたのですが、最近はそれが頻発して……本人には、本人には間違いなく自覚症状があっただろうって」

いきなり頭を殴られたような気がした。

言われてみればここ数日、樽見は疲労気味の様子だった。もしやあれが前兆だったというのか。

政治家は激務だ。誠実であればあるほどそうなっていく――そう語っていたのは他ならぬ樽見だ。今にして思う。本物の総理が既に他界していることを隠しながら、政治の素人である慎策を神輿に担いで内閣を運営し、懸案だった法案を通してきた。その心労たるや想像するに余りある。元より心臓が弱っていたのなら尚更だったろう。

だが、それを押して樽見は慎策を支え続けてくれた。内閣の憎まれ役を一手に引き受け、暴風雨から慎策を護ろうとしてくれたのだ。

立ち尽くしていると集中治療室のドアが開き、中から医師が姿を現した。

「先生！　主人は」

「今、意識を取り戻しました」

一瞬、家族たちの顔が綻ぶ。だが、続く医師の言葉は彼らに容赦なかった。

「あくまでも一時的な蘇生で、まだ予断を許す状態ではありません」

医師は慎策に向き直った。

「患者は総理と話をしたがっています」

「わたしと？」

「止めましたが本人が頑として聞き入れません。余人を交えず総理と話したいと。三分だけ許可します。行ってあげてください」

切羽詰まった口調に背中を押される。ちらと家族を窺うと、彼らも頷いてくれた。慎策は頭を下げて病室の中に駆け込んだ。それと入れ違いに看護師たちが退席する。

病室の中央、数々の医療機器に囲まれて樽見が横たわっていた。その姿が再び真垣と重なり、慎策はぞっとする。

顔は褐色がかっているのに、腕には血の気がない。傍目にも、それが死の徴候であることが分かった。鼻には管が通されているが、人工呼吸器は外されている。

「樽見さん」

呼び掛けると目蓋《まぶた》がうっすらと開かれた。

「やあ……この一大事に……面目ない」

「馬鹿なことを！　こっちの方が一大事でしょう」

「こっちは年寄り一人。向こうには、まだ二十七人も、残っている」

「大使館の方は俺が対策本部の方々と頑張りますから。樽見さんは自分の身体のことだけ考えて……」

「あなたには、まだ、一度も謝ってなかった」

樽見の目が不意に緩んだ。

「最初は急場しのぎのはずだったが、こちらの都合で色々と無理を言ってしまいました……政治家というのは、ずいぶん勝手なものだと、思ったでしょう」

「そんなことは……」

「だが、あなたも悪いのですよ。あなた自身が、わたしに、欲を、かかせた」

「俺自身が？」

「あなたの、無欲さです。私心も、野望もなく、子供のように訝り、青年のように怒る。生粋の、政治家には、ないものだった。わたしは、その輝きに、目が眩《くら》んだ。きっと、風間先生や、大隈も、そうだったのでしょう」

樽見はそこまで話してから三度ほど咳き込んだ。

医師を呼ぼうとした慎策を、樽見は片手で制する。

「目が眩んだのは、国民も同様です。国民は、あなたにかつてない輝きを見、そして期待している。日本国民は、優秀です。だから、今までは政治家がボンクラでも、何とかやってこられた。しかし、今回のような、不測の事態が起きた時は、そうはいかない。皆、それを肌で感じている。だから、あなたに期待しているんです」

「俺は本物の政治家じゃありません」

「どんな政治家でも、最初は一般人です。理想を追い、相手陣営に叩かれ、夢を汚され、連帯と裏切りの味を噛み締めて、政治家になっていく。それはこの数か月、あなたが経験したことでは、ないですか」

「俺では、未熟です」

「だから、いい」

樽見は弱々しく笑ってみせた。その笑顔に、慎策は泣きそうになる。

「あなたがどんなふうに成熟するか、楽しみだった」

「過去形でものを言わないでください！」

「もう、わたしは過去の人間ですよ……手を……」

言われるまま、慎策は樽見の右手を握る。力も温もりもなかったが、意志だけは感じられた。

「迷惑のかけついでに、お願いする。まだしばらく、総理を続けてほしい」

「樽見さん、俺は」

「……よろしく」

それが最後の言葉だった。

両の目蓋が静かに閉じられる。

「先生、来てください！」

外に向かって懸命に叫ぶと、医師と看護師たちが一斉に飛び込んできた。

「人工心肺、用意！」

医師の命令で看護師たちが樽見の周囲に群がる。慎策は彼女たちに弾かれるようにして、病室を追い出された。

廊下では身の置き所に困った様子の家族と、そして設楽が待ち構えていた。

設楽は必死に感情の表出を堪えているふうだった。

「総理。対策本部で皆さんがお待ちになっています。すぐ、ご同行ください」

午後十一時まであと三十分。

慎策は自分の手をじっと見る。最前まで樽見の手を握っていた。意志は確かに伝わっていた。

ここにいても自分は何の役にも立たない。しかし、他方で自分を必要としている場所がある。

「ご回復をお祈りしています」

家族にそう告げて、慎策は踵を返す。後ろ髪を引かれる思いを懸命に押し留めた。

対策本部に戻ると、既に自分と樽見以外のメンバーは全員顔を揃えていた。

「総理、つい先ほど聞きました。官房長官の具合はいかがでしたか」

志村が矢も盾も堪らぬように訊いてくる。

「わたしが見舞った際は意識を取り戻しておいででしたが、引き続き治療を続けています。官房長官のことは医師に任せて、我々は我々の仕事をしましょう」

こう答えるより他になかった。それでも志村たちは納得した顔をして各々の席に着く。

そして、樽見から指示された内容について報告がなされた。

アルジェリア政府要人との交渉を任された芹澤は肩を落とした。

「事務次官を介し、数人の要人と接触を試みましたが、先方も事件の対処に忙殺され、また言葉の壁もあり、充分には交渉できませんでした」

つまり、ろくに相手にもされなかったということだ。

続いて志村がおずおずと口を開く。

「アメリカ国防省からの情報では、テロリスト集団とそのリーダーが特定されました。集団はアルカイダ系〈赤い夜明け〉、リーダーはカリーム・レジク二十五歳。大使館に立て籠もっているのは、リーダーを含めて十五人……現時点で判明しているのはここまでです」

「アメリカの介入は有り得ますか」

慎策が問うと、志村はますます小さくなる。

「いえ。まだしばらくは事態を静観する模様で……政府および駐留米軍にこれといった動きはありません」

期せずして一同から溜息が洩れた。かつて世界の警察を標榜していたかの国も、ここ数年は景気の悪化も相俟って軍事費の縮小を余儀なくされている。自国の利害に直結しない紛争には、おいそれと首を突っ込みたくないのだろう。

他国をあてにし続けていると、いつかはこうなる——誰もが予想していながらその甘い呪縛から逃れられなかったのは、まさしくこの国が微温湯に浸かったカエルだったからだ。

そして午後十一時。

「現場の映像、出ます！」

モニターに大使館のフロアが再び映し出される。咄嗟に飛び込んできた音声は、日本人男性の声だった。

『何で俺なんだよ。俺、まだ若くって。俺より年寄りがまだいるじゃないか、何で若いのから先に殺すんだよ』

男性が髪を鷲摑みにされてカメラの前に引き摺り出される。

『お、俺っ今からイスラム教徒になります。い、いや、本当は日本にいた時からずっとイスラムの信者で』

徐に銃口が後頭部に当てられるが、男性は頭を振り回して何とか執行を逃れようとする。

『嫌だ嫌だ嫌だ。俺、仕事で来ていただけなのに、何で死なきゃいけないんだよ。日本で彼女が待ってんだ。嘘だろ、冗談だろ。やめてくれよ、撃たないで』

それでも引き金は引かれた。頭を振っていたために狙いが逸れ、銃弾は耳を撃ち抜く。

男性は獣のような悲鳴を上げた。

とても見ていられない——慎策がついと視線を外したその瞬間、今度はアラブ人の怒声が画面の外から聞こえた。

『ワハシュ（畜生）！』

そして連射音が響く。

恐る恐る視線を戻すと、人間だった物体がフロアに横たわっている。

そしてまた画面は唐突に切れた。

何の口上もなく事務的に引かれた幕が、尚更相手の非情さを際立たせる。

対策本部の面々は座ったまま凍りついていた。中には絶望のあまりか、顔を両手で覆う者もいる。

慎策もまた、何か見えない力で椅子に押さえつけられていた。握った拳は細かく震え、腋《わき》の下からは嫌な汗がつつと流れている。

こんなことがまだ続くのか。

本多が悩ましげな視線をこちらに送ってくる。露骨に特殊作戦群の派遣を促している目だった。

慎策は進退窮まっていた。樽見も風間もいない中、最大で最悪の選択を迫られているのだ。

あの二人なら、ここでどう決断するのか――それを考えていると、設楽が部屋に入ってきた。

その悄然とした様子に悪寒が走る。

来るな。来ないでくれ。

だが願いも空しく、設楽は慎策に歩み寄ると耳元で囁いた。

「たった今、官房長官が息を引き取られました。残念です」

慎策は思わず目を伏せた。

「総理、どうかなさいましたか」

本多が気忙しげに訊いてくるが、今ここで樽見の急逝を伝えて、一同をこれ以上動揺させる訳にはいかない。

「何でもありません。それより今は一刻も早く打開策を講じないと」

だが慎策の面持ちで何かを悟ったらしく、本多は目を見開いたまま固まった。

慎策はずらり居並ぶ一同を見渡す。警察庁長官、法務大臣、外務大臣、防衛大臣——ここに雁首を揃えている面々は、それこそ日本の平和と秩序を支えている責任者たちだ。

その責任者たちが一堂に会し、額を寄せ合っているというのに同胞の一人も救えないでいる。ただ指を咥え、モニター越しにその命が散らされていくのを見ているしかない。

あまりにも無力だった。何兆円もの予算、何十万もの人員、数回に及ぶ選挙、数限りない派閥争い、世論との攻防、諸外国との駆け引き。そういった数々の嵐に揉まれ、辿り着いた政権の布陣が、たかが十五人のテロリストたちに翻弄されているのだ。

これで残る人質は三十四人、うち邦人は二十六人。海外メディア、そして内閣情報調査室の観測は一致しており、大使館襲撃の目的はあくまで諸外国、別けてもフランス政府への揺さぶりにある。従って人質の処刑も異国の日本人が優先される。そしておそらくテロリストたちも、日本人の人質が全員処刑されるまでには事件が終結するだろうと予想している。

「芹澤さん。アルジェリア政府の動きはどうなっていますか」

あまり頼りにならない外務大臣だが、報告は彼に訊くしかない。名指しされた芹澤は身体をびくりと震わせてから、恐る恐るといった体でこちらを見る。既に二人が犠牲になり、根っからの楽観主義もさすがに影を潜めたといったところか。

「その、アルジェリア政府はまだ軍と協議中としか……」

それが日本に対してのポーズでしかないのは誰の目にも明らかだった。おそらくアルジェリア政府はとっくに軍と作戦の詳細を詰めている。最初の人質が処刑された時点で、強行突入の間合いを量っていて、日本の外務省へのアナウンスは単なる時間稼ぎくらいにしか考えていないはずだ。

事件が発生してから日本政府はアルジェリア政府に対し、再三再四、人命最優先を求めていた。人命最優先は単なるお題目ではなく、過去の国際紛争にも非軍事的な政策を採ってきたこの国の国是だ。だがその堂々たる国是も、硝煙立ち込める戦場においては戯言に堕してしまう。

テロに屈しないということは、本来テロの要求には応じないということであり、人質の生命を賭してまでテロリストを殲滅《せんめつ》することではないはずだ。だが、度重なるテロ行為と累々と重なる犠牲者の骸が、正論を駆逐している。アルジェリア政府の進める軍事強硬策が、そのまま世界に暗黙の了解を取り付けている。

「円谷さん」

「はっ」

呼ばれた円谷も動揺の色を隠せない。

「二人目の人質が殺害されたことについて会見が必要です。樽見さん不在の今、記者会見にはあなたが臨んでください」

「いったい、何をどこまで発表しましょうか」

気弱な物言いがつい苛立ちを募らせた。

「あなたも今まで副長官として樽見さんから学んだのでしょう？　内容は前回樽見さんが喋った内容を踏襲してもらって構いません。それとも何か特別に表明すべきことがありますか」

詰問するように言うと、円谷は消沈して黙り込む。

「どなたか、打開案をお持ちの方はいらっしゃいませんか」

一同に向かって問い質してみる。

しかし教師に指されるのを恐れる小学生のように皆俯き、慎策と目を合わそうとしない。唯一、特殊作戦群の話を持ち出した本多がちらちらと慎策の顔色を窺っている。

慎策は静かに絶望する。このメンバーの中から画期的な打開案など出ようはずもない。

こうしている間も徒に時間は経過していく。三人目の処刑は午前二時、残り時間は二時間四十分。

不意に樽見の顔と声が甦る。

『だから、あなたに期待しているんです』

はっとした。

ここにいる対策本部の面々はただ沈黙しているのではない。

自分の、真垣総理大臣の決断を待っているのだ。

自覚した途端、またぞろ膝が笑い出した。

あなたに期待しているんです。

今度は腋の下だけではなく、首筋からも汗が噴き出していた。

決めろ。

その声がもう一人の自分なのか、それとも樽見なのかは判然としなかった。

ここでただ座して待っていても、犠牲者は次々に増えていく。状況を変えることができるのはお前だけなのだ――。

分かっている。そんなことは分かっている！

一国の宰相の重みを改めて思い知る。国民の生命と財産を護る。この世界を知るまで、それはずっと警察や自衛隊の仕事だと思っていたが勘違いだった。確かに警察は国民の生命と財産を護ってくれる。しかし、それは自らの意思ではない。命令権者である国家公安委員長と防衛大臣、ひいては内閣総理大臣の命令によるものだ。

じりじりと時が過ぎる。

発言する者は誰もいない。

重い空気の中、壁時計の針音がやけに大きく聞こえる。

あと二時間三十分。

慎策は我知らず目を閉じていた。すると、目蓋の裏にモニター越しの処刑場面が再生された。突然我が身を襲った不条理に為す術もなく、恐怖と絶望に彩られた顔。そして人体破壊。彼らにも遺した家族がいるはずだ。その家族は、今頃どんな夜を過ごしているのだろう。いや、既に死んだ者だけではない。残りの人質と彼らの家族は一様に嘆き悲しみ、動揺し、困惑し、そして祈っている。

世界にではなく、日本政府に。

神にではなく、真垣統一郎に。

あなたに期待しているんです——。

突然、目の前にかかっていた靄《もや》が晴れた。

慎策はついと顔を上げる。

「皆さん、ここらで休憩にしませんか」

一同は虚を衝かれたように慎策を見る。

「見たところ、どの顔もずいぶんとお疲れのようです。疲れた頭ではろくな考えも浮かばないでしょう。ですから三十分間の小休止にします」

慎策の声を受けて、男たちがぞろぞろと席を立つ。

「ああ、すみませんが、本多さんは残ってもらえませんか。お話があります」

呼び止められた本多は一瞬にして顔を強張らせた。どうやら慎策の意図を読み取ったらしい。

ひと足早く退出して行った芹澤と平田以外の者も、ぎょっとしたように慎策と本多を見る。防衛大臣だけが呼び止められた真意を、彼らなりに解釈した様子だった。

やがて対策本部室には慎策と本多だけが残った。本多は思い詰めた様子で慎策の許に歩み寄る。

見ていて、不意に笑いが込み上げてきた。

何を恐れている？　元はといえばあなたから持ち出してきた話ではないか。

「本多さん。わたしはこういうことは初めてなので改めて確認したい。自衛隊の任務とは何ですか」

「自衛隊法第三条一項に規定されています」

「言ってみてください」

「『自衛隊は、我が国の平和と独立を守り、国の安全を保つため、直接侵略及び間接侵略に対し我が国を防衛することを主たる任務とし、必要に応じ、公共の秩序の維持に当たるものとする』」

慎策は本多の一言一句にじっと耳を傾ける。憲法第九条を読み上げる時の敬虔《けいけん》さとは別の勇壮さに、微かな恐れを抱く。

だが、もう恐れている時ではない。

「本多防衛大臣」

「はい」

「内閣総理大臣として要請します。在アルジェリア日本大使館に、陸上自衛隊特殊作戦群を派遣してください」

覚悟していたのだろうが、いざそれを告げられた本多は、頬の辺りをぴくぴくと震わせていた。

「総理、本当によろしいのですか。自衛隊の海外派遣は平和憲法九条に……」

言い出しっぺがこの期に及んで何を躊躇しているのか。

「失礼しました、防衛大臣。要請ではありませんでしたね。これは命令です。直ちに特殊作戦群を現地に派遣し、人質となっている邦人以下三十四名をテロリストの手から救出してください」

こんな時だからこそ忘れてはいけない。真垣統一郎特有の揺るぎない口調で慎策は命じる。

「……はっ」

ようやく本多は迷いを吹っ切ったかのように直立不動の姿勢をとる。戦後になって、いや、自衛隊が発足して以来初めての海外派遣。よもやその号令を掛けるのが自分の任になろうとは、予想もしなかったに違いない。

「これより臨時閣僚会議を開きます。申し訳ありませんが全閣僚を召集してください」

全閣僚が集合したのは、深夜一時を過ぎた頃だった。場所は官邸四階にある閣議室。急な召集にもかかわらず閣僚たちの表情が張り詰めているのは、全員が大使館占拠事件の成り行きが気がかりだからだろう。

政府対策本部から流れてきたのは、円谷内閣官房副長官・平田法務大臣・芹澤外務大臣・本多防衛大臣の四人。残りのメンバーは第一次真垣内閣の面々で、慎策の二つ隣には岡部財務大臣兼副総理の姿もある。

今の今まで対策本部にいた円谷は、慎策と本多の間で密談が交わされているのを知ってか、どことなく落ち着きがない。対して平田と芹澤は緊張感漂う対策本部から解放されて、表情が露骨に弛緩している。

そして、本多は唇を真一文字に締め、険しい顔をしている。幸か不幸か元々そういう顔の造作なので、本多の動揺を察知している者は円谷だけのようだ。

だが、慎策の関心は真正面に座る小男に向けられていた。

内閣法制局長官、葛野泰助《くずのたいすけ》。

東京地検をはじめとして各地の地検を巡り、平成五年に内閣法制局参事官に就任、真垣内閣の発足とともに長官まで上り詰めた男。今から慎策の表明することが憲法に違反しているかどうかを、最初に判断する男。

その葛野の背後には大型のモニターが設えてある。対策本部のモニターと同様、犯人グループからの映像が送られてくると自動的に映像を出す仕組みになっている。

「臨時の閣僚会議は、やはり大使館人質事件に関してですか」

まず岡部が口火を切る。覗き込むような視線は、慎策の総理としての器を吟味しているかのように見える。

「しかし、この緊急時に官房長官の不在は痛いですな」

岡部の言葉にはわずかに揶揄が混じる。常に樽見と二人三脚で政権を運営してきた慎策への当てこすりに違いなかった。

もしも慎策がＡＰＥＣで外遊していたとしたら、この事態に対処するのは副総理である岡部のはずだった。それがすんでのところで回避できたので、胸を撫で下ろし、高みの見物と洒落込むつもりなのだろう。慎策が今回の事件処理を誤れば、即座に内外の批判を浴びて支持率を下げるのは自明の理だ。芝崎派の一員である岡部にすれば、他派閥の総理が求心力を失うことは大歓迎という訳だ。

しかし一方、居並ぶ閣僚たちの間には危機感も漂っている。慎策が事件処理を誤って失脚するのは構わない。しかし、慎策の失脚は取りも直さず現内閣の崩壊を意味する。そうなれば、自分がせっかく手に入れた大臣職を手放すことになる。

つまり慎策の難渋を愉しむ反面、己の保身のためには慎策に協力せざるを得ないという股裂き状態に陥っているのだ。だからこその困惑顔であり、同胞二十六人の身の安全を心の底から願っている者がどれだけいるのかは、甚だ心許ない。

「官房長官はここのところ激務が続いていましたからね。いささかタイミングが悪かったのは否めませんが、官房長官一人の穴をここに列席している方々が埋められないとでも仰いますか？」

慎策が挑発気味に返すと、岡部は「いや、別にそんなことは……」と口籠った。

岡部が揶揄するのも分からないではない。真垣内閣がここまで高い支持率を得ていたのは慎策の分かり易い政治手法が評価されてのことだが、それに加えて女房役である樽見の絶妙な援護があったからだ。前へ前へと突っ走る慎策を、樽見が器用に手綱を引いていた印象すらある。閣僚たちが唯々諾々《いいだくだく》と慎策の方針に従ったのは、内閣に樽見という安全弁が存在したからに相違ない。

樽見がついさっき息を引き取ったことはまだ閣僚には伝えていない。今それを伝えれば、閣僚たちは間違いなく動揺して、慎策の言葉を聞き入れなくなる。少なくとも閣僚会議において方針が明確になるまでは、その死を隠し果さなくてはならない。

慎策はちらと壁に掛かった時計を見る。現在、午前一時三十分。あと三十分で三人目の公開処刑が始まってしまう。

「こんな時間にお集まりいただいて申し訳ありません。ただ、事態が事態ですのでやむなきことと諦めてください」

「選挙運動のことを考えれば、ひと晩やふた晩の徹夜はどうということはないが」

経産大臣の富岡《とみおか》がそれを受ける。

「対策本部には情報が集中しているのだろう。いったいアルジェリア政府をはじめ、各国はどう動いておるのか。特にアメリカとフランスだ。あの国々はテロリストと水面下で交渉を始めているのか？　どうなんだ、外務大臣」

これでは先刻の対策会議と同じだ。芹澤は微かに顔を赤くし、辛そうに答える。

「まだ各国政府の明確な方針は聞いていない。ただ、テロには屈しないという、例の決まり文句を繰り返すだけで、こちらの人命最優先の申し出もどこまで本気に考えているか……」

「何か情報はないのか」

「犯人グループのリーダーの経歴。それから大使館を占拠しているグループが十五人であることは分かった」

途端に富岡が鼻を鳴らす。

「その程度のことは海外メディアですら摑んでいる。わたしが聞きたいのは、内調が独自の情報を入手し、外交筋が事態解決に向かって動いているのかどうかだ」

富岡も人が悪い。アラブ地域において外務省の情報収集能力がほとんど機能しておらず、また、外務大臣である芹澤に現場を指揮する能力などないのを知った上で発言している。

今度は厚労大臣の能瀬《のせ》が口を開く。

「報道によれば、テロリストの一人が現地人に成りすまして大使館内に易々と侵入したそうじゃないか。まるで、どうぞ占拠してくださいと言っているようなものだ。大使館側のリスクマネジメントはいったいどうなっていたんだ」

この追及についても芹澤は沈黙せざるを得ない。元より亡命を希望されれば、いったん館内に保護するのが通例であるし、当時は市内がテロ行為で騒然としていた。突発時に不慣れな大使館が対応を誤ったとしても、それを直ちに危機意識の欠如とあげつらうのは容易な逃げ道でしかない。

まずい雰囲気だった。内閣を襲う危機に対して解決案を講じる場が、責任のなすり合いの場になりかけている。こういう会議は長引けば長引くほど、犯人捜しに陥りやすい。

「批判は後からいくらでもしてもらって結構。皆さんにお集まりいただいたのは解決案を見出すためです。どなたか妙案をお持ちですか」

慎策が仕切り直すと、全員が口を閉ざした。まるで口を開いた者が指弾されそうな雰囲気だった。

慎策は内心で歯噛みをする。自国の国民が遠い異国で危険に晒されているというのに、国の中枢にいる者は己の保身を優先させようとしている。そんな輩の何が閣僚議員かと思う。

まあ、いい。初めからこの会議で刮目《かつもく》するような解決案が生まれるとは思っていない。閣僚全員を召集したのは、慎策の腹案が閣議の場で取り沙汰されたことを既成事実にしたかったからに過ぎない。

「皆さんからは特に発案はないようですね。実はつい先ほど、わたしは防衛大臣に対して自衛隊の現地派遣を命令しました」

その瞬間、本多と円谷を除く全閣僚が小さな叫びを上げた。

「何だって……」

「無茶だ」

「完全な違憲じゃないか！」

「自殺行為だ」

「総理。あなた、どうかしてしまったのか？」

めいめいが勝手なことを口走るので収拾がつかない。

「お静かに願います」

真垣の声で制すると騒ぎはいったん収まるものの、一同の困惑と動揺は尚も続く。

「そんな重大なことを閣議決定も待たずに総理が独断したのか」

岡部は憤りを隠そうともしない。

「しかし、現にこうしてお集まりいただいても皆さんからは解決案が出ていない」

「話が急過ぎる！」

「急ではありません。あと十五分もすれば三人目の人質が処刑されます。とても皆さんの熟考を待っている余裕はありません」

「しかし総理。これは明らかに九条に違反します」

文科大臣の斑目《まだらめ》慶子《けいこ》が切羽詰まった口調で言う。真垣と同じ相沢派の彼女にすれば、慎策の決定は自爆テロにも等しく映るのだろう。

「とても国民の賛同を得られるとは思えません。それ以前に決定までのプロセスが唐突過ぎます」

「自衛隊の派遣は、原則として内閣総理大臣、もしくは国家公安委員長の命令によって行われます。必ずしも閣議決定を必要とするものではありません」

「では、どうして我々を召集したのだ」

富岡は半ば喧嘩腰で慎策に迫る。

「形だけの会議を開き、自衛隊の派遣は内閣の総意であるという体裁にしたかったのか」

「お集まりいただいたのは、自衛隊派遣以外の解決案がないかを模索するためでした。経産大臣、ご安心なさい。わたしは自身の責任を内閣に転嫁するつもりなど毛頭ない」

「世論は決してあなたを許してくれませんよ」

農水大臣の釘宮《くぎみや》が冷徹な言葉で刺す。国民党に席を置きながら自身は護憲派である釘宮にとって、慎策の選択はとんでもない暴挙に違いなかった。

「野党はこの機をいいことに反転攻勢を仕掛けてきます。いえ、国民党内ハト派からも指弾されるのは火を見るより明らかです」

「国内もそうだが、周辺国からの大バッシングも到底避けられん」

芹澤の顔は早くも蒼白になりかけている。

「同盟国のアメリカはともかく、中国と韓国は必ず歩調を合わせて糾弾しにかかる。中韓だけではない。東南アジア諸国がこぞって非難に回る可能性が高い。そうなればアジア圏では四面楚歌に立たされてしまう」

「総理、今からでも遅くありません。自衛隊に作戦の中止を申し入れてください」

斑目が悲鳴のような声で嘆願する。

「このままでは内閣が倒れてしまいます」

「同感だ、総理。ここはしばらく事態を静観すべきだろう」

平田は諭すように言う。

「テロに屈しないというのはテロリストとは交渉しないということであって、テロリストを自ら制圧することではない。その意味で我々の言動は充分その趣旨に沿っている。今ここで軽率な行動に出たら、国是そのものを揺るがしかねない。当事国のアルジェリアと同盟国に決定を委ね、我々は人質の無事を祈ろう」

慎策の中で憤懣《ふんまん》が露わになる。

「これだけ有能と言われる議員たちが集まって、ただ祈ることしかできないというのですか？」

怒気を孕んだ言葉に平田が目を剝く。

「堅牢な壁と護衛に護られた安全地帯で、国民に選ばれた内閣が自国民の生命を他国の決定に委ねると？　今まさに処刑されようとしている無辜《むこ》の国民が無残に殺されるのを黙って見ていろと？　では法務大臣、国民の命一つ救えない国家とはいったいどんな存在なのでしょうか」

「あんたが言っているのはただの感情論だ」

「感情論ではありません。国の三要素は領土と国民と主権です。この三つが脅かされようとする時、国は全力を挙げてこれに立ち向かわなければなりません。その原則は自力解決であって、最初から諸外国の手に委ねるというのは独立国家として相応《ふさわ》しいものでしょうか」

「しかし！」

平田が尚も言い募ろうとした時だった。

いきなりモニターが粗い画面を映し出した。

午前二時、三回目の公開処刑が始まるのだ。

画面中央に引き摺られてきたのは、初老の婦人だった。いつ訪れるとも分からぬ不安を鎮めるためか、婦人は一心不乱に般若心経を唱え続けている。

「ひどい……」

女性閣僚の何人かが、堪らない様子で画面から顔を背けた。

せっかくの般若心経も何の功徳も得られず、この婦人もまた頭部を炸裂させて床に倒れ伏した。三度目とはいえ慣れる光景ではない。男性閣僚の中にも短く呻いて目を背ける者が続出した。

慎策がモニターで処刑場面を映し出させたのは、現場感覚の欠落した閣僚たちに覚悟を迫るためだった。慎策は閣僚一人一人の顔を見回した後、半ば恫喝するように言い放つ。

「自衛隊を派遣すれば国民の多くは不安がるでしょう。しかし、こうして一人ずつ同胞が殺されていくのを見る度、国民の全ては絶望し、無力感に苛まれる。要は不安と絶望、どちらかを選択しろということです。政権の維持と国民の生命を秤《はかり》にかけろという意味です」

平田はもう何も言わなかった。

「閣僚会議を開いたのがセレモニーであることは否定しません。しかし、自衛隊派遣がわたしの独断であり、閣議決定事項でないことは会見で明言するつもりです。あなたたちは、あくまで自衛隊派遣には反対だったと言えばそれでいい」

一同の間にしばらく沈黙が流れる。それを破ったのは岡部だった。

「……総理。あなたがやろうとしていることは自爆テロみたいなものだ。分かっているのか」

慎策には返す言葉がなかった。

5

『何を悩んでいるのですか、総理』

樽見は物憂げに首を傾げながらこちらに問い掛けてくる。

『あなたらしくもない。悩むなどというのはあなたには全く似合いません』

どこか懐かしい樽見を見ながら、慎策はこれが夢の中であることを自覚する。

『俺はあなたの期待に沿えそうにもありません。あなたが必死に護ろうとしてくれた内閣を、俺は自爆テロで爆破しかねない』

『自爆テロとは物騒ですね。何とか回避できないのですか』

『国民の命が懸かっているんです。彼らを救うためには自衛隊の力を借りるしかないでしょう。もちろん、そうなれば憲法違反で内閣が指弾されるのは避けられませんが、俺には彼らを見捨てるなんて、とてもできません』

『一国を統べる者が下す判断とは思えない』

樽見はゆるゆると頭を振る。

『まさか人命は地球よりも重いなどという、例の世迷言をあなたも口にするつもりですか？　あれは国民からの批判を避けたかった宰相の口実みたいなものです。現在、それを公言しても国際社会ではお笑い草にしかなりません』

『お笑い草、ですか』

『少なくとも現在の世界標準ではそうなっているのですよ。我が国は同盟国と歩調を合わせる形でテロとの対決姿勢を明らかにしていますが、その時点で日本がテロリストの標的になったことを多くの国民が理解していない。いいや、下手をすれば議員たちの中にすら話し合いで解決するなどと呆けたことを口走る輩もいる。テロと対決し、国としての体面を維持しようとするなら、国民の一部が犠牲になることはどうしても避けられません。それが現実というものです。ただ

『……』

『ただ……何ですか？』

『あなたなら違う答えを提示するかも知れませんね。言いましたよね。日本国民の優秀さが、かえって優秀な政治家の誕生するきっかけを奪ってしまったのだと』

『ええ』

『優秀な国民であれば、その国の宰相を冷静に評価する目を持っているはずです。あなたの、およそ政治家らしからぬ思想信条が果たして世の中に通用するものかどうかを、一度国民に問いかけてみるのもいいかも知れません』

樽見の姿が次第に掻き消えていく。

『判断に迷った時には誰かに教えを乞う。その相手には国民がうってつけだと思いませんか』

そして樽見はいよいよ輪郭を失くしていく。

『樽見さん、樽見さん！』


「……総理？」

ふと目を開けると、そこに設楽の顔があった。どうやら、いつの間にかうたた寝をしていたらしい。慎策は慌てて頭を振り払う。

「わたしはどれだけうたた寝していました？」

「ものの五分程度です。総理、少しはお休みになってください。昨晩から一睡もされていないではありませんか。他の方々は適時に仮眠をとっていらっしゃいますよ」

設楽は心配そうに言う。その気持ちは有難い。しかし、今の自分の立場で安眠ができるとも思えない。現にうたた寝をしていた今でさえ、悩ましい夢しか見なかったではないか。

深夜の二時に老婦人が処刑され、それからまた三時間おきに新たな犠牲者たちがモニター画面を血で染めた。睡魔が襲い始める頃を見計らったかのように惨劇が繰り返される。まるで見ている者を眠らせようとしない拷問のようでもあった。

現在、午前九時二十五分。次の処刑まであと一時間三十分強。

「心配要りません、わたしは大丈夫です。それより本多さんを呼んでもらえませんか」

「了解しました。総理、それとご朝食を。何かお摂りにならないと……」

「それでは片手でも食べられるものを。そうですね、サンドイッチでもお願いしましょうか」

しばらくして設楽と入れ替わりに、本多が本部室に入ってきた。慎策は同時に立ち上がろうとするが、その途端によろめいた。

「総理！」

倒れかけたところを本多に抱き留められる。

「大丈夫ですか」

「はは……情けないな。あなたよりも若いというのに」

「無理はなさらんでください。官房長官不在の今、総理までが倒れられたらわたしたちはいったいどうすれば……」

「わたしなんかのことより、特殊作戦群の方はどうなったんですか。現地にはあとどれくらいで到着するんですか」

日付の変わる前、慎策の命を受けた本多は統合幕僚長に特殊作戦群の派遣を伝えたが、この時問題になったのは現用救難ヘリのスペックだった。

現在、自衛隊が導入している戦術輸送機で最速のものはハーキュリーズC－130Hと呼ばれる機体で、最高速度は約五百八十九km／h、航続距離は四千kmに及ぶ。しかし木更津基地からアルジェリアを目指しても十八時間はかかる。

もっと迅速に特殊作戦群を現地に送り届ける手段はないのか。到着が遅れればその分、犠牲者が増えるのだ――慎策からの訴えに呼応した防衛省は、既に実用段階となったものの、部隊配備を二年後に予定していた次期輸送機XC－2の緊急使用に踏み切った。XC－2の最高速度は八百九十km／h、航続距離も六千五百km、急げばアルジェリアまで十二時間ほどで到達できる。

「次の処刑は午前十一時。それまでに間に合いますか」

「つい先ほど連絡が入った模様ですがエジプト上空を通過したようです」

「アルジェリアのウアリ・ブーメディアン空港は現在閉鎖中でしたね。どうやって着陸するんですか。外交ルートで交渉しますか」

「いえ、時間がありません。まず大使館上空から直接隊員たちを降下させます。空港の使用許可は作戦と同時進行になるでしょう」

特殊作戦群が大使館内に突入、人質を解放した後にXC－2で回収し帰国――作戦自体は単純そのものだが自衛隊員が実戦に参加するのも初めてなら、人質奪還をするのも初めてだ。全てが未知数であり、決して予断を許さない。

「もちろん突入に関して隊員の一部、また人質の一部が死傷する可能性はありますが……それよりも大きな問題は作戦終了後に控えています。総理、この超法規的処置についてどのような決着をお考えなのですか」

本多の目は真剣そのものだった。多くの閣僚が保身を考える中、この男は自衛隊の立場と、やがて巻き起こるであろう自衛権の問題について胸を痛めている。

「憲法九条を破ってまで国民の生命を護ろうとした隊員たちが世間の批判に晒されるのは、正直辛いものがあります。ＰＫＯの時もそうでしたが、現地邦人を救出のために輸送した際も、国内のマスコミから轟然と非難を浴びました。帰国した時など空港で罵声を浴びせる一団までいました。自衛官二十二万人に命令を下す者としては、もう二度と彼らにあんな気持ちを味わわせたくありません」

本多の口調は悲壮だった。大臣就任以前より防衛大出身者として幾度となく現場を指揮してきた本多にしてみれば、自衛官たちとは運命共同体としての思いが強いのだろう。

よく省庁は身内びいきという話を見聞きするが、本多の思いはそれとは別格だ。少なくとも彼らには、己の血を流してでも自国民を護るという矜持がある。

「大臣、ご安心ください。今回のことは全てわたしの一存で行うことです。従って非難も中傷もわたし一人が受けるべきです。特殊作戦群の隊員たちが受けるのは称賛と感謝だけでいい。それはわたしが保証します」

「しかし、どうやって党内と野党、そして国民に説明するつもりですか」

「説明するつもりはありません」

「えっ」

「説明が必要なほど入り組んだ話じゃありません。無辜の自国民が一人ずつ理不尽に殺されようとしているのを救いに行く。それ自体は至極真っ当な行為ではありませんか。本多さんをはじめ自衛官の皆さんには胸を張っていただきたい。わたしがするのは説明ではなく、訴えです。誇るべき人々を誇り、称賛すべき人々を称賛してほしいと訴えるだけです」

「それが……現内閣を崩壊に導く狼煙《のろし》になってもですか」

「自国民のために血と汗を流した者を弁護できない内閣など恥ずかしい限りです。あなたはそうお思いになりませんか」

しばらくの間、本多は黙り込んでいたが、やがて感極まった声で話し始めた。

「総理にお詫びせねばならないことがあります」

「わたしに？」

「正直に申し上げます。先の選挙で国民党を勝利に導いたのは、一にも二にもあなたの求心力があったからだ。しかし他の閣僚ともども、わたしは総理を出来のいい二世議員くらいにしか考えていなかった。カリスマを気取り、総理の座に汲々とする俗物議員の一人としか見ていなかった」

そして頭を深く下げた。

「どうやらわたし自身、人を見る目が曇っておったようです。あなたが総理を務める内閣の一員になれてよかった。元より特殊作戦群の投入はわたしの発案です。総理だけに泥を被らせるつもりはありません」

「それは有難い話ですが、かえって迷惑というものです」

「それは、わたしの首一つでは差し出すにも不足という意味ですか」

「責任を取るのは一人で十分だという意味です。そして、諸々の最終責任を取るのが内閣総理大臣の責務だと思っています」

そう告げた途端、本多の顔が奇妙に歪んだ。

もしこのやりとりを聞いていたら樽見は何と言うだろうかと想像してみたが、不思議に非難めいた表情は思い浮かばなかった。


午前十時三十分、対策本部室にはすっかり馴染みとなったメンバーが集結していた。仮眠をとった者、食事を摂った者、シャワーを浴びた者とさまざまだが、どの顔もリフレッシュしたとは言い難く、未だ焦燥と煩悶に歪んでいる。

まだ憲法九条に違反していることへの後ろめたさと危惧が払拭できていないのは明らかだった。無理もない、と慎策は思う。自衛官を死地に赴かせた本多と違い、居並ぶ閣僚たちには矜持がない。矜持のない者が危急存亡の刻に見せるのは、醜態でしかない。

だが次の瞬間、慎策は思い直した。自分も決して彼らを嗤えた義理ではない。憲法九条の是非を徹底的に協議し、事の善悪を判断する前に感情に駆られて自衛隊の派遣を独断してしまったのは自分だ。拙速と詰《なじ》られることさえ生温い。下手をすれば戦後最悪の決断をした総理として、真垣統一郎の名を汚すかもしれないのだ。それでは真垣本人にはもちろん、樽見に対しても申し開きが立たない。

会議の冒頭、本多から特殊作戦群の現在の位置、作戦の要諦が説明された。そして次の公開処刑の時間までに突入が間に合うかどうかは予断を許さない等々。

だが、本多の説明に耳を傾けない者が二名ほどいた。平田と芹澤だ。

平田は腕組みをしたまま瞑想に耽っている。芹澤は先刻の臨時官僚会議と同様、狼狽と困惑を露わにしている。芹澤を外務大臣に選んだのは本物の真垣と樽見だが、いかに派閥間のバランスを考慮した人事だったとはいえ、こんな男に外交を任せようとしたのは失敗だったとしか言いようがない。いや、それとも二人は失敗であることを承知の上で、芹澤を任命したのか。

本多がひと通りの説明を終えると、待ちきれないように芹澤が口を開いた。

「総理、この後についてですが……」

「この後、と仰いますと?」

「しらばくれないでいただきたい！　救出作戦が成功するにしろ失敗に終わるにせよ、中韓及びアジア諸国からの反発は火を見るよりも明らかです。各国では日本商品のボイコットはもちろん、排斥運動が起こるやも知れません。中国で起きた暴動をもうお忘れですか。日本が外交的に孤立してしまいかねません」

芹澤の言い分はもっともだった。昨今雲行きの怪しくなった中韓との関係だが、それでも決定的な決裂までに至らない一つの理由には憲法九条の存在がある。〈戦争の放棄〉を条文に謳っている以上、この国が軍事的な侵攻はしないだろうという安心感が緩衝材になっている。その緩衝材が有名無実となってしまえば、当然近隣諸国の緊張は高まる。

だが一方、いつでも偶発事故を孕んでいるのが国際社会だ。国家間に亀裂を生じさせる出来事が起きた際、それを解決することが外交ではないのか。逃げ回っているだけでは自国の利益を護れない。沈黙しているだけでは誇りを護れない。そういう意味で芹澤という男は外交に不向きな男にしか見えなかった。

「そうした周辺諸国への説得に当たるのが大臣なり外交官の仕事ではないのですか」

慎策は皮肉交じりにそう告げてみる。すると芹澤は顔を真っ赤にして反論した。

「一国の総理が率先して紛争の火種を作るなど前代未聞ではありませんか！」

これでは程度の低い水掛け論の応酬にしかならない。慎策は芹澤の抗議を聞き流すことにした。するとと今まで沈黙を守っていた平田が矢庭に突っ込んできた。

「総理、このままでは政権が維持できなくなる」

芹澤に比べ、平田の口調は重心が低い。

「最高裁が一票の格差を違憲状態と判断を下したのとは訳が違う。国のありよう、国体を変容させかねないような事案だ。訴訟にでもなれば違憲判決は免れない。野党からはもちろん、与党内からの反発も抑えられん。真垣内閣はあっという間に崩壊してしまいますぞ」

「それで倒れる内閣なら仕方がありません」

この平田にしても保身を図る有象無象の一人だったか。

わずかな落胆を覚えながら、慎策はそれもやり過ごそうとした。

「要はわたしが総理としての器ではなかったということです。責任を問われるわたしが辞任すれば総辞職も免れ……」

「馬鹿なことは言わんでくれ」

平田は怒気を強めて言った。

「誰があんた一人に責任を取れと言った。見損なっては困る」

「え？」

「トップの首をすげ替えればいいという問題ではない。今の高い内閣支持率は総理の手腕によるところが大きいのは誰も否定しない。支持率だけではなく、政権運営も順調だ。いささか口幅ったいが、久々に長期政権の望める内閣だと自負できる。このまま続けていれば山積していた政治課題も一つずつ解決していくだろう。普段言わないことだが、これを機会に申し上げる。真垣総理、あんたは名宰相になれる人間だ。総理の器ではないなどとは言わせんよ。その物言いは、この場にいる者を愚弄することでもある」

何人かが同調の徴《しるし》に頷いてみせた。

「誰もあんたの辞任など望んでおらん。だからこそ、こんなことであんたが舞台から降りるのが看過できん。あんたにはこの政権を可能な限り引っ張っていく責任がある。それは国内批判を受容する責任よりも、ずっと重いはずだ。それを自分で、辞任すれば全て事が収まるなどと軽薄に語るものではない。それこそさっき岡部が口走ったように、自爆テロと受け取られてもしようがないぞ」

凜とした言葉に横っ面を叩かれた気分だった。

辞めればそれでいいだろう――確かにそれも逃げの一種だろう。

「人質となった邦人たちには気の毒だが、運が悪かったとしか言いようがない。だが二十数名の生命を護るために、差し出す代償としては大き過ぎはしないか。総理、あんたの政治家らしからぬ言動は個人的に痛快だし、彼らを救出したいという思いは痛いほど分かる。もしわしがいち国民であるなら快哉を叫ぶかも知れん。だが、ここは大局に立つべきだ。二十数人の生命と一億二千万人の生活のどちらを優先すべきか。非情な判断になるが、我々に求められているのは国と国民の利益だ。同情心ではない」

慎策を正面から睨み据える目は真摯そのものだった。

慎策は恥じ入るしかない。平田が有象無象の一人と決めつけた自分を絞め殺してやりたくなった。

そして、その一方で思う。

平田の論法は明快だ。一億二千万人の生活と二十数名の生命を秤にかければ、どちらに傾くかは自明の理だ。

しかし、それは本当に自明なのだろうか?

大勢の利益のために少数を切り捨てるという選択は、本当に正当なのだろうか?

「総理。是非とも考え直してほしい。自衛隊の派遣を知っているのは、政府関係者でも閣僚とここにいる対策本部の人間だけだ。これだけの人数であれば秘密は守れる。領空権の都合上、一部の関係国には話をすでにしているのだろうが、今ならまだ言い訳の余地がある。今すぐ作戦の中止命令を……」

その時、モニターの担当者が遮るように声を上げた。

「画面、出ます！」

モニターには薄汚れたシャツを着た若い男が二人のテロリストに引き立てられていた。殴られでもしたのか、顔中に痣《あざ》をこしらえている。

『やめてえっ、やめてえっ』

男の関係者なのだろうか、画面の外から若い女の絶叫が届く。

だがその声には何の反応も示さず、テロリストの一人が男の上半身を起こして固定する。男は身をよじって抵抗しようとするが、もはやどこにも力が入らないらしい。

「あまりに、惨《むご》い……」

呻くように言い、香山がモニターから顔を背ける。今しがたまで特殊作戦群の撤退を主張していた平田も、さすがに言い掛けた言葉をそのままにして表情を凍りつかせている。人質二十数名の生命を見殺しにしてでも憲法九条には逆らうな――自分で吐いた言葉で自分が縛られている体だった。

男の後頭部に銃口が当てられる。男は観念したのか静かに目を閉じた。

やめてくれ、と慎策は心中で叫ぶ。

これ以上、俺の国民を殺さないでくれ。

慎策が反射的に目を閉じたその時だった。

いきなり画面の外からガラスの割れる音がした。

『床に伏せろおっ』

それは確かに日本語だった。

次の瞬間、画面の中は轟音と強烈な閃光に包まれた。

白飛びを起こし、画面は一瞬暗くなる。

「何だ！」

「いったい何が起きた」

驚いたのも束の間、すぐに銃声と怒号が聞こえ始めた。飛び交う騒音で状況が把握できない。画面は尚も白いままだ。

慎策が突っ立っていると、そこに本多が駆け寄ってきた。

「特殊作戦群が突入しました。今のは閃光弾です」

その声を聞いた平田は、椅子の背にぐったりと身体を預けた。

「……遂にルビコン川を渡ったか」

おそらく小銃なのだろう。絶え間ない銃声と怒号に混じり、日本語の叫び声が差し挟まれる。本多の報告通りなら、白い闇の中では激しい銃撃戦が繰り広げられているはずだ。

画面では白飛びが収まり始めたが、その代わりに何かの衝撃でカメラが倒れたらしく、破片だらけの床だけを映し続けている。

慎策には、それがずいぶん長い時間のように感じられた。銃声と物音だけで様子を推し量るのは困難だった。

特殊作戦群が優勢なのか、それともテロリスト側がしぶといのか。

死者は何人出ているのか。その中に人質は含まれているのか。考えれば考えるほど、気が遠くなりそうだった。

やがて銃声が止んだ。

人の声も途絶えた。

そして画面が大きく揺らいだかと思うと、突然真っ暗になった。

慎策の真横で携帯電話を耳に当てていた本多が、顔を寄せてきた。

「突入成功です。テロリストたちは全員死亡。こちらの被害は軽微です」

軽微ということは何らかの犠牲が生じたということだ。

「人的被害は?」

そう尋ねると、本多はわずかに目を伏せた。

「……邦人四名と隊員二名が犠牲になりました」

ほう、と誰かが溜息を洩らした。

「四人で済んだか……」

四人で済んだ?

隊員を数に含めろ。こちらは六人も死んでしまったのだ。

ちっぽけな政治生命と国のありようを懸けた乾坤一擲《けんこんいってき》の軍事作戦。それでも犠牲者が出てしまった。

いや、出てしまったのではない。

俺が出してしまったのだ。

指先がじわじわと冷たくなっていく。首筋からも冷たい汗が滴《したた》っている。

慎策の様子から何かを読み取ったのか、本多は慰めるように言う。

「総理。この種の突入作戦で人質があれだけの人数であれば、七割助かれば成功とされています。ですから犠牲者四人という数字は誇っていい成果です」

「誰に誇れと言うんですか?」

昏い返事に本多は言葉を失ったようだった。

「円谷さん、記者会見の用意をしてください。あんな映像が流れた後です。発表が遅れれば遅れるほど、国民の疑心暗鬼を招きます」

「……今回も、わたしが記者の質問に答えるのでしょうか……」

「あなたが答える必要はありません。あなたは自衛隊のいち部隊が強行突入を敢行し、結果として六人の犠牲者を出してしまった事実だけを公表してください。質問には一切答えなくて結構です」

慎策は感情を交えない声で命令する。ここから先しばらくは、誰に対しても弱気を見せてはいけない。ここに樽見がいれば、間違いなくそう耳打ちする場面だった。

「国民に対しての弁明はわたしが行います」

五　VS　国民

1

自衛隊特殊部隊による大使館強行突入。

日本中を駆け巡った臨時ニュースは、通勤通学途中の国民を驚愕させるに充分な破壊力だった。

まず政治が動いた。テロリストたちが大使館を占拠した時点で、水面下では民生党をはじめとした野党が内閣の動向を注視していた。総理がアルジェリア政府に問題を丸投げし人質を見捨てれば人道的な見地から、または独自ルートを経由して相手と交渉すれば同盟国との信頼関係を損なうとして、両面から追及する構えだった。

ところが総理が選択したのは、事もあろうに第三の道である特殊部隊による強行突入だった。組閣以来、常に国民の支持を得てきた真垣内閣がまさかの憲法違反を犯したのだ。降って湧いた絶好の機会、今をおいて倒閣のチャンスはないと野党議員たちは狂喜乱舞した。

はっきりと総理に反旗を翻した者は野党だけに留まらなかった。国民党の中にも真垣の出身派閥である相沢派を除いた各派閥に造反組が出始め、真垣総裁の後ろ盾となっていた最大派閥須郷派の中からも、公然と総理批判を叫ぶ議員が現れた。

元々国民党という政党は改憲を旗頭に結党された出自がある。長らく政権政党であったために保守政党の印象が強いが、結党理念を考えれば最大の革新政党ということができる。その土壌から、総理が自衛隊を派遣したことについて同情的な意見を持つ議員も少なからず存在したが、改憲と憲法違反は別の問題だ。憲法九条の修正を待たずに自衛隊を派遣してしまった総理の失点は、とても庇いきれるものではない。

この流れに先の内閣人事局設置法案で煮え湯を飲まされた官僚たちが乗った。与党と野党にかかわらず族議員たちに働きかけ、倒閣に照準を合わせたのだ。

次に動きを見せたのがマスコミだった。権力批判こそが報道の使命と信じて疑わない彼らにとって、総理の命じた自衛隊海外派遣は青天の霹靂《へきれき》であると同時に、格好の攻撃材料となった。

まずニュース番組は速報で、新聞は号外でそれぞれ第一報を流すと、直ちに政府批判を開始した。右も左も主張を異にするマスコミが、この時ばかりはとスクラムを組み一斉攻撃を決めた感がある。報道番組は改憲と自衛隊派遣に反対するありとあらゆる論客を掻き集め、総理の拙速な判断と好戦的な性格を酷評し、非難し、罵倒した。

『これは人質救出に名を借りた海外出兵の第一歩に過ぎない。真垣内閣は既成事実の積み重ねによって、平和憲法を無効化しようと目論んでいるのです』

『強行突入によって人質四人隊員二人の犠牲者が出ました。この六人は真垣総理に殺されたと言っても過言ではありません。テロリストの挑発に乗った軽率な総理大臣が、その稚拙な政治判断で国民を犠牲にしたと言えるでしょう』

『就任当時人気絶頂であった宰相がその後諸外国に侵攻を開始した様は、かのヒトラーを連想させずにはいられません。いや、これは笑いごとではない。ヒトラーが台頭した一九三〇年頃、世界恐慌の煽りを受けて国民の生活は疲弊していた。現在の日本が置かれた状況と瓜二つだったのです』

『歴史が示すとおり、戦争は一時的に経済を発展させ、技術を飛躍的に進歩させせます。国内経済を活性化させるにこれほどうってつけの外部要因はありません。今回の海外派遣は、財界と結びついた真垣政権の、軍需産業支援策の一環ではないでしょうか』

『今回、日本政府の行った軍事行動は、テロリストの思惑にまんまと嵌《はま》ったとしか言いようがありません。武力と武力の対立ではテロの脅威が増すばかりであり、テロリスト集団を弱体化させるためには、非軍事的な対応が必要なのです』

『日本大使館には自衛隊からの武官がいなかったので情報収集ができなかったとか、対応が遅れたとかの発言がある方面から出ていますが、それこそ本末転倒と言うべきものでしょう。自衛隊法改正案を推進したい一派らしい主張ですが、もしも海外での軍事的対応を高める方向に議論が進めば、日本がこれまで平和的な国際貢献を継続し、世界から平和国家として信頼されている実績を反故にする事態にもなりかねません』

一方、海外での評価は閣僚が予想したように二分した。同盟国アメリカの大統領は、自国の組織による人質救出を〈勇敢なる決断〉と賛辞を惜しまなかった。アメリカの有力新聞も、〈長らく懸案だった集団的自衛権について新しい局面を切り拓くもの〉と評価した。

東南アジア諸国はこぞって懸念を表明した。特に警戒感を示したのは中韓であり、憲法に違反してまでの軍事行動は太平洋戦争の再現に直結するとして、駐在大使に遺憾の意を示した。経済も敏感に反応した。強行突入のニュースが日本国中を駆け巡った直後、証券取引市場は異様な賑わいを見せ、終わってみれば日経平均で前日比六百二十五円の高騰となった。通常、その国が有事になると不安要因となって自国通貨が売られ、株価は下落するものだ。ところが、自衛隊の海外派遣が現実味を帯びたことから有事関連銘柄が幅広く買われ、日経平均を大きく引き上げた形だった。もちろん一時的なものであり、株価の続伸を保証するものは何もなかったが、きな臭さがカネの臭いに直結する市況は皮肉以外の何物でもなかった。

こうした中、大使館で拘束されていた人質たちと作戦に当たった特殊作戦群の隊員たちは密かに帰国した。人質からは超法規的措置で救出作戦を敢行した政府と自衛官に感謝を表明する者が多かったが、それらは政府批判の声に掻き消されてしまい、ほとんど取り上げられることがなかった。

新聞社が緊急に行った世論調査では、強行突入についての賛否は伯仲したものの、真垣内閣の支持率は一気に十五ポイント下がり、危険水域とされる三十パーセントを割り込んだ。人質を救出できたことは好意的に受け止めたが、真垣内閣の危うさに有権者が消極的な拒否反応を示した格好と言えた。

いずれにせよ順風満帆だった真垣内閣がほぼ全方位を敵に回したのは確実で、支持率の急低下により求心力を失ったのは誰の目にも明らかだった。加えて人質解放のニュースの直後にもたらされた樽見官房長官の急逝が、求心力の低下に拍車を掛けた。ややもすれば破天荒に傾きがちな総理の安全弁となっていた樽見がいなくなったことで、内閣が暴走するのではないかという危惧が広がったからだ。

自衛隊特殊作戦群の派遣については、総理自らが釈明会見を開くことが決定していた。その場で総理がどのような責任の取り方を表明するのか。どちらにせよ総理の不信任決議が採択されるという見方が大勢を占め、総理が内閣総辞職を選択するのか、それとも衆議院を解散させるのか、その判断に耳目が集中していた。平成以降、最高の支持率を誇った真垣政権の落日がこれほど早く訪れようとは、誰も予想し得なかったに違いない。

慎策は一人、総理執務室で途方に暮れていた。南北に少し長い部屋は、一国を統べる者の執務室としてさほどの広さを感じなかったが、今は壁と天井からの圧迫感が尋常でないほど大きい。今更ながら、自分がこの椅子に座っていることへの違和感と恐怖心が腹を冷やす。腹だけではない。考えがまとまらず、身体中がぼろ雑巾になったような疲労を覚える。室温に関係なく、足元から寒気が立ち上る。肌には粟《あわ》が生じ、腋の下からは嫌な汗が滴り落ちている。それが体調のせいではないのは分かっている。全ては心の脆《もろ》さが招いている症状だ。

特殊作戦群を現地に派遣すると独断した時には、それが正しいと信じていた。たとえ憲法を破り総理の職を追われようとも、同胞の命を救うことが優先すると思った。

だが、こうして事が終わってみると、改めて自分の下した判断がいかに稚拙なものであったかを実感する。後先考えず感情に流され、もたらされた結果の重さと影響に怯え震えている。本多は犠牲者の数が最小限で済んだと慰めてくれたが、それでも人質四名と隊員二名の命を散らした責任は強行突入を命じた自分にある。

そうだ。

自分の判断で六人もの人間が死んでしまったのだ。

それだけではない。あれほどまでに樽見が死守しようとした政権を、自分の軽挙妄動で崩壊の危機に陥れている。それを思うと申し訳なさで居たたまれなくなる。恩を仇《あだ》で返すとはまさにこのことだ。

風間が去り、樽見も逝き、慎策の両脇に控えていた頼もしい男たちはもういない。それがこれほどまでに心細いものだったとは。

釈明会見は今から六時間後の午後九時に予定されている。真垣内閣の命運は会見の席上、慎策が何をどう表明するかで趨勢が決まる。

延命できるのか、それとも自ら終止符を打つことになるのか――。

気が重いが頭も重い。

少しでも気分転換してみようと立ち上がり、窓辺に近づく。外の景色を眺めればわずかでも落ち着くように思えた。

間違いだった。

窓に近づくにつれ、官邸の外からの声が大きくなっていく。

シュプレヒコールだった。

いつから声が上がっていたのかは定かではないが、あれこれと思い悩んでいた最中は全く耳に入ってこなかった。

官邸の前に人だかりができていた。数は二百人といったところか。最前列の人間が横断幕を、中列と後列の人間が手に手にプラカードを掲げている。

〈日本のヒトラー真垣統一郎の独裁を許すな！〉

〈自衛隊派遣は侵略戦争への一歩だ〉

〈みせかけの愛国心に騙されない〉

シュプレヒコールも、ここからならはっきりと聞き取れる。

「防衛省のー、暴走をー、許すなー」

「許すなー」

「平和憲法をー、守れー」

「守れー」

「真垣内閣はー、即刻ー、退陣しろー」

「退陣しろー」

警備員が横一列に立ちはだかっているものの、群衆に殺気立った様子は見られず、傍目にも至極平穏なデモ風景だった。

それでも慎策の目にはひどく畏怖すべきもののように映る。彼らは国民の一部だ。その彼らが真垣総理と内閣にノーを突きつけている。真垣本人と樽見が残していった財産を汚してしまったかと思うと、ますます自己嫌悪に陥った。

その時、ドアをノックする者がいた。

「どうぞ」

部屋に入ってきたのは本多だった。

「失礼します」

本多は一礼した後、慎策の立つ場所まで歩み寄る。その肩越しに外のデモ隊を覗き込み、眉を顰める。

「また動員がかかりましたか」

「動員とは？」

「何か右がかったことが起こると、必ずあの場所でデモをする。自然発生的なものではありません。民生党の下部組織が雇っている連中です。あまり気になさらんように」

「何故、断定できるんですか」

「いつもメンバーの顔触れが同じですからね」

「しかし、そうだとすると、あの人数は少な過ぎはしませんか」

「千人単位では費用も馬鹿になりませんからな。あれは言ってみればサクラみたいなものです。ああして率先してプラカードを掲げる一方、ネットを通じて一般市民の参加を呼びかける……。政治状況が不安定な時にはそれなりに効果はあるようですが、真垣総理が就任されてこの方、そういう事態にはなりませんでしたから今まで鳴りを潜めていました」

それが復活したのは、現状が不安定である証左という訳か。

「不安定を招いたのはわたしの責任です。面目ありません」

「何を仰るのですか」

本多は驚いたように言う。

「あの時、総理の下されたご判断は政治的にはともかく、日本国民として非難されるものではありません。それに、繰り返すようですが、特殊作戦群の投入を最初に言い出したのはわたしです」

本多の目が慎策を直視する。

覚悟を決めた目をしていた。

「総理、午後に予定されている会見で何を表明されるおつもりですか」

「何とかわたし一人が辞任し、後の閣僚は留任していただく方向を考えているのですが……」

門前の小僧よろしく、慎策もこの程度の知識は知っている。憲法第七十条では、内閣総理大臣が欠ける場合には中核的存在を失うのだから内閣は総辞職しなければならないという趣旨が示されている。閣僚には申し訳ないが慎策一人が責任を取って丸く収まる話ではない。慎策の決断を自爆テロと評した岡部の言い分は、その点で的を射ていた。

「憲法九条の是非はともかく、七十条についてはもろ手を挙げて賛同したい気分です」

本多の声が矢庭に熱を帯びる。

「百歩譲って総理お一人が辞任されたとしても、あなたを欠いた内閣に存在価値などない。この内閣は良くも悪くもあなたあってこその集団です。不肖この本多、おめおめと老醜を晒すつもりもありません」

「老醜だなんて……あなたはまだそんな齢ではないでしょう」

「矜持に背いてまで保身に走るようになってしまえば、いくら颯爽としていても老残でしかない。部下にそんな姿を見せたとあっては末代までの恥となります」

本多の物言いは甚だ時代錯誤であり、しかも笑えるくらいに大袈裟だ。

しかし聞いていると背筋の伸びる思いがする。軍人特有の自己陶酔と嗤いたい者には嗤わせておけばいい。少なくとも今の愼策にとって、大義や名誉に殉じるという姿勢は清々しいものに映る。

「お気持ちだけ有難く受け取らせていただきます」

「総理には他にもお渡ししたいものがあります。今日はその用事で参りました」

「何でしょうか」

「救出された邦人とそのご家族から、政府に対してメッセージが届きました。帰国途上、隊員に口頭で伝えられたものです」

命を救ってくれたことの礼か、あるいは容易に大使館の占拠を許した危機管理能力への非難か。だが、どちらの予想も外れていた。

「『今日ほど日本国民であったことを有難く、そして誇りに思ったことはありません。我々の心は、政府と自衛隊の方々とともにあります』」

誇り、か。

受け取るにはいささか苦い言葉だった。作戦に参加した自衛官たちには相応しい言葉なのだろうが、命令を下した自分は未だ胸を張ることができないでいる。

「どうされました?」

「胸に沁みるメッセージですが、それは死地に赴いた隊員たちだけに向けられるべきものでしょうね。国を混乱に陥れ、国民に不安を与えている宰相に、その言葉を受け取る資格が果たしてあるかどうか」

「そのお言葉こそ、現場の隊員たちに聞かせてやりたい」

本多の声は懸命に感情を殺しているようだった。次に出た声もそうだった。

「本来自衛官は感謝されてはいけない存在です。平時においては胡散がられ、恐れられ、遠巻きにされ、時には非難や誹謗を受ける。それでいい、身近な存在になってはいけない」

「えっ」

「なぜなら、自衛官が国民から歓迎され感謝される時は、外国から攻撃されて危急存亡の刻か国民が困窮している時だ。自衛官は日陰者である時の方が国民や日本は幸せなのだ……。これは吉《よし》田茂《だしげる》元首相の言葉です。我々防衛族には切ない言葉ですが、わたし自身入隊式の訓示で述べることでもあります」

ご苦労なことだと思った。公僕だから、税金で生活しているのだからというお決まりの文句が空疎に響く。同じ公務員でも、霞が関でふんぞり返る連中とは抱く矜持も懸けるものも違う。報われない仕事、感謝されない存在。それでも彼らは日々汗を流し肉体を酷使するのを厭わない。優しき者が銃を担ぎ、気弱な者が死地に赴く。

「では、作戦を遂行した隊員の皆さんに、大臣からこれもお伝えいただけませんか。救出された人質はもちろん、日本国民全員があなた方を誇りに思っている。ただ思いを口にするのが苦手なだけなのだと」

本多の顔が奇妙に歪む。この顔を見るのはこれで二度目になる。防衛大臣という立場はよほど感情を面に出してはいけないらしい。

本多を労おうとした時、またノックの音が聞こえた。政権末期というのに、なかなか一人落ち着いて悩むことを許してくれない。

二人目の訪問者は内閣法制局長官の葛野だった。

「失礼します。おお、本多防衛大臣もご一緒でしたか。これはちょうどよかった」

ちょうどよかったというのは慎策も同感だった。

小男で抜け目のなさそうな面立ちだが、その抜け目のなさが今は頼りになる。必要なのは楽観的な思考がもたらす不安定な希望ではなく、冷徹な論理による現状把握だ。

特殊作戦群の強行突入は憲法第九条に照らし合わせてみて、どれだけの違法性があるのか。またその法的根拠は那辺《なへん》にあるのか——風間が不在の今、それを答えられるのは葛野しかいない。

本多は訝しげに慎策の方を見る。

「総理。これは？」

「会見に先立ち、特殊作戦群派遣について内閣法制局の見解を確認したくて、葛野さんをお呼びしていたのですよ。それで長官、いかがですか」

「結論から先に申し上げれば」

葛野はここで咳払いを一つする。

「今回の強行突入は、憲法違反にはなりません」

「何ですって」

慎策と本多は同時に叫んだ。葛野は大して得意がるふうもなく、二人の反応を受け流す。

「まず海外派遣についての見解ですが、アルジェリア及び近隣諸国の領空内での飛行は事前に許可を取っていますね？」

これには本多が答える。

「無論です。大使館上空に辿り着くまでに領空侵犯で撃墜されては元も子もありませんから」

「では当然のことながら、相手国の許可を得ているのなら海外派遣には当たりません」

「しかし強行突入は明らかに軍事行動でしょう。自動小銃で相手を攻撃している訳ですから」

「大使館内は日本国の領土に相当します」

今度は慎策が呆然とした。

「ウィーン条約において大使館などの公館の敷地内は不可侵とされ、治外法権が認められています。つまり今回の事案は日本国内でテロリストが建物を占拠し、これを特殊作戦群が強制的に排除したという形で捉えることが可能です。よってこれは海外での武力行使ではなく、自衛隊法七十八条に規定されている治安出動と解釈できます」

「そうか」と、本多が強く頷く。

「総理、それなら確かに合法です。自衛隊法七十八条では警察官職務執行法を準用して、必要な武器の使用も認められています。その使用にあたっては正当防衛と緊急避難が前提になっていますが、この場合には同九十条によって担保されています」

本多は早速九十条について説明を始める。

それによれば、治安出動により出動した自衛官は、警察官職務執行法を準用した武器の使用の他、次の場合に該当すると認める相当の理由がある時は、その事態に応じ合理的に必要と判断される限度で武器を使用することができる。
一　職務上警護する人、施設又は物件が暴行又は侵害を受け、又は受けようとする明白な危険が

あり、武器を使用するほか、他にこれを排除する適当な手段がない場合
二　多衆集合して暴行若しくは脅迫をし、又は暴行若しくは脅迫をしようとする明白な危険があり、武器を使用するほか、他にこれを鎮圧し、又は防止する適当な手段がない場合
三　前号に掲げる場合のほか、小銃、機関銃（機関けん銃を含む。）、砲、化学兵器、生物兵器その他その殺傷力がこれらに類する武器を所持し、又は所持していると疑うに足りる相当の理由のある者が暴行又は脅迫をし又はする高い蓋然《がいぜん》性があり、武器を使用するほか、他にこれを鎮圧し、又は防止する適当な手段がない場合

「本事案は一・二・三全ての項目に該当しています。決して自衛隊法から逸脱した行動ではありません」

本多はやや興奮気味に言う。

説明された内容は慎策にも納得できるものだった。しかし慎策は葛野に向き直る。

「長官、念のために治安出動の定義を教えていただけませんか」

「自衛隊法七十八条一項です。内閣総理大臣は、間接侵略その他の緊急事態に際して、一般の警察力をもっては、治安を維持することができないと認められる場合には、自衛隊の全部又は一部の出動を命ずることができます」

「よし」

本多は再度強く頷く。さっきまでの、どこか悲愴な表情は忘れてしまったようだ。

「ただ」と、葛野は言葉を続ける。

「総理もご存じでしょうが、命令による治安出動では、内閣総理大臣は出動を命じた日から二十日以内に国会に付議して、その承認を求めなければなりません」

——国会での承認。

慎策は思わず本多と顔を見合わせる。以前のように国民党が一枚岩であったなら、圧倒的多数で承認を得るのは容易いだろう。しかし現状、閣僚どころか与党内に多数の反発を抱えた中では予断を許さない。内閣の存続を望む者はいるが、それと同等か上回る勢いで真垣おろしの声が大きくなっている。

「更にこれもご承知のとおり、過去に治安出動の検討が為されたことは度々あれど、実際に発令されたことは一度もありません。それは自衛隊の戦力を治安維持に使用した時点で、自衛隊の存在を軍隊として認めることに他ならないからです」

そういうことか。

本多は憮然とした表情で押し黙る。命令による治安出動という解釈であれば合憲。ただしその場合は、自衛隊を軍隊と認めるという付帯条件がセットになる。いずれにしても火種を残すことになる。

「ご苦労様でした、長官。少なくとも、これで三分の理は主張できます」

葛野は訝しげに慎策を見る。

「三分の理、ですか？」

「法的な解釈から違憲ではないと弁明するのは可能でしょう。しかし議員や国民全員がその根拠で納得できるとは思えません。世の中には理解できても納得できないことがままあります。ちょうど今回の事件がそうなのですよ」

慎策は自らに言い聞かせる。言い訳で逃げるのではない。真正面から気持ちを伝えて納得してもらう。それこそが、国民が全幅の信頼を置いている真垣統一郎であるはずだ。

「国会は法廷ではありません。法の解釈も大切ですが、理屈以上に訴えるべきもの、国民に曝《さら》け出すものが重要だと考えます」

2

会見は定刻どおり午後九時に始まった。慎策が会見場に入ると、室内は既に報道陣で溢れ返っている。おそらく海外メディアのクルーも多数混じっているのだろう。

慎策に向けて、気の早いフラッシュがたかれる。雨あられのように、というのはこういう時に使う表現なのだろう。その気忙しさから、政治部記者だけが詰めかけている訳でもないらしい。まあ、いい。それだけ興味を持たれているのなら、こちらも喋り甲斐がある、というものだ。

ちらと報道陣を一瞥する。どの顔も猜疑心と好奇心、そして焦燥に駆られたように強張っている。

壇上に向かう途中、慎策は歩みを緩めて、後ろに続いていた男を前に出す。途端に会見場は静かにざわめき出す。

壇上に立った葛野は頭を下げることなく、マイクの向きを変えた。

「内閣法制局の葛野です。これより先般発生しました在アルジェリア日本大使館人質事件の経緯と解決につき、真垣総理から会見がありますが、それに先立ち、自衛隊による強行突入の正当性について内閣法制局からの見解を述べさせていただきます」

「何故、総理自らが説明しないんですか」

「そうだ。我々は真垣総理自らの弁明を聞きに来たんだ」

早速、非難の野次が上がるが、葛野は無視して声の出た方向を見ようともしない。

これは慎策の提案だった。憲法解釈および法律に関する発言は専門家である葛野に委ねる。相手が内閣法制局長官であれば、政治部記者もおいそれと突っ込むような真似はしないだろうし、慎策よりは理路整然と説明できる。悪いが葛野には露払いを務めてもらう。その代わり、自分は国民への説得に全力を尽くす。

「まず陸上自衛隊隊員による大使館への強行突入ですが、内閣法制局はこの行為を自衛隊法第七十八条一項および九十条、首相命令による治安出動であると解釈します」

「何だって?」

「あれが治安出動だって?」

「治安出動であるという根拠は、ウィーン条約の公館の敷地内は当該国の領土と同じ扱いであるという規定に則ったものであります。輸送機が各国の領空を通過する際にも、それぞれの許可を得ています。従って強行突入は自衛隊の海外派遣ではなく、国内におけるテロの鎮圧という解釈が妥当と判断します。更にこの解釈は……」

葛野の淡々とした法解釈が進む。

大使館への強行突入を国内での治安出動と見做《みな》す——予想だにしなかった論理のアクロバット

に、居並ぶ報道陣は声を失っていた。呆気に取られたといってもいい。元より憲法九条違反、交戦権の実行といった観点で内閣を槍玉《やりだま》に挙げようとしていた彼らにしてみれば、肩すかしもいいところだろう。

「内閣法制局からは以上です」

報道席に陣取る面々は葛野と慎策を交互に睨んでいる。慎策が目論んだとおり、葛野に面と向かって法解釈を挑む者はいそうになく、やり場のない鬱憤が溜まっているのが目に見えるようだった。

これでいい。元よりこの席で不毛な議論をするつもりなど毛頭ない。語るべきは思い、伝えるべきは願いなのだから。

葛野が下がり代わって慎策が登壇すると、瞬く間に報道陣の目の色が変わった。猜疑心と焦燥は不信と義憤に変化したようだ。

慎策は息を整えて聴衆を見下ろす。真垣の顔と声を持つ男。だが、今から話す言葉は真垣の口調であっても加納慎策の言葉だ。プロンプターの類は一切使用しない。目は報道陣の背後にいる国民に向け、自分だけの声で、そして自分だけの語彙《ごい》で語りかける。

聞こえているか、風間。

見ていてくれているか、樽見さん。

これが加納慎策、一世一代の演説だ。

「自衛隊による強行突入についての政府見解は、ただ今内閣法制局長官が説明されたとおりです。今回の邦人救出活動について、その計画および行動は何ら憲法に違反するものではありません。

無論、治安出動については国会での事後承認を得る必要がありますが、法律の許容される範囲で人質を救出するにはこの手段しかなかったことを、議員の方々は必ずや理解してくれるでしょう。テロリストと交渉はしない、そして各国政府や軍隊に問題を丸投げしない。そうした中で自衛隊に治安出動を命令したのは苦渋の選択でした。この点は国民の皆さんに是非ともご理解いただきたい。更に言えば、作戦行動の結果、六人の犠牲者が出てしまいましたが、その責任は全て命令権者であるわたしに帰するものです。犠牲者の方々、ならびにその遺族の皆さんには本当に申し訳ないと思います。心よりご冥福をお祈りいたします。だが、だからといって作戦を遂行した隊員たちを憎んだり、非難したりするのだけはおやめください。これは報道各社の皆さんにもお伝えしておきます。責任は全てわたしにあるのだから、叩くのならわたしを叩けばいい」

傲然と言い放つと、何人かがぎょっと目を剥いた。まさかこの場で、総理大臣がここまで責任の所在を自らのものとして明らかにするとは思っていなかったようだ。

「人それぞれに闘う場所は違う。国会議員にしても、報道機関の皆さんもそうです。しかしいかに苛酷な戦場であろうと、本当に自らの命を落とすような任務に就いているのは彼らだけです。もし彼らの仕事を揶揄するのであれば、銃弾も硝煙も届かぬ安全地帯にいる我が身を顧みたうえで、記事を書いていただきたい」

するとまた何人かの記者が眉間に皺を寄せた。舞台をやっている頃から不思議だったのだが、壇上からはこうして一人一人の表情が具に見てとれるのに、当の本人たちはそれに気づかないのか、無防備に感情を晒している。

「正直に言いましょう。先ほどわたしは、今回の人質救出作戦は国内における治安出動であると申し上げました。しかし国民の中には、それで納得できない人も大勢いるでしょう。政府見解が単なる詭弁であり、逃げ口上であると断罪する人もいるでしょう。そのとおりです。わたし自身、それで皆さんを充分に説得できるとは考えていません。わたしは逃げています。憲法九条を見直すこと、実際に起きてしまう危機に武力を行使する是非について語ることを恐れています。何故なら、この内閣と、そしてこの国が、国防を論じるまでに成熟していないと感じるからなのです」

慎策の声が朗々と響き渡る。報道陣の間からは揶揄も非難の声も途切れた。カメラのフラッシュさえ沈黙していた。

話しながら慎策は実感する。打算でもなければ懐柔でもない。今、自分は胸のうちを全て曝け出している。そして、それが聞く者にちゃんと伝わっている。水を打ったような静まり方は、皆が慎策の、いや真垣統一郎の本音を聞き洩らすまいと耳を澄ませているからだ。

「元より自衛隊の論議というものは、ともすれば観念的でした。歴代の内閣が散々議論してきた安全保障条約にしろ、集団的自衛権にしろ、こうして実際に邦人や自衛官たちの血が流れなければ、法律談義や戦争シミュレーションに終始するのが関の山でした。それは我々国会議員を含めた多くの国民が、意図的に血生臭い話を避けてきたからです。海の向こうで起きている流血を、それこそ対岸の火事と片付けてきたからです。今回のことで自衛隊の存在意義、憲法九条と現状の乖離《かいり》が明確になったのなら、それは大きな前進です。平和憲法はこの国が世界に誇るべき条文です。いつまでも守っていきたい。一方で、今後、その条文にある理想を堅持しながら、卑劣な独裁者や人を人とも思わない勢力と対峙していかなければならない現実から目を背けることも、したくありません。今回は舞台が大使館の敷地内ということで論議を回避しましたが、もう逃げる時ではないというのは、皆さんもお分かりいただいたことでしょう。これから真垣内閣がどうなるかは神のみぞ知るところですが、ただ一点、わたしの思うところをお伝えしたい。自国民の安全を自国で護れない。そんな国が果たして独立国家と言えるのかどうか。わたしは最終的な解決を自衛隊に委ねました。それが武力行使なのか治安維持なのかは、後からついてくる理屈に過ぎない。戦争などもちろんしたくありません。平和を何より望み、誰一人として血を流してほしくない。ただわたしは、同じ日本国民として同胞の命を救いたかった。それだけなのです」

ああ、これを風間や樽見が聞いていたらどんな顔をするだろう。これは演説でも何でもない、まるで子供の言い訳だ。

それでも言葉は湯水のように溢れ出てくる。今まで堪えていたものが一気に噴出するように、止めどなく流れ出てくる。

「わたしの決断が政治家としての判断ではなく、人間としての感情からくるものであったことは否定しません。しかし政治が人間の所業である限り、その基盤となっているのは理屈よりも感情のはずです。困っている者を救いたい、世の中の不公平を是正したい、悲劇をなくしたい。そういった感情を実現することこそが、政治の役目なのではないでしょうか。政治というのは正しいことの追求ではなく、窮地に陥った者と陥ろうとする者を救うことではないのでしょうか」

慎策はいったん言葉を切る。会見場からは咳一つ聞こえない。

「衆議院に四百八十人、参議院には二百四十二人の国会議員がいます。おそらくその全員が、初登院の時には青臭い理想を胸に抱いていた。今よりも明るい未来を、今よりは希望の持てる国にしようと誓ったはずなのです。だが議員を続けるうちに、抱いた誓いが次第に現実から乖離していく。数の論理、派閥に入り派閥に歩調を合わせなければ声が出せない不条理、後援会との柵、地元選挙民に観劇やら贈答品やらで饗応しなければ地盤を維持できない理不尽さ。そういうことを繰り返して夢や理想が削られ、いつの間にか政治家でいることが手段ではなく目的になっていく。国民のためにあろうとしたことが、現在の地位を死守することにすり替わってしまう。本来、議員というのは任務であるはずなのに、商売になってしまう。そして商売だから、地盤も看板も子供に継がせようとする。そんな仕事が魅力的である訳がない。議員はいつしか子供にとって憧れの職業どころか、賤業《せんぎょう》とまで蔑まれるようになってしまいました。それは身から出た錆です。我々自身が政治家という仕事を貶め、国民に不信の念を募らせた。政治家は嘘を吐くのが当たり前で、強欲で、権勢欲の塊で、人品骨柄《こつがら》は卑しく、歳費や文書・交通費で大尽暮らしをしていると思われている。確かにそういう議員も中にはいるかも知れない。だが、そんな議員を作り出したのはいったい誰か。彼の選挙区民であるあなた方ではないのか。そういう議員を否定するのであれば、なぜ議員からの饗応を否定しなかったのか。なぜあなたの一票で彼にノーを突きつけなかったのか。先の国政選挙の投票率は六割を割った。では、あとの四割は何をしていたのか。四割もの票が動けば、国政の行方などいくらでも変えられたはずだ。選択肢がない、投票所にいく暇がない、関心がない。それでいて世の不平不満は声高に叫ぶ。そうした処し方が、自ら選択肢を減らしてしまったのではないか」

記者会見の席上、自己批判に加えて国民批判までぶち上げた。こんな総理は前代未聞だろう

――そう考えている最中、樽見が今わの際に残した言葉が脳裏に甦った。

『迷惑のかけついでに、お願いする。まだしばらく、総理を続けてほしい』

分かった、樽見さん。あなたなしでも、俺はもうしばらく真垣統一郎を演じてみようと思う。だが、それには一つだけ通過儀礼が必要だ。加納慎策という人間が、真垣統一郎と思想信条を同じくするための儀式が、だ。

慎策は一拍おいた後、報道陣を正面から見据える。

皆、聞いてくれ。

「この国は既に輝く季節を過ぎたと言う者がいます。疲弊した老人ばかりが多くなり、未来には何の希望もないと言う者がいます。しかしわたしはそう思わない。この国の人間は基本的に皆勤勉で、我慢強く、思いやりがあって、思慮深い。そんな国民に未来がないはずがない。わたしたちにはまだ未来を創る力がある。他人の幸福を願う力がある。希望を見出す力がある。この人生を素晴らしい冒険に変える力がある。ただし、そのためには変革が必要になる。既得権益をいったん手放し、自分の立ち位置を見直し、失敗を恐れない勇気が必要になってくる。そしてわたしにはその勇気がある。時にはその勇気が空回りし、今回のような判断をしてしまうこともあるだろう。しかし、それらは全てあなた方国民の生命・財産・権利のことが頭にあるからだと信じてほしい。総理大臣なんてそんなに偉いものじゃない。国民の皆さんから四年間の期限付きで雇われた議員の一人に過ぎない。だからこそ、あなた方の幸福のためだけに働く。そのことは天地神明に誓って本当だ」

声が掠《かす》れてきた。これほどの長台詞は、役者の時にも喋ったことがない。熱の入り方はそれ以上だ。

だが、慎策は演説を中断しない。今ここで思いの丈を全て吐き出す。考えては伝わらないものがある。停まっては届かないものがある。

「しかしわたしがこうして話していても、懐疑を抱く人がいるでしょう。いささか情動的な宰相に不安を抱く人もいるでしょう。そこでわたしから提案があります。今から一時間後、国民の皆さんにわたしを審判していただきたいのです」

期せずして報道陣の間からどよめきが起こる。

「今回の治安出動の件も含め、わたしに国政を任せてもいいのか、今この会見をご覧の皆さんに判断してもらいます。方法は簡単です。これから翌朝八時までの十時間強、NHK総合のチャンネルをお借りします」

驚いた報道陣の目が一斉に会場にいるNHKの記者に注がれる。しかし記者は慌てる様子もなく、壇上から視線を外さない。

慎策は事前にこの話をNHK会長に持ちかけていた。最初は驚愕していた会長も、慎策の説明を聞き終わると承諾してくれた。いや、仮に彼らが承諾しなければ他局に話を回すと脅せば、慎策の申し入れを受け入れるより他はないと踏んでいたのだ。

「NHKさんをモニターに選んだのは、全国津々浦々をカバーしてまず遺漏がないからです。それ以外に他意はありません。さて、統計によれば地上デジタル放送は現在ほぼ百パーセント一般家庭に普及しているとのことなので、こうした試みには最適でしょう。デジタル放送では双方向でのやりとりが可能なので便利なものですね。やり方は簡単です。会見終了後、NHK総合では直ちに受信の用意をします。皆さんはお手元のリモコンのdボタンを押してデータ画面にし、投票に参加してください。そして、このままわたしを内閣総理大臣として信任されるのなら青のボタンを、不信任であるなら赤のボタンを押す。投票結果はリアルタイムで集計されますが、翌朝八時をもって締め切りとし、その時点での数値を最終とします」

すうっと手が挙がった。見れば件《くだん》のＮＨＫ記者だ。

ここで質問が入ることは予定になかったが、答えない訳にはいかない。また、やり過ごすつもりもない。

「どうぞ」

「我々は局から総理の意向を受け、特別番組を編成しました。しかしながらその真意について、まだ伺っておりません。総理、これは形を変えた国民投票のおつもりなのですか」

国民投票という言葉が出た瞬間、会見場にただならぬ緊張が走った。そのうち何人かは今にも卒倒しそうな顔つきをしている。

なるほど、こちらの本気度を確認するための質問か。いいだろう、望むところだ。

「そう受け取っていただいて構いません。投票結果で、真垣内閣の退陣を望む声が過半数を占めれば、わたしは出処進退を決断します。もちろん法に定められたやり方ではありませんから、投票結果に法的な拘束力はなく、民意を問う程度でしかありません。しかし」

そこで慎策は己の胸に手を置いた。

「わたしの信条に対しての拘束力があります。どのような結果が出るにしても、それは国民の総意と受け止めます。ポピュリズムに迎合するつもりはありません。議会制民主主義を否定するものでもありません。しかし、民意が全く反映されない政治や政権に存在意義があるようにも思えないのです」

会見を終えた慎策は、一人総理執務室に戻ってきた。

今ではすっかり馴染んだ椅子に上半身を預け、テレビモニターのスイッチを入れる。すぐにＮＨＫ総合の画面が出てくる。

『さきほど総理の驚くべき会見が終わり、スタジオには早くも全国の視聴者の方々からデータが寄せられています』

キャスターがいつもの冷静さを失っていた。声もいくぶん上擦《ず》っている。降って湧いたようなニュースを一手に引き受ける形となり、さすがに動揺を隠せないらしい。

『ここで皆さんにご注意を申し上げます。ＮＨＫのデータ放送には、元から放送電波に乗せているものとインターネット回線を使用したものの二つがありますが、今回の投票におきましては放送電波に乗せたものを利用します。従って新たな配線等は必要なく、お手元のリモコン操作だけで参加が可能です。尚、念のためにここでリモコンの操作について再度説明を……』

二人のキャスターが間を持たせているうちも、画面の下では〈青ボタン　支持〉、〈赤ボタン　不支持〉にそれぞれ票数が表示されている。両方とも既に六桁に達しており、しかも四桁以下の数値の変わり方が激しすぎて目にもとまらない。総理の緊急記者会見ということで民放各社も一斉にその様子をゴールデンタイムに報じたため、テレビを持った家庭のほとんどが投票に参加するだろうというのがＮＨＫの推測だった。

翌朝の八時が過ぎるまで、誰もここに入ってくるなと厳命している。

そしてスロットの目よろしく変わり続ける数値を見ながら、慎策はゆっくりと頭を下げていく。

身体中が鉛のように重い。目は数値を追っているものの、思考がそれについてこない。精根尽き果てたというのはこういうことかと思う。

〈支持１５８９９５　不支持１５９６２３〉

会見で喋り続けていたのは三十分だったか、それとも一時間だったか。いや、時間の問題ではない。演技でも誇張でもなく、あれほどまでに自分の真意を公衆の面前で吐露したのは初めてだった。その緊張と精神的疲労が遅れて到来したに違いなかった。

ふと、真横に樽見が立っているような気配を感じた。

「樽見さん？」

振り返ってみたが、もちろんそこには誰の姿もない。

ここに彼がいたとしたら自分を労ってくれるのだろうか、それとも眉間に皺を寄せてつらつらと非難めいた小言を言い募るのだろうか。

しかし、と慎策は思う。

樽見さん。あなたは怒るかも知れないけれど、これが俺の筋の通し方なんだよ。あなたと風間を失って、俺にはもう一人も味方がいない。だから、せめて国民を味方にするより仕方なかった。憲法の取り決めに逆らうのはこれで二度目だが、こうでもしなければ再び舞台に立つ勇気が起きなかったんだよ。

待てよ。そういえばもう一人だけ味方になってくれそうな人間がいたな——。

〈支持１６５４８３　不支持１６６８７５〉

投票数を眺めていると目蓋がどんどん重くなり、やがて意識も朦朧《もうろう》とし始めてきた。

エピローグ

下町風情を残す下落合も、目白通り沿いを歩けば洒落たカフェやレストランが賑わいを見せている。

珠緒はその中の一軒に入る。天井の低いレストランで、間接照明が落ち着いた雰囲気を演出するイタリア料理の店だった。

慎策と暮らしていた頃は自炊がほとんどだったが、唯一珠緒の給料日だけは二人で外食を愉《たの》しんだ。ここはその行きつけの店でもある。

ウエイターに注文すると、いいワインが入っていると言うのでそれを頼んだ。すっかり得意客になっており、珠緒の好みと大体の予算を知られているので、舌と財布に悪いものを持ってこられる心配はない。

それでも、二人で来た場所に一人で来ることの侘しさは消えるものではなかった。自分でも未練がましいと思うが、習い性となったのか、給料日になると自然とこの店に足が向く。

あの雨の煙る日、官邸前で面と向かった時から、珠緒は真垣統一郎が慎策ではないかと疑い、テレビやネットでその動向を窺っていた。とにかく真垣総理を見れば見るほど、慎策としか思えなくなる。

だから、真垣総理が地上デジタル放送を利用した国民投票を呼び掛けた際も、珠緒は支持票を投じるか不支持票を投じるか最後まで悩み、とうとう締め切りの時刻を過ぎてしまった。ただし、仮に珠緒が不支持に回ったとしても大勢に影響はなかっただろう。何しろ結果的には支持票が三千万票と不支持票を倍近く退けて、真垣の信任が明らかになったのだ。もちろん、真垣政権には治安出動に対して国会の承認を得ることと、自衛隊を軍隊として認めるかどうかの審議が控えているが、いずれにしろ国民の信任が得られた以上、政変が勃発する可能性は当分なくなったと見ていい。

しばらくワインを待っている最中、珠緒は奇妙なことに気がついた。

店内に客は自分だけだった。

給料日の午後七時、本来ならサラリーマンやＯＬでごった返しているはずの店内が、今日に限って閑散としている。いや、客が自分一人では閑散どころの話ではない。

いったい、これはどういうことだろう。

慌ててウエイターの姿を探していると、目の前に男が立っていた。

「相席よろしいですか」

こんなながら空きの店内で何が相席だ、と思って顔を上げた珠緒は言葉を失う。

立っていたのは何と真垣統一郎だった。

あまりのことに口が利けずにいると、真垣総理は返事を待たず珠緒の対面に腰を下ろした。

「ここじゃないかと思ったんです」

「えっ」

「手を伸ばしてくれませんか」

訳も分からぬまま、珠緒はおずおずとテーブルの上に両手を差し出す。目の前の男は断りもなくその手を自分の両手で包み込んだ。

咄嗟に振り払おうとしたが、懐かしい感触に腕が止まった。

いつもこの手を握っていた。どの指もぶ厚く、皺の多い、そして温かな掌。爪が横に長いのも特徴だった。

間違いない。この男はわたしの大切な人だ。

「……慎ちゃん……よね？」

「黙っていて悪かった」

「あ、あ、あのねえっ。わたしがどれだけ心配したか……」

「だから本当に悪かった。でも、俺の方にもよんどころない事情があった。抗議は後で受ける。だけどその前に俺から説明させてくれ」

「こんな場所で話していいことなの」

「このレストランは貸切りにした。ＳＰも店内までは入ってこない」

そして慎策は拉致されてからの日々を語り始めた。最初はドラマの出演を餌に替え玉を務めさせられたこと。そのうち深みに嵌っていき、本物の真垣が死亡したので後戻りできなくなってしまったこと。秘密を知る二人のうち、一人が他界し、もう一人は海外に飛ばされ、国内では誰も真垣が影武者であるのを知らないこと。

まるで小説のような話だと思ったが、現実に慎策の襟には議員バッジが光っているので、信じる他なさそうだった。

そして全ての事情を聞き終えると、珠緒なりに納得せざるを得なかった。どんな神の悪戯かは知らないが、今やこの国の命運が慎策の手に握られているのだ。今すぐ元の生活に戻るのが困難なのは、珠緒にでも理解できる。

「……で、これからどうするの」

「どうするって？」

「風間さんも樽見官房長官もいなくなっちゃった訳でしょ。孤立無援で慎ちゃん、どうやって総理大臣を続けていくのよ」

「それについては一つ腹案がある」

「どんな腹案？」

畳み掛けると、慎策は少し俯き加減になって珠緒を見た。

「珠緒」

「うん」

「ファースト・レディになってくれないか」

この作品はフィクションであり、登場する人物、政党名、団体名等は実在するものとは関係ありません。

校正　鈴木由香
DTP　NOAH

中山七里（なかやま・しちり）

1961年生まれ、岐阜県出身。2009年、『さよならドビュッシー』で第8回「このミステリーがすごい！」大賞を受賞、翌年デビュー。斬新な視点と華麗などんでん返しで多くの読者を獲得している。他の著書に、『連続殺人鬼　カエル男』『切り裂きジャックの告白』『贖罪の奏鳴曲』『月光のスティグマ』『嗤う淑女』『ヒポクラテスの誓い』など多数。

総理にされた男

二〇一五(平成二十七)年八月二十五日　第一刷発行

著者　中山七里

発行者　小泉公二

発行所　NHK出版

〒一五〇-八〇八一　東京都渋谷区宇田川町四十一-一

電話　〇五七〇-〇〇二-一四七(編集)

〇五七〇-〇〇〇-三二一(注文)

ホームページ　http://www.nhk-book.co.jp

振替　〇〇一一〇-一-四九七〇一

印刷　三秀舍／近代美術

製本　ブックアート

ISBN978-4-14-005670-7